光文社文庫

ホイッスル

藤岡陽子

光 文 社

目次

ホイッスル

二〇一二年　六月

娘たちに夕食を食べさせ、後片付けにかかろうとしていたところに電話が鳴った。小学三年生の綾乃《あやの》が電話をとってくれたのだが、綾乃の顔がみるみるうちに強張《こわば》っていくのを見て慌《あわ》てて電話を代わると、香織《かおり》もまた受話器を当てた方の耳が冷たくなっていく。

「警察って……。あの警察、ですか？」

思わずおかしな聞き返しをしていた。不安そうな表情で香織を見ている娘たちと目が合う。

「私は池上《いけがみ》警察署の中川《なかがわ》と申します。あなたは、上村《うえむら》香織さんですかね。石巻章《いしまきあきら》さんをご存知ですか」

「……石巻、章……」

たちの悪いイタズラ電話かと思い、電話を切ることも考えた。だがそうしなかったのは、「章」という名前のせいだ。あの事件から一度も会っていない父は、章という名前だった。

再婚して、そういえば、石巻という姓に変わっていたと記憶している。

「ご存知ですかね、石巻章さん。まだこちらも詳しい調べはできてないんですが、石巻章さんのご連絡先として上村香織さんの電話番号が書いてあったのですが」

明らかに探るような声で、中川という男が言った。

「私の名前が……ですか?」

「手帳みたいなものに書き残してあったので、お電話させていただいたのです。さっき園原《そのはら》聡子《さとこ》さんと連絡を取りまして、その際に上村香織さんは石巻章さんのご長女だと伺いましたので」

「あ……はい。もう……四年ほど会ってませんが、娘です。あの、母……、園原にも連絡したんですか?」

香織が言うと、電話の向こうから小さく息を吐くのが聞こえた。その息から相手側のほっとした様子が伝わってくる。

「ご長女ということで、間違いありませんね。実はですね、石巻章さんがご自宅で独りきりで亡くなられたんです。それで、署まで出向いてもらえないかとお電話差し上げた次第です。園原聡子さんもこちらに向かっていただいてます。本人確認していただける方がおられて助かりました」

有無を言わせぬ声にたじろぎながら、香織は、

「署まで出向くと言われても……。小さな子供もいますし、突然そうおっしゃられても」

と綾乃の目を見つめる。

「おっしゃる通りです。都合の良いお時間で来ていただければ結構です」

「母は本当にそちらに向かってるんですか？」

「はい。園原さんは石巻章さんのことを、別れた旦那さんだと言われて」

男の言葉の中に「園原聡子」という名前が何度も出てきたことで、この電話はイタズラではないという確信を持つ。とともに、胸の鼓動が急に速くなるのを感じていた。

父が死んだ。

独りきりで？

「突然のお電話で驚かれたとは思っておりますが、お願いします」

事務的で強引だった受話器越しの声が少し遠慮がちになったのは、五歳になったばかりの下の娘が香織のすぐ傍《かたわ》らまで寄ってきて泣き出したからだろう。電話で話す母親の切迫した声に不安を感じたのか、「抱っこ、抱っこ」とせがみながら舞《まい》がぐずり始めた。

「あと一時間もすれば夫が帰宅するのでそれからでもよろしいですか」

低い声で香織は訊いた。

「もちろん結構です」

「あの……母はそちらに何時くらいに着くと言ってましたか」

「勤務先から直接来てくださると言われてましたが、はっきりとした到着時間は聞いてませんね」

早急に出向くことを約束し、電話を切るとすぐに夫の圭太郎《けいたろう》に電話を掛けた。手短に事情を話すと「急いで帰る」と言ってくれた。

「お母さん、警察に捕まるの？」

泣きそうな表情で綾乃が訊いてくる。

「まさか」

「じゃあお父さん？」

「お父さんはもうじき会社から帰ってくるわよ」

「じゃあなんで警察から電話がかかってきたの？」

綾乃の不安は、そのまま香織にも当てはまる。彼女の問い掛けに安心させるような言葉を返しながら、香織は落ち着かない気持ちのまま池上警察署に出向く支度を始めた。


家の近くの停留所からバスに乗って、警察署に着いたのは、電話を受けてから二時間も経った九時頃だった。その間に携帯電話で聡子とも連絡がつき、本当に父が死んだのだと確認がとれた。だが突然の出来事を実感できず、そのうち自分が今何をしているのか、どこへ向かっているのかすらわからなくなってくる。

それよりも、夫の圭太郎はうまく舞を寝かしつけられるだろうか。綾乃はともかく、舞は香織でなくては風呂に入るのも布団に入るのもだだをこねる子供だった。

「そんなこと……今はいいよね」

緊迫した思いで警察署の霊安室という非日常的な場所に足を運んでるというのに、私は何を心配しているのだろう。

警察署にたどり着くと、あとは中川に案内されるまま父と面会した。聡子はまだ到着しておらず、一人で霊安室に入ることに怯《ひる》んだけれど、急《せ》かされるようにして部屋に入る。

「……間違いなく、父です」

中川が示した遺体は目を閉じているものだったが、父であることはすぐにわかった。頭の血が一気に足元に落ちていく感覚に捉われる。

「お悔やみを申し上げます。では、石巻章さんは上村さんのお父上、園原さんの元の旦那さんということで間違いないですね」

電話では不躾《ぶしつけ》な嫌な印象だったが、小さく頭を下げ合掌する中川の所作は丁寧で、同情的な表情に安心させられる。

これは取り調べ、というやつなのだろうか。緊張した面持ちで中川を見つめると、香織は背筋を伸ばし、聡子のことを思いやる。母は今日も一日、立ち仕事をしていたのだ。どれほど疲れていることだろう。

中川に「母が到着したらすぐに会わせてほしい」と頼もうかと思ったが言い出せないまま、香織に対する説明が始まった。

「第一発見者はアパートの大家です。通報を受けた後に検視が行われましたが事件性はありませんでした。警察医により後頭下穿刺《こうとうかせんし》をしたところ、死因は脳溢血だと判明しています」

現場の状況を話し出した中川の声が、小さくなっていく。香織は、まさかこんな形で父に再会するとは思ってもいなかったと、両方の目を閉じた。ただ横たわる父の表情があまりに穏やかで、眠っているようだったことに救われる。父も苦しんだのだろうか。家族を捨てて一人で生きた時間は苦しかっただろうか。苦しんでいてほしいと思っていたが、不思議なことにこうやって遺体を目にするとその安らかな顔に安堵している自分もいる。一度は決別した父との対面に、香織はしばらく口を開くことができず、ただ呆然と立ち尽くしていた。

二〇〇八年　六月

母の聡子が電話をかけてきて、「お父さんがいなくなったの」と言ってきた時、まさかこれほど深刻な事態になっているとは思ってもみなかった。

香織は「お母さんってば何言ってるの、意味わかんないよ」と、腕の中でぐずる一歳になったばかりの舞をなだめながら、訊き返した。

「何日か前から連絡が取れなくなって……それにね……お父さん、いつの間にか家を売ってたみたいなの。六月の末には出なきゃならないって、今、不動産屋の人が家に来て……」

聡子は放心したようにぼそぼそと話し始め、母が気でも違ってしまったのかと思い、話の内容よりもそのことを咄嗟に心配した。来月の七月で六十六歳になる母に、突如として精神疾患が現れたのでは、と。夕方の六時を少し回った頃だった。

「何それ？　訳がわかんないよ……。お母さん大丈夫？　家を売ったって、どういうことなの？」

パート先から保育園に娘たちを迎えに行って、戻ってきたばかりの香織は、これ以上何も考えられないくらいに疲れていた。そのせいか突拍子もない聡子の言葉が、一度聞いただけでは頭に入ってこない。

ただ、重大なことが母の身に起きているということは徐々にわかってきて、受話器を持つ手が震え始める。今すぐ母のもとに駆けつけたいと思う気持ちはあったが、一歳の舞と四歳の綾乃を放ってはいけない。

「……お母さんも。訳が……わからないの」

「不動産屋の人って何？　電話、お父さんに代わってくれない？　……ああ、いないんだっけ」

動転して支離滅裂なことを口走る香織と対照的に、電話の向こうの聡子は重い口調で、一語一語言葉を繋ぐ。

「いなくなったっていつからなの」

「三日前からずっと……携帯にかけても出ないし。それに……」

「それに、どうしたの」

「今日家の留守番電話にメッセージがあって……。女の人と暮らすって。あとは香織に面倒見てもらえって……」

「女の人って何よ」

香織は受話器をきつく握り締め、悲鳴に近い声をあげた。

数日前から何やら一人で荷造りをしていたのだと、聡子が声を震わせる。何をしているのかと訊くと、章はいつもの寺社巡りの旅行だと言うのでさして気にもせず、黙っていたのだという。

そして三日前、聡子が知らない間に家を出ていたが、今日まではただの旅行だと思い、伝言もせずに行ったことだけに腹を立てていた。

「今さっき、お父さんの部屋の押入れを開けてみるとね、服や日用品なんかがごっそり無くなっていたの。血圧とコレステロールの常備薬も全部無くなっているの。お父さん本当に帰って来ないつもりなのかしらね……」

聡子が涙声になる。

気の抜けた聡子の声を聞いているうちに、事態の重さが香織の全身を強張らせる。

「お母さん、ちょっと待って。今から行くから、ちょっとだけ待って……」

電話を受けてしばらくは「父がいなくなるなんてありえない」と母の正気を疑っていたが、電話を切る頃にはすっかり絶望的な気持ちになっていた。

軽自動車で実家に行くと、生気の失せた顔で聡子が玄関まで出迎えにきた。

香織の両親は横浜《よこはま》市の鶴見《つるみ》区に暮らしている。香織も結婚して同じ鶴見区内に住み、互いの家は車で二十分ほどの距離だ。鶴見では同じ区域でも海側、海の反対側といった地区を二分割するような呼び方をすることがあり、海側には工場、反対側には住宅地が多く建てられている。香織が夫と娘たち四人で暮らすマンションは海側に、両親が暮らす家は反対側にあった。

「ごめんなさいね、夜ごはんの支度まだなんでしょ？　綾乃と舞はお腹は減ってないかしら」

「夜ごはんとか、そういうのは大丈夫よ。それよりちゃんと説明して。私、訳わかんなくって……」

娘二人の手を引きながら玄関を入っていくと、慣れた実家の匂いが体を包む。

「ほんと……空っぽだね」

章が自分の部屋として使っていた六畳の和室の押入れを開けると、聡子の言う通り、荷物があとかたもなく消えていた。前に何がどう置いてあったのかもわからないくらい、見事なまでの空洞に啞然《あぜん》として言葉が継げない。

「本当に……どうなっちゃったのかしら……」

聡子が憔悴《しょうすい》しきった顔で呟く。

「机の引き出しとか見た？　お父さん、大事な物は全部机の引き出しに入れてたじゃない。通帳とか生命保険の証書だとか」

「見たけど……」

「それもないの？」

諦めたような表情で聡子が目を伏せ、香織は首筋が熱くなるような激しい落胆をおぼえた。疑いようもなく、これは家出だと思った。しかも家の財産である預貯金も、家そのものも、聡子には残されていない。

母がこんな目に遭わなくてはならないような理由は思いつかず、それはもちろん母も同様だったと思う。

それからは、追われるようにして、聡子は家を出る荷造りを始めなくてはならなくなった。不動産屋から言い渡された期日まで、あと三週間ほどしかない。営業担当の男はぽんぽんと早口で説明はするくせに、聡子や香織の質問には「さあ聞いてませんねぇ」とだけ答え、唯一教えてくれたのはこの百四十二㎡の土地に三千八百五十万円の値がついたことだけだった。「上の建物には価値はありませんから、正味土地代だけっすね」とこの時だけは訊いてもいないのにつけ加えた。

聡子名義の預金通帳には二百万程度の金額しかなかった。唯一の頼みである娘の自分は2DK、四十五㎡の四人暮らしで、聡子を同居させるようなスペースはどこにもない。

香織は、消沈しきっている聡子とともに鶴見駅前の不動産屋をいくつか回り、1Kのアパートを借りた。海側の工場近くのアパートだったので、雑音と排気ガスがあるという条件のもと家賃は三万二千円と安く、その契約を済ませた時だけ、香織と聡子は久しぶりの笑顔になった。だが実家に置いてある荷物すべてをアパートに持ち込めるわけでもなく、思い出のある品物の数々を家に残し、限られた日用品だけを厳選して持ち出すという作業をほぼ一週間のうちに聡子はしなくてはならなかった。

そして引越しを前日に済ませた六月三十日、聡子は最後の荷物となる自転車に乗って、四十年以上暮らした家を出た。追い立てられるようにして聡子が家を離れたこの日、街には雨が降っていた。

聡子はレインコートも着ずに自転車にまたがり、厳しい表情で雨の中を走った。香織は実家の庭から根っこごと引き抜いたアジサイなど、頼まれたいくつかの荷物を軽自動車の荷台に積み込み、新居となるアパートに向かった。

本当なら、母がこのような形で家を出る姿は見たくなかった。見てしまうと、きっと悲しい気持ちになる。香織が落ちこむ姿を見せてしまったら聡子はもっと悲しい気持ちになるだろう。だから母に一人で家を出てきてもらい、自分はアパートで母を待っていたかった……。

でも今こうして聡子の自転車に並走している。やはり涙が出てきて止まらなかった。聡子が漕ぐ自転車のスピードに合わせて背中を追うように車を走らせ、赤信号になると、聡子の顔が目に入らないように反対側に視線を移した。お母さん、私より先を走ってねと、心の中で呟く。香織の願い通り自転車は常に香織が運転する車の前方にあった。

あるいは、聡子も自分の泣き顔を見られまいと、自転車の速度を思い切り上げていたのかもしれなかった。

二〇〇八年　七月

パソコンの前に座って書類を作っている沢井《さわい》涼子《りようこ》に向かって、

「もう六時を過ぎましたよ」

と芳川《よしかわ》有仁《ありひと》は声をかけた。沢井はパソコンの画面を見つめたまま「もう少しできりがつきますから」と答えたが、キーを打つ手は止まることなく、軽快な音を響かせ続ける。

さっきの母と娘の件だろうなと、芳川は思う。三時を過ぎたくらいに飛び入りで法律相談にやって来た七十前の母親と、その娘。まだ正式に依頼してきたわけではないので、急ぎの仕事ではないと沢井には言っておいたのだが、それでも彼女は「依頼が来たらすぐに取りかかれるように」と契約書を準備している。沢井のことだから、今日中に仕上げてしまうだろう。

沢井は、芳川がこの法律事務所を立ち上げた時に採用した。今から八年前のことになる。

当時三十二歳の芳川が開いた小さな法律事務所に事務員の応募が二十人近くあり、そのうち男性は二名であとは女性だった。それまで横浜市内では有名な法律事務所で経験を積んできたとはいえ、独り立ちしてやっていけるかという不安もある時期だった。たった一人採用する事務員の選択が、これからの行く末に大きく影響するような気がして、採用する際にはずいぶんと慎重になっていた。

「なんで私を選んでくださったのか、いまだ理解できません」

沢井はこの八年間で、何度かこの言葉を芳川に言った。たった二人きりの事務所であっても、一年の終わりには忘年会をし、桜の季節には花見、夏には納涼会をしている。行事のメンバーは芳川と沢井と彼女の息子と決まっているが、そんな時ふと沢井は真剣な口調でこの言葉を漏らすのだ。

事務員採用の際、まず履歴書で数人を選び、面接で二名に絞った。最後に残ったのが沢井ともうひとり新卒の女子大生で、履歴書にはふたりとも法学部卒と書かれていた。だが当時沢井は三十六歳で、彼女の息子である良平《りょうへい》はまだ七歳だった。

「残業はできないんです。息子を学童に迎えにいかなくてはいけないので、勤務時間終了の五時半には必ず帰宅したいんです」

面接の際にそうきっぱりと言い放つ沢井に対して、女子大生は、

「法律の勉強をとにかくしたいです。残業はいっこうに構いませんし、忙しい時には日曜、

祝日の勤務も厭《いと》いません」

と言ってきた。

沢井に目を見張るようなキャリアがあったかといえば、そうでもない。大学を卒業した後は地元の企業で五年間働いた後、結婚退職をしている。九年間のブランクを経ての、芳川法律事務所への応募だった。

「最後は好きか嫌いで選べよ」

先に独立した先輩弁護士は、従業員の採用についてそうアドバイスをくれた。「男だったら友人としてやっていけるか。女だったら好きになれるか、だな。女としてタイプすぎるとこれまた厄介だけどな」

大雑把なアドバイスに戸惑ったが、確かにそうかもしれない。狭い事務所内に長い時間一緒にいるのだから、いくら仕事が優秀でも反りが合わなかったら苦しいだろう。

そういう観点からも、沢井より女子大生の方が点数は上だった。化粧気のない沢井はあまり笑顔を見せず、淡々と話す。服装も三十代半ばにしては地味で少々野暮ったくもあり、ひとつにまとめた髪には飾りひとつない。四歳だけだが、自分より歳上というのもやりにくいかもしれないし……。一方、女子大生は愛想の良い笑みと洒落た格好で、そこにいるだけで明るさが増した。事務所を訪れる相談者や客人にお茶を出すのも、事務員の仕事だ。そう考えると、この娘を雇っておく方が無難なんじゃないか。見ているだけで可愛らしいし、それで仕事も一生懸命やってくれれば問題はない。

そう思いながらもなかなか決められず、結局最後は二人同時に面接に呼んだ。二人掛けのソファに並んで座ってもらい、対面に芳川が座り、三人で三十分ほど話をした。

「大学では法律を学んできたので、それを生かせる仕事に就きたいと思ったからです」

もう一度志望動機を訊いてみて、女子大生はそう答えた。話すたびに肩にかかる巻き髪が揺れたが、それが彼女の一途な様子と合っている。

「家が近かったからです」

一方沢井は、一度目の面接では言わなかったことを、一番の志望動機として口にした。改めて住所を見ると、この事務所の住所と町はもちろん、丁まで一緒だった。

「自転車で一分で通えますし」

それだけが理由かよ……と芳川は思ったけれど、思い詰めた眼差しが芳川の胸に残った。

「覚悟……みたいなものですかね。沢井さんから発せられる覚悟が、ぼくがあなたを採用した理由です」

なぜ自分が採用されたのかわからない。そう沢井に訊かれる度に、芳川はそう返した。それ以外、答えることがないからしかたがない。後で聞いた話だが、沢井は、あの最終面接で女子大生の隣に座らされたことに腹が立っていたのだという。こんなに若くてきれいで、希望も未来も何もかも持っているように見える女の子と並ばせるなんて。当時の自分は離婚した直後で見た目もやつれていたし、気持ちも萎《しぼ》んでいて、若い女の子と見比べられたことだけでじゅうぶん屈辱でしたと。

「先生、園原さんの契約書ですが、あとは日付を入れるだけです。ファイルに保存しておきますね」

パソコンの電源を落としながら、沢井が大きく伸びをしている。

「すいません。ありがとう」

「お茶、淹《い》れましょうか？」

「ああ。自分でやりますよ」

来客の際のお茶は沢井に淹れてもらうが、自分の飲むお茶はセルフで淹れる。これが事務所の決まりだ。たった一人の事務員なので仕事が多く、ここ数年は依頼も増えてきたので、できるだけ負担をかけないようにしている。

「いいですよ。私もいただきますし」

「でももう六時十分ですよ。良平くん帰ってくるんじゃ……」

「もう中学生ですから、一人で待てますよ。それに部活してますから、遅い時なんか道草くって七時半くらいになることもありますし」

急須から手際よく茶を注ぐと、盆に載せて持ってきてくれる。頼まないのにお茶を淹れてくれる沢井は、たいてい機嫌が良い。

「ねえ先生、園原さん、依頼してくるかしら」

「どうかな。娘さん……上村さんだっけ、彼女がどう決断するかというのも大きいんじゃないかな。園原さん自身は今さら誰かと法的に争うなんてって感じだったから……」

幸せそうな顔でこの事務所を訪れる人など皆無ではあるが、そうした中でも先ほど訪れた母と娘の暗い表情は印象に残る。

「先生が、着手金の支払いをできる範囲の分割払いにしてもいいですと言って下さって、よかったです」

沢井が安心したように言い、彼女の機嫌が良いのはそれでかと、芳川は熱い茶を啜《すす》った。

うちの事務所では、依頼人によっては着手金の分割払いを認めることがある。明らかに金銭的なダメージを受けて相談に訪れている依頼人に、いきなり数十万円の着手金を全額請求するのは気がひけるからだ。さらに平成十六年に報酬規程が廃止され、現在は各弁護士で独自の報酬基準を定めているのだが、その設定も芳川は従来の基準より低めに設定していた。これまでの規程でいくと、三百万円以下の経済的利益の額だと、着手金はその八パーセント、報酬金は十六パーセントとなる。つまり、三百万円を訴訟によって得ようと思うと、着手金として二十四万円、もし全額得られたなら、さらに報酬金として四十八万円を弁護士に支払わなくてはならない。これに訴訟にかかる諸経費をも依頼者は負担しなくてはならないので、経済的な負担はかなり大きい。そうした負担を知り、裁判での争いを諦める人はとても多い。

「裁判を起こすための着手金が二十万前後、それに諸経費が数万必要だと先生がおっしゃった時、園原さんと上村さん、落胆したような顔をされたじゃないですか。だから、金銭的に法的に訴えることを断念されるだろうって私思ったんです。でも先生が分割でもいいですよ、無理のない範囲で分割でお支払いくださって、裁判で勝っていくらかとれたら、そこから残りを払っていただくってことでもと言った途端、顔つきが少し明るくなられました」

　嬉しそうに、沢井は言った。

「そうですねぇ。ぼくも今支払う二十万は厳しいのかなと思ったんです。本当に困っておられるようでしたしね」

　依頼も増え、事務所も軌道に乗ってきたのに経営が楽にならないのは、やはりこうした甘さが自分にあるからだろうと時に思う。ほとんど利益のない裁判も、相談者が他の事務所では相手にされなかったというような案件も、なにかの拍子で引き受けてしまう。それが自分のマイナスでもあり、プラスでもあり……。妻子を養う必要がないせいもあるが、利益がなくてもしなくてはならない仕事というのがきっとあり、そうした案件が巡ってきたときは無理のない範囲で引き受けようと思っている。前の法律事務所の同僚の中には、環境問題や障がい者の権利を守る仕事などに無償で携わっている者もいる。

「それにしても、私は納得できないですね」

「何が？」

「夫の不倫相手が妻に支払う慰謝料の少なさですよ。二百万や三百万くらいの金額で、罪が償えると思ってるんですかね。妻をバカにしてるわ」

「そうはいっても不倫の場合、夫が一番悪いですからねぇ。それに沢井さん、このごろは逆も多いですよ、妻が不倫するパターンも。被害者は女性ばかりじゃないですよ、男性の相談者、今月も多かったでしょ」

沢井が珍しく感情的に話すので、芳川はわざと冷静に返した。でもいつも淡々としている沢井の、こうした感情的な言葉を聞くのは嫌いではない。

園原聡子……確かにこの相談者の話は、沢井でなくても同情に値する。六十六歳の身で、長年連れ添った夫が老後の蓄えであるはずの預貯金通帳とともに消えてしまったという。さらに園原の場合、住んでいた家まで売却されていた。園原自身は、その事実を夫の家出後に知ったらしい。

「園原さん、明日来るかな」

沢井が窓の外を見ながら、呟く。もう日が落ちて外は何も見えないだろうから、窓ガラスに映った自分自身の顔に訊いているのだろう。

「さあ……どうだろうか。娘さんと二人で来てるくらいだから、虚言ってわけでもないだろうしね」

「あの人は虚言なんて言ってないですよ」

沢井が不満げな表情で、芳川を睨《にら》む。

「作り話だとは思ってないですよ。でも一応そういう線もあるでしょう、経験上」

この辺りでは弁護士の法律相談料の相場は、三十分で五千円から二万五千円だ。だが芳川の事務所は初回の三十分は無料ということにしている。三十分を超過したらその後は三十分ごとに五千円を加算していくのだが、初回の三十分が無料ということで法律事務所に訪れやすくなると考えている。法律相談を身近にするために、行政が開設している無料法律相談というものもあるのだけれど、週に一度しかなかったりで、相談者が「思い立った時にすぐに」というわけにもいかないからだ。

ただ他の事務所より若干安い相談料の設定ということもあって、中には日常のささいな悩み、あるいは妄想を話しに、事務所の扉を叩く人もいる。

「園原さんも上村さんも、虚言を話すような人ではないですよ」

「いや、それはぼくもわかってますよ」

「そんなことが見抜けないなんて、先生は……」

「見抜くっていっても。ぼくは刑事でも精神科医でもないんだし……。相談者の話をすべて鵜《う》呑《の》みにして同情してたんでは、ぼくも沢井さんも身がもたないから適当にってことで」

日々持ち込まれる相談は、本当に取るに足らないものから深刻なことまで、さまざまだ。職場の同僚が自分のことを陰で無能だと言っているので、名誉毀損《めいよきそん》で訴えたい。有名メーカーで鬘《かつら》を購入したのだが、その鬘を着けていると家族や会社で笑われたので、そのメーカーに返品し返金をさせたい。誰にも気づかれませんという広告のコピーを信じてたのに……。そんな、どう対応したらよいのか悩むような案件が、これまでいくつ持ち込まれたことか。沢井だって知っているはずだ。

「旦那の行方がわからないとはいえ、不倫相手の所在がわかっていることが救いですね」

気持ちを切り替えるような口調で、沢井が言った。よほど気になるのか、また園原さんの話だ。

「本来なら旦那に、財産分与なり慰謝料なり請求しないといけないケースだからね。まあ失踪したとなると今のところはどうしようもないってことになるんだろうけど……。不倫相手は旦那が以前に入院していた病院の看護師だっけ。三年前から不倫関係が続いてたって、娘さんの方が言ってたね。でもよく調べたもんだ。調査会社にでも頼んだのかな」

「旦那さんの使っていた机の引き出しに、出さずに置いてあった手紙が何通か残っていたって、園原さんが言ってたじゃないですか。宛先は書かれていなかったけれど、手紙の内容から相手を特定できたって。先生、ちゃんと話聞いてなかったんですか？」

失踪先の手がかりをつかもうと旦那の部屋を探していたら、糊で封がしてある封筒が何通か見つかった。中を開けると、旦那が愛人に向けて書いたラブレターめいた手紙だった。

沢井は説明しながら、

「手がかりが見つかったとはいえ、妻にとっては最悪の発見ですよね、それって。不倫なんて今の世の中珍しくもないことだけれど、自分が当事者になったら、それは辛いことだと思います」

と手に持っていた書類を芳川に手渡した。日付の入っていない契約書と、園原と上村が話したことの内容をまとめたものだった。

「じゃ、帰ります」

手早い動作で帰り支度を済ますと、これまでの話に区切りをつけるように、沢井が笑った。

「あ。すいません、遅くまで」

「八年前、私が離婚した時ですが……。その時私、口座に五十万もなかったんです。かつての夫に二百万でも三百万でもまとまったお金をもらえていたら、立ち直るまでの気持ちが違っていたと思います。あの時は息子を自分の手元に残すことばかりに必死でしたから、それ以外の条件については多くを望まなかったんです。でも同じ地獄だとしても、お金があるのと無いのでは違いますから」

沢井が、軽やかな足取りで扉を開けて出て行く。階段を降りる音、自転車のスタンドを上げる音が聞こえてくる。芳川は自分の机のすぐそばにある窓から道路を見下ろして、自転車の灯りが直進していくのを眺めていた。そのまっすぐに伸びた背中と、揺るぎなく進んでいく自転車を見ていると、いつもトライアスロンを思い出す。仕事が終わると休息できる自分とは違い、沢井は今から母親としての務めが始まる。

「次はマラソンか……沢井さんはほんと鉄人ですね」

窓越しに沢井を見送ると、芳川は再びデスクにつき、依頼者のファイルを三冊積み上げた。今月に裁判が控えている原告のものだった。この裁判で勝訴すれば、まとまった金額が入る。

「金にならない裁判ばかりじゃ、食べてけないしな。おれも頑張れ、ってな」

芳川は、いつも沢井が座っているパソコン前のクリーム色の椅子に向かって呟く。デスクの上のカレンダーには、明日の予定として園原、上村の面会時間が沢井の字で書き込まれていた。

あの母娘は果たしてやってくるだろうか……。

一度大きな伸びをすると、芳川はファイルを開き、今から終電の時間まで仕事をするぞと決めた。

二〇〇八年　八月

沼田《ぬまた》和恵《かずえ》が病棟の休憩室でコンビニの弁当を食べていると、ドアを開ける大きな音がし、竹中《たけなか》みずほが顔をのぞかせた。

「あ。先客」

にこりともせずに言うと、みずほは小さなテーブルを挟んだ向かい側のソファに腰を下ろす。目に見えるわけではないが、ソファの埃《ほこり》をまき散らすような粗雑な動作だ。

「沼田さん、今日の勤務なんだっけ？」

みずほの太い指がカップラーメンの蓋を捲《めく》り、ポットから湯を注ぐ音とともに、食欲をそそるスープの匂いが部屋に充満する。

「日勤」

「えっ、そうなんだ。あとちょいで帰れるんじゃん」

「みずほは？」

「準夜。もうやだ、疲れた。早く帰りたい」

昼食をとるのが遅くなったので、もう時計は三時を回っている。日勤は六時までだから、みずほの言う通り、あと三時間もすれば夜勤帯の看護師が出勤してくるので交代できる。

「これ、見た？　こんなの誰が参加するんだっての」

みずほがクリアファイルに挟まれた用紙を、放るようにして和恵の前に寄こした。和恵もさっき目を通したもので、用紙にはこの春退職した看護師の、結婚披露パーティーの案内が印刷されている。

「あんたは行かないの？」

「行くわけないでしょ。なんでアレを祝わなきゃなんないの」

和恵の問いかけに気分を害したような口調で、みずほは答える。カップ麺のスープを啜る音が、やたらに大きく耳につく。

「沼田さん行くの？」

パーティーの案内を作成して、回覧しているのは佐々木《ささき》師長だろう。用紙の下にある参加希望者が氏名を記入する欄には、今のところ佐々木師長の名前しかない。

「私はその日夜勤だから行かない」

「沼田さん、ラッキーじゃん。私は日勤だけど行かない。金がもったいない。適当な理由作って逃げるさ」

和恵に寄こしたクリアファイルに手を伸ばし、もう一度用紙を眺め、みずほはまたテーブルの上に投げるようにして置いた。

みずほが「アレ」と呼ぶ久世美園《くぜみその》は、たった一年間の勤務で病院をやめてしまった新人だった。看護学校を出たばかりで、この消化器外科に配属されてきた。みずほはこの新人を前にして「使えない。もっと使えるのに替えてほしい。いるだけでウザイ」と散々苛めていたくせに、実際に退職してしまうと「一人減だと仕事が増える」と師長に詰め寄っていた。

ただ退職しただけならまだよかったのだが、その新人は違う科の若い医師と結婚するという。退職後もみずほが悪態をつき続ける心境は、和恵にもわからないでもない。ただ悪口が筒抜けのこの職場では、どこでどう回っていくかわからない怖さがあり、みずほのようには振舞えないだけだ。若いみずほと違って、四十八になる和恵はそう簡単に転職できない。

「すごい荷物。買い物？」

不機嫌なみずほの気持ちを逸らすように、和恵は話題を変える。ブランド名が印字してある紙バッグが三つ、みずほの横に置いてあるのを見つけた。

「ああこれ？　ロッカーに入りきらなかったから持ってきた。休憩室なら、盗られるリスクは減るかもしれないと思って。ロッカーにもぱんぱんに詰めこんであるんだ。仕事前にアウトレットで衝動買い。来月のカードの支払いやばいって」

得意げにみずほが言った。病院の地下には職員が着替えのために使う広いロッカー室があるが、このところ盗難が続いていた。必ず施錠するようにとの回覧も目にしている。ロッカーに入りきらないものを、ロッカー上のスペースに置いたりすることはやめるよう、忠告を受けているのだ。職員しか入れないはずのロッカー室での盗難事件に、ストレスはさらに増す。

「いいね、自由になるお金があって」

食べ終わった弁当を白いビニール袋に突っ込み、和恵は小さく息を吐く。

「なんで、沼田さん共稼ぎでしょ。旦那と二人でがっつり稼いでるんじゃないの？　沼田さんもさあ、あとひとつゼロの多い服着たら、そこそこ小奇麗に見えんじゃない？　そしたらもっとおひねりとんでくるってなもんですよ」

「おひねり？」

「知ってるんですよぉ。けっこういろいろ貢がせてるじゃないですか、男の患者から。私、沼田さんがなんか貰ってるとこ見たことあるよ。ま、高齢患者限定の人気だけど」

「なによそれ？　なんのこと言ってんの」

人を小馬鹿にした言い方にむっとして、和恵は訊いた。患者から個人的に品物を貰っているところを、見られたのだろうか。だがみずほは鼻で笑ったまま何も答えない。もうあと二時間……。和恵は前歯についた海苔《のり》を舌の先でこそげ落としながら、ドアを開けて病棟に出た。


担当している患者の陰部洗浄が終わると、もう六時を過ぎていた。さっさと済ますつもりだったのが、紙オムツを開けると大量の下痢便があり、便がオムツから染み出し、ベッドシーツにまで付着していた。陰洗どころではなくなり、患者をベッドの端に寄せてシーツを剝ぎ、新しいシーツに交換しているうちに時間が経ってしまった。途中で誰かに手伝ってもらおうかと思ったがみんなばたばたと忙しく、途中みずほが病室を覗きに来たが、

「沼田さん、当たり」

という言葉を残して行ってしまった。

看護日誌を書き終えて病棟を出る時には、七時を過ぎていた。明らかに残業だが、この病棟ではそうした時間経過は自己責任として葬られるしきたりだ。

「沼田さん、ちょっと」

爪の中に入り込んだ便をボールペンの先でほじっていると、佐々木師長に声をかけられる。文章を書くのが苦手なので、この看護日誌を書くという作業がすべての業務の中で一番嫌いだ。その日誌を書き上げ、ほっこりとしているところだった。

「はい?」

わざとのろのろと振り返る。

「ちょっとカンファレンス室に来てくれる?」

佐々木師長の顔が妙に強張っている。

何かミスをしただろうか。和恵は看護日誌を元の棚に戻した後、先に行った佐々木師長の後を追いかけた。

「そんな固まらないでね。ちょっとした連絡事項だから」

部屋に入って二人きりになると、佐々木師長は笑顔で言った。その笑顔がわざと自分をリラックスさせるためのような気がして、和恵はさらに身構える。自分より五歳年下の、思いつめたような佐々木の目を窺うように見つめる。

「あのね。後で事務局の方に行ってもらいたいのよ」

「事務局？」

ミスで叱られるんじゃなかった。ほっとして気が抜けそうだ。だが事務局に行く用事が見当たらない。

「引越しのことですか？　それなら新しい住所、今朝事務局に届けましたけど」

先月、新しいマンションに引越しをして、その新住所の手続きのことで事務局から何度か連絡があったことを思い出した。

「引越しの手続き？　ああ、そうだったわね。でもそのことじゃないの。あなた宛にね、メールが届いているの」

「メールですか？」

「内容証明というものが、芳川法律事務所という所から届いているそうよ。何か心当たりある？」

佐々木師長はそれだけ言うと、和恵の目をじっと見つめてきた。和恵の苦手な、相手の心の動きを見逃すまいとする目だ。

「まったくわかりませんけど」

本当だった。ナイヨウショウメイという言葉の意味すらわからない。法律事務所というのはわかるけれど、自分がそんな所にお世話になるようなことなど、かつて一度もなかった。

「そう。まあとにかく事務局に行って受け取ってきてください」

佐々木はなんでもないふうを装ってはいるが、和恵にはわかっていた。こうして明るく済ませておいてもまだ、この女の詮索は続く。

「受け取るって、メールをですか？」

「メールだけれど、添付で内容証明が送られているらしいわ。最近は内容証明も郵送ではなくてメールで送るのね。ちゃんと効力があるものかしら」

佐々木が独り言のように呟く。本当はナイヨウショウメイの意味が聞きたかったけれど、自分の知識の浅さを知られる気がしたので、黙っておいた。


新しく引越したマンションのエントランスホールのドアを開けると、新築独特の塗料の匂いがした。そこで和恵は一呼吸置き、さらに奥のドアに向かう。オートロックの暗証番号を打ち込むと、ドアが自動的に開いた。

エレベーターの中は広く、静かに上下する。それぞれの部屋の前の廊下には絨毯《じゅうたん》が敷き詰められていて足音もしない。ホテルのような造りをしたマンションに、まさか自分が暮らすことになるなんて……。引越してもう一ヶ月が経とうとしているが、胸の昂ぶりはまだ続いている。これから大金を調達できる見込みで、「頭金は0円でいいですよ」という不動産屋の誘い文句にすぐさま飛びついた。

「NUMATA」と金文字で書かれた表札を見上げながらドアを開けると、部屋の奥からテレビの音が聞こえてきた。以前暮らしていた団地は玄関のドアが薄かったので、ドアに近づくと中の音が聞こえてきたが、ここはさすがに防音が徹底しているのだろう。他の住人の物音もまったく漏れてこない。

「雷輝《らいき》、いたの……星也《せいや》は？」

リビングで寝転んでテレビを見ている次男の雷輝に向かって、和恵は訊いた。星也がどこで何をしているかなど特に知りたくもなかったけれど、他に会話の糸口もない。

「知らね」

スナック菓子の袋に手を突っ込んだままの雷輝は、音を立てて咀嚼《そしゃく》しながら言った。

「今日何、飯」

「まだ考えてない。冷蔵庫にあるもので作るつもり」

「ピザにしようぜ。おれ注文してやっから」

雷輝が、指先についた菓子の粉を絨毯になすりつけていた。

「やめなよ、食べカスそこに落とすの。絨毯が汚れるだろうが。せっかく買ったばっかのマンションなのに」

和恵が舌打ちすると、雷輝は立ち上がって和恵のいるキッチンまで寄ってきて、冷蔵庫に磁石で止めてある宅配ピザのメニューをむしり取っていく。

「ピザなんて取らないよ。高いし、あんたらピザだけじゃ腹膨れないでしょう」

高校二年生の雷輝と、二十四歳でアルバイトをたまにするくらいの星也は、驚くくらいの量の食事を食べる。二人の食費だけで月に十万近くはかかっているのではないだろうか。

「おれの分だけでいいから。プータロウの星也はなんか残り物でも食わしときゃいい」

和恵が止めるのも聞かず、雷輝は勝手にLサイズのピザ一枚とコーラを電話注文した。

冷蔵庫の中身を確認しながら、和恵は深く息を吐き出す。いつものことながら、仕事から帰ったこの時間帯は疲れが倍増する。夫の敏夫《としお》と息子二人……自分勝手な男三人の世話が心底苦痛だ。帰ってくるのが遅いために敏夫が家で夕食をとることは稀なのだが、そのくせ自分の食事が用意されていないと不機嫌になる。用意をしていても外で食べてきたり、献立が気に入らなかったら外食に出るくせに、だ。

「じゃあピザ食べときな。あたしちょっと部屋で横になってくる」

食卓のテーブルに千円札を三枚置くと、和恵は自分の部屋に向かった。四畳半とはいえ、今回の引越しで得た、自分だけの空間に思わず口元が緩む。だが今日は新しい部屋でくつろぐ気分ではない。

自分の部屋には座椅子と小さな箪笥だけを置いていたが、その座椅子に背をもたせかけ、和恵はバッグの中から書類を取り出す。さっき病院でプリントアウトしてきた内容証明だった。

「なんで、なに。これは」

芳川弁護士という名前に憶えはなかったが、園原という名字はよく知っている。書類の中で、芳川弁護士は園原聡子という女の代理人となっていた。

「どうしよぉ……」

印刷されてある難しい文章は、一度読んでも意味が理解できなかった。普段ならそこで読むのをやめてしまうのだが、さらに繰り返し読む努力をしているうちに、ようやく和恵に非があり、それを園原聡子という人物が訴えているのだと理解できた。左胸が締め付けられる。四十になった頃から時々、こうして胸が苦しくなる。

「冠省　小職は園原章氏の配偶者であった園原聡子氏の代理人として本書面を送付差し上げます……貴殿は、章氏に配偶者がいることを知っていながらも、章氏との間で不貞の関係を有しておられました……」

声に出し、もう一度書面を読んでみる。謝罪、補償、慰謝料、法的措置……？　紙を持つ指先が震えた。

和恵はバッグから携帯電話を取り出すと、章からのメールと着信の履歴を慌てて削除した。そして電話帳に登録してあったアドレスも削除しようと思った。だが完全に消してしまうと本当に連絡が取れなくなってしまうので、電話番号とメールのアドレスをシステム手帳の白紙に写しとる。今すぐ誰かが自分の携帯電話を取り上げ、中にある章に関するデータをチェックするのではないかと恐怖心がこみ上げてくる。

「警察に捕まったわけでもないのに……」

あまりに怯《おび》えている自分自身を笑ってみようと呟いたが、あまり効果はない。

手帳に書き写した章の携帯の番号に、電話をかけた。何度か呼び出し音が鳴り響くのを聞いているうちに、怯えた気持ちが怒りに変わっていく。なんで私がこんな目に遭わないといけないの。あのじじいが私にちょっかい出してきたんでしょうが。被害者は私でしょうが。

いつもなら三回のコールを待たずに章は電話に出てくるのだが、電話はメッセージを預かるセンターに繋がった。

親指で電話を切るボタンを押す瞬間は、章への憤りで全身が震えていた。

突然ドアを開けた雷輝が、床に座り込む和恵を見下ろすようにして、

「金、足りない」

と言ってきた。怒りと驚愕で思考を止めていた和恵は、言葉を発するのに数秒を要しながらも、

「なんで？　三千円置いただろう」

唇を震わせ、内容証明をぐしゃりと握った。

「三千四百六十円。サイドメニューもつけた」

狼狽しきった和恵の様子に、雷輝はわずかに驚いた表情を見せたがそれは一瞬のことで、またいつもの能面に戻っている。和恵は内容証明の書類を慌てて太腿の下に隠したが、書類を読んだところで、こいつの頭では理解できないだろうと思い直す。バッグから財布を取り出し、千円札をもう一枚引き抜き、投げるように渡した。

私は、何も知らない。園原章が勝手に自分に金を渡してきたのだ。私は看護師として高齢の患者に親切に接していただけだ。その礼として、ただ厚意を受けていただけだ。妻がいることは知っていたけど、章は何も言わなかったし、特に気にすることでもないと思っていた。私は何もしていない……。私だって被害者だ。誰にするでもない言い訳を、和恵は念じるように心の中で呟き続けた。

どれくらい時間が経っただろう。玄関のドアが開く振動が、和恵の座る床に伝わってきた。

「なんだ、またピザ取ったのか」

部屋のドアを開けると、ネクタイをむしりとる敏夫の姿が見える。鞄をソファの上に放り投げ、洗濯物が畳んである山から着替えを探している。

「今日忙しくて、私も疲れてたから」

「蕎麦《そば》でいいわ。急げよ」

冷蔵庫から缶ビールを取り出すと、敏夫はテーブルの椅子に腰掛け、テレビをつける。さっきまでここでテレビを見ていた雷輝は、自分の部屋に戻っていた。敏夫が帰宅したのを察知すると同時に逃げ出す、いつものことだ。

「先にシャワーでも浴びててよ。急げって言われても、十五分はかかるからね」

「風呂はいらない」

テレビの画面から目を離さずに、敏夫が言った。さりげなく夫の後ろに回り、髪の匂いを嗅いでみる。今日もシャンプーの匂いがしている。仕事帰りに風俗でも寄ったのだろう。これも、いつものことだ。

「ねえ、この間話してたことなんだけどさあ」

和恵はできるだけ可愛らしい声を出して、敏夫に話しかける。「死んでくれた方がまし」くらいの夫だけれど、こうして家にいると反射的に機嫌を取ってしまう。

「星也に少しでも生活費を入れさせようかと思ってんのよ。ただでここに住ませんのもしゃくだし。そうしたら少しは働こうっていう気持ちになるかもしれないし……」

「好きにしたら」

「でもあんたから言ってくれた方が……」

和恵が必死に貯めた金で大学まで出してやったが、卒業して二年、星也はいまだ就職する気をみせない。初めの頃は「景気が上向いたら就活する。今動いてもカスつかむだけだし」と言う星也の言葉に納得させせられていた。だが今では「三流大学出のおれが、まともな就職なんてできるわけないだろう」と無気力に返され、和恵自身「できるわけない」ような気持ちになってきている。

「金足りねえんなら、いくらか入れさせりゃいいじゃん」

敏夫が面倒くさそうに口元を歪める。結婚してからずっと、敏夫は家計に関心がない。うちは家賃だけを敏夫の給料で支払い、それ以外は和恵の収入ですべてやりくりしている。一度だけ、そのやり方に文句を言ったことがあるが、「文句あんなら離婚すっか」と相手にされなかった。結婚後も自分の稼ぎを自由に使いたいから、手に職のある和恵と結婚したのだ。生活費を折半するのは、結婚当初の契約みたいなものだ。説教のような口調でそう言い聞かせられると、和恵は何も言えなくなった。離婚されたくないからだ。同僚にシングルマザーは多いけれど、自分はあの人たちのように一生あくせくと働くつもりなんてない。

結婚生活が長くなり、敏夫の病的なほどのギャンブルと風俗好きを知ってしまうと、確かに生活費として和恵に渡すほどの金は残らないだろうと思った。だが不動産業界を転々としながらもいちおうは勤めに出ていたし、家賃を支払うだけでもましかと考えるようにした。敏夫の趣味なんかなんだっていい。風俗だってこちらが気にしなければいいのだ。素人女と浮気されるよりむしろ安くつく。

浮気……。

前歯に挟まった葱を、小指の爪で掻き出す敏夫の横顔を、和恵は盗み見た。こいつは私が浮気していると知ったら、どうするだろうか。離婚だと言い出すだろうか。

敏夫が食べ終えた丼の器を下げ、洗ってしまうと、和恵はまた四畳半の自分の部屋に戻った。内容証明の入った封筒を二つ折りにして、押入れの中の菓子の空き缶に入れる。なぜか捨てられないガラクタばかりが詰め込んである缶だった。このことは敏夫に絶対ばれないようにしないといけない。

章から連絡がきていないかと、携帯電話を確認してみたが誰からの着信もなかった。

二〇〇八年　九月

二人掛けの小さな食卓の前で、聡子は何をするでもなくぼんやりと座っていた。カレンダーが九月になっているのを見て、小さく溜め息をつく。

「もうだいぶん落ち着いたのよ」

一時間ほど前までここにいた香織には、そう強がったが、本当はまだ心と体が宙に浮いたままだった。現実感に乏しい暮らしが二ヶ月、続いている。

これまでの生涯で最も辛い二ヶ月間だったと思う。長年暮らしてきた家を出て、一人住まいのアパートに引越しをした。香織が鶴見駅前の不動産屋で探し、香織の夫の圭太郎名義で借りてくれた。その間、法律事務所を訪ね、章の不倫相手を法的に訴える手続きもした。法的に訴えるなんて大それたことができたのは、姪《めい》の東山優子《ひがしやまゆうこ》が後押ししてくれたからだ。聡子には弟がひとりいて、優子は弟の一人娘だった。世間知らずの自分や香織と違い、優子は都内の薬品会社で総務の仕事をしている。今年四十歳になった優子と香織は同い歳で、小さい時から仲が良く、今回のことも親身になって相談に乗ってくれた。

「おばさん、このまま黙っていたらいけないよ」

章が不倫相手に宛てた手紙……出さずに机の引き出しの奥にしまいこんであった手紙を読み終えた優子が眉根を寄せる。今も独身で父親と実家に暮らす優子は、話を聞くとすぐに来てくれた。

「黙っていたらって……」

「おじさんを捜すのはもちろんだけど、この沼田和恵って人に会って事情を聞かないと。おじさんの居場所、この人なら知ってると思うよ」

不倫相手の名前は沼田和恵というらしいが、その女性と夫が繋がっているという実感は湧かなかった。

「この人に会うって言ったって……。でもどうやって？　封筒に宛先の住所は書かれてないのよ」

香織が訊く。聡子は何も言えずに、黙って娘と姪のやりとりを見ていた。

その時の聡子は指先ひとつ動かすのがやっとなくらいに全身から力が抜け落ちていて、怒りという感情が湧き出るエネルギーすら残っていなかった。

「香織ちゃん、ほら見てよ。この部分……『今日は親慈愛《しんじあい》病院の近くまで行きました』って書いてあるでしょ。だからこの沼田っていうのは病院勤めをしてんのよ。それに前におじさん、この病院に入院してたことあったじゃない」

「そうかな……。もし違ったら?」

「違ったらっていっても。他の手紙を読んでも手がかりはこれしかないんだから、まず第一アクションはこの病院でしょ」

「優ちゃんは大きくなったわねぇ。やっぱりしっかりしてる」

頼もしい姪の姿に聡子が思わず呟くと、

「何言ってんのおばさん。私もう四十だよ、大きくなったどころじゃないでしょ。こんな事態なのにもうっ、暢気《のんき》なんだから」

と優子が笑った。快活な笑顔は小さい頃のままだ。優子は中学生の時に母親を失っているので、聡子は自分の娘のようにも思い接してきた。

「私が親慈愛病院に電話するよ」

優子が言うので、香織が携帯電話のアドレス帳から親慈愛病院の電話番号を探し、伝える。

「香織ちゃんったら、病院の電話番号なんて携帯に登録してんの？」

「うん、だってここ救急外来があるんだもん。子供は急に病気になったりするからね。そういう時って慌てちゃうのよ。だから……」

まさかそんなに簡単に相手の身元が割れるとは思っていなかったけれど、優子が調べると案外すぐに沼田和恵という女性のことがわかった。

香織から電話番号を聞いた優子は、以前入院した患者を装って、病院に電話をかけた。

「そちらの職員の沼田和恵さんに御礼を言いたくてお電話しました」と彼女が告げれば、何の疑いもなく「沼田は本日は深夜勤業務ですので九時まで来ませんが」と教えてくれたそうだ。

「最近はね、個人情報保護法が厳しいでしょ。だからそちらに沼田和恵さんはいますかって訊《たず》ねるより、こういう形で訊いた方がいいのよ」

受話器を置いた優子が、小さく息を吐く。香織はしきりに感心していたが、聡子の指先は冷たくなっていて、寒さすら感じていた。沼田和恵という女性が実際に存在するということが、自分の身に起こった出来事はすべて事実なのだと突きつけられているような気がしたからだ。

「おばさん、顔色悪いよ、大丈夫？」

「ほんと、お母さんどうしたの？　具合悪いの？」

「ちょっと……寒くて」

「お母さん熱でもあるんじゃない？　九月に寒いなんて。ちょっと横になってきたら？　疲れてるだろうし」

香織に背を押されるようにして、奥の部屋に座布団を敷いて横になった。沼田という女性が実在していたことが、聡子にはショックだった。やはり章は女性と一緒になって出ていってしまったのだろうか。

数日前、香織と一緒に相談に行った法律事務所のことを聡子は思い出していた。高層ビルのワンフロアすべてが事務所になっている立派な佇《たたず》まいの法律事務所を選んだのは、電話帳に掲載されていた大きな広告が目を引いたからだった。だが当日飛び込みで行ったせいか、中島《なかじま》と名乗る弁護士は終始不機嫌で、聡子が事の顚末《てんまつ》を話し終わらないうちに、

「資産状況は？」

と訊いてきた。

「資産状況？」

「離婚するにあたり財産分与できる資産というのは、不動産、預貯金、払い込み済み生命保険、有価証券、ゴルフなどの会員権、車、その他の高価品です。その資産を合計したものを奥さんの寄与度によって分配します」

早口で話す中島の言葉の半分も理解できないまま、

「寄与度？」

間の抜けた調子で反復するのがやっとだった。

「だから、共有財産の形成に貢献した度合いですよ。まあ事例としては共有財産の二分の一を妻に分与することも多いですけどね。あっ、もし旦那さんが自宅など財産を勝手に処分しようとしているなら、保全処分をとることもできますよ。保全処分っていうのは目的の財産が散逸《さんいつ》しないように事前に勝手な売却をストップさせることなんですがね」

「あの……まだ離婚するかわからなくて。とにかく今話したみたいに、夫の行方がわからない状態なんです」

聡子がためらいがちに言うと、もうこれ以上話を聞いていられないというような調子で、

「そうですか。じゃあ方向性が決まったらまたいらしてください」

と弁護士は立ち上がった。その後、事務員らしき女性が銀色のトレーを持ってやってきて、

「相談料は一万円になります」と言われた。三十分五千円のところで、十分ほど延長していたようだった。聡子は慌てて財布を取り出したが中には七千円しか入っておらず、香織の三千円と合わせて銀色のトレーに乗せた。

法律事務所を出る足取りは重かった。自分の身に起こった事を誰かに相談したくて訪れたのだが、心の重さは少しも軽くはならなかった。すると香織が、

「そうだ、優子ちゃんに相談してみようよ。優子ちゃんなら何か良い案をくれるような気がする」

と言ってきたのだ。優子に話すと弟の信一《しんいち》にも知られることになり、今後の親戚づきあいに支障がでるような気がしたのだけれど、もう他に頼るところがないという気持ちでもあった。

優子はすぐに法律事務所を探してくれた。会社に出入りする顧問弁護士に紹介してもらったという個人経営の小さな法律事務所だった。評判が良いということと、何より香織の家から近いということで即決した。二人の子持ちである香織と、六十をとうに過ぎた世間に疎い自分では、行動力はしれたものだ。

「気にしないでいつでも呼んでね。私にできることなら、なんでもするから」

いろいろ手伝ってくれた優子に御礼の言葉を告げると、彼女はそう言ってくれた。自分と香織ではとうてい起こせなかった行動も、優子がいたから勇気を持てた。絶望の中に、香織と優子がいてくれたことで、自分は死なずにやってこられたと聡子は思う。大袈裟《おおげさ》ではない。本当に死なずに今生きているのは娘と姪のおかげだった。

「お茶でも飲もうかしら」

綾乃と舞が描いてくれた絵が貼ってある冷蔵庫の扉を開けると、聡子は中から麦茶の入ったガラス製のピッチャーを取り出し、コップに注いだ。

「美味《おい》しい……」

一口含んだだけで、麦茶の芳《こう》ばしい味が全身に満ちる。美味しい――そう感じるだけで、涙が滲みそうになった。

「さあ……どうしようか」

聡子は呟く。自分の置かれた状況に、ひと月ほど泣き暮らしてきたが、今はこれからの生活への不安が強くなっている。章は家を売却した金を含む全財産を持って姿を消したので、聡子に残った財産は自分名義のわずかなへそくりしかない。通帳の預金残高は二百万円と少し……。香織が成人した年からこれまで、月々一万円ずつ預金していた金額だった。あとは国民年金が月に六万と少し入るだけだ。章が会社でかけていた厚生年金の半額が、離婚をしても聡子に入るのではと香織がいろいろ調べてくれたが、章が失踪している状態では難しそうだった。社会保険事務所というところに年金分割の請求をする手続きは夫の同意が必要となり、同意がなければ裁判所の調停に持ちこまれると言われた。その分割請求も離婚後二年以内にしなくてはならないと教えられ、正直なところ聡子は諦めている。

夫は本当に私を捨ててしまったのだろうか……。四十年以上連れ添った妻を、こんなに簡単に捨てるような男だったのだろうか。夢を見ているような、いつもの感覚が襲ってきたので、聡子は慌てて深呼吸する。そして、チェスト簞笥の引き出しから、ファイルに挟んでいる離婚届を取り出した。章の名前が夫の字で記入されてある。これも、香織と優子が夫の机から探し出したものだ。

「こんな……」

こんなもの、いつの間に書いていたの？　聡子は心の中で章に問いただす。責めるように言ってやろうと思うのだけれど、悲しみの方が勝って、心の声まで弱々しい。

電話の音が鳴り出し、びくりと体を震わせる。独り暮らしの聡子に固定電話はもったいないと香織に言われ、携帯電話を買いに行った。夫は持っていたけれど、専業主婦の自分には必要ないと考え、これまで持ったこともなかった。マニキュアの色のような光沢のある淡いピンクの携帯電話はとても可愛らしかったけれど、自分には不釣合いに思える。

「はい。もしもし園原ですが……」

聡子が使える携帯電話の機能は、電話に出ること、かけること、今のところそれだけだ。

「芳川です」

電話を耳に押し付けすぎたのか、相手の声が驚くくらい大きく聞こえた。

「芳川さん？……」

「芳川法律事務所の弁護士です」

若い男性の声と、記憶にある顔がようやく一致する。

立っていた聡子はその場で床に正座をした。立っていると緊張でうまく話せないような気がする。今まで家で使っていた電話は和室にあり、いつも座って電話をしていたからだろう。

あの電話は……どうなったのかしら？　家に残してきたほとんどの荷物の中に電話も含まれている。ファックス機能の付いた電話機は、夫と一緒に大手の電器店に買いにいったものだ。購入してからまだ三年も経っていないはずだ。もったいない……。芳川との電話に緊張しながら、頭の半分で聡子はそんなことを考えていた。

「わかりました……香織と……娘と相談してみます」

芳川との電話が終わり、聡子は正座のままで頭《こうべ》を垂れる。一度頭を下げてしまうと、しばらくこの姿勢で動けなくなる。頭って、こんなに重かったかしら……。

芳川弁護士には、早々に離婚届を役所に提出してほしいと言われている。不貞行為を理由に不倫相手を訴える場合は、こちらが離婚しているのとしていないのとでは、相手に支払わせることのできる金額が大きく違ってくるらしい。離婚をしていると、不貞行為により結婚生活が破綻したという主張ができるので、最高額では三百万ほどの慰謝料を取ることができる。離婚に至ってないのであれば、慰謝料が五十万に及ばないことも珍しくない、と。

聡子は多くの慰謝料を取りたいわけではなかった。ただ、自分の傷ついた気持ちを、相手の女性にも理解してほしいだけだ。香織にそんなことを言えば「お母さんは甘い」と叱られるかもしれない。「生活のためには百万でも多く慰謝料を取れるようにしないと」と、説教をされるだろう。でも聡子の本心は、この悔しさと悲しさを、夫やその不倫相手にぶつけたいだけの裁判だった。

離婚届か……。夫の記入欄は埋まっているので、あとは自分が書き込んで提出するだけだから、その気になればすぐにすむだろう。離婚届を出した際に役所で渡される受理の証明書と、籍を抜いた聡子自身の戸籍。その二通を事務所に早急に持って来てほしいのだと、芳川は言っていた。受理証は届けを出したらすぐに発行してもらえるが、戸籍は役所の人間が手書きで書き変えなければならないので、しばらく日にちが必要になる。だから、早々に離婚届を出してください、と。

前回事務所を訪ねた時も同じことを言われているのに、まだ実行に移せていない後ろめたさで、聡子は気持ちが重くなる。

お父さん、どうしたらいいの……？

こんな時でも、まだ夫に相談したくなる自分の弱さに嫌気がさしながらも、聡子は定まらない心に向かって頭を振った。

夜も八時近くになり、ようやく辺りの風景が闇によって消えていく。聡子は玄関のドアを開けて、ひっそりと夜の中に出て行った。

芳川からの電話を受けた後、一時間近くそのまま床に座りこんでいた。ただでさえ痛む膝が、起き上がろうと力を入れるとカチカチに強張って、悲鳴が出るくらいに痛んだ。「いたた……」と口にすると、目尻に涙が滲んだ。

ふと、家を見に行きたいと思った。長く暮らしていた自分の……もう他人の手に渡ってしまっているけれど、家を見に行こうと思った。

バスで三十分ほどで行けるはずだ。この近くのバス停からなら、家の近所まで直通で行けるバスも走っている。そう思いついた時、虚ろだった心に、少しだけ張りが戻った。部屋着にしているズボンを脱ぎ、スカートに着替える。膝下までのストッキングを穿《は》いて、Tシャツを襟付きのブラウスに着替えたら、少しはシャキッとしてきた。

「お化粧なんて……しなくてもいいわよね。もう夜だしね」

言い訳のように呟くと、手提げのバッグに財布だけを入れた。

バスに揺られている間、不思議な気持ちだった。夜のバスに乗ることが珍しいからかもしれないが、どこか見も知らない場所に運ばれて行くような心地がした。行きたいのに、行ってはいけないような……。窓の外の風景は、何度も通ったことのある見慣れたもののはずなのに、よそよそしい。

降りる予定の停留所に近づくにつれ、全身が緊張で満ちてきた。バッグの手提げを持つ手の、しみの浮いた甲の血管が細く怒張している。

バスが停車する前に、ゆっくりと前の方へ移動しておく。仕事や学校帰りの乗客たちで車内はそこそこ混雑しているので、のろのろと動いていては降り損ねそうだ。

「かおりんのお母さん」

座席に付いた手すりを頼りに移動していると、座っていた女性から声を掛けられた。「かおりん」というのは香織のあだ名で、女性の顔を見るとすぐに娘の幼なじみの静香《しずか》であることがわかった。

「あら、静ちゃん」

「お久しぶりです。お元気ですか？」

「ええ……元気よ」

「あっ、この停留所ですよね、降りるの。かおりんによろしく言っておいてください。私はまだ実家にいるのでまた暇な時に連絡ちょうだいって」

バスが停留所に着いたので、彼女は早口でそう言うと、笑顔で手を振った。聡子も手を振り返し、笑顔を返す。小学校の頃に仲良くしていたので、すっかり大人になってはいたが、彼女の笑顔が昔の記憶を引き戻してくれる。

「静ちゃんのおかげで、ちょっと元気出たわ」

バスが走り去るのを見送ると、聡子は呟く。昼からずっと誰とも話していなかったので、何気ない会話が気持ちを少しだけ膨らませる。

この勢いで、自宅を見に行こうと思った。二ヶ月前、不動産屋に追い立てられるようにして後にした自宅だ。声の大きな不動産屋の若い男にたくさんの事を一度に説明された。何を訊くことも言い返すこともできなかった自分が、哀れに思い出される。

何が起こっているのかまったくわからず、問いただしたい夫は、この時はもう行方知れずになっていた……。

わからないことは考え込んでも仕方がない。思い出しちゃだめだめ……。心臓が痛み、全身が震えてきたので、聡子は大きく息を吸って嫌なことを思い出さないように頭のスイッチを切り替える。この二ヶ月、こうやって過ごしてきたのだ。

腕時計を見ると、八時半を回ったところだった。この時間だと顔見知りのご近所の主婦たちには出くわさないだろう。長く付き合ってきた人たちにきちんとした引越しの挨拶をすることもできず家を後にしたことが、何よりの後悔だ。

自宅の近所まで歩いてくると、意外にも心が弾んだ。懐かしさで胸がいっぱいになる。吉田《よしだ》さんの家の犬が、いつものように寝そべっている。木本《きもと》さんの家からテレビの大音量が漏れ出している、きっとおじいちゃんがつけっぱなしで眠っているのだろう。見慣れたよそ様の日常がこうして続いていることに、聡子は胸がつまり息苦しくなる。亡霊になった自分が、また生きている世界に降りてきたような、不可思議で、でも胸が締め付けられる思いがした。

かつての我が家のある通りの角を折れると、体温が上がるのがわかる。愚かだと思いながらも、これまでの二ヶ月間が夢であってほしいと願った。このバッグの中には以前の家の鍵が入っている。今のアパートの鍵と一緒に、キーホルダーに付けてある。捨てられなかったのだ。

家の前で足を止めた。動悸が早くなって、両方の手で口から漏れる声を押さえた。半分、本当にちょうど半分潰された自宅が目の前にあった。ひしゃげた形の我が家を目の当たりにして、膝から下の力が抜ける。二階の奥にあるはずの、香織の部屋の壁紙が、剝き出しになっていた。人手に渡ったのだから、こうして壊されることも当然なのだが、やはり我が家が潰されていることが理不尽で嗚咽《おえつ》が漏れた。

まだ無傷の、門扉《もんぴ》の両側にある石柱に手をかけて体を支える。石柱に埋め込まれた「園原」という表札を人差し指で撫ぜてやる。愛《いと》おしいわが子の頰を撫ぜるような気持ちになる。香織が幼稚園に入園した時、この門扉の前で写真を撮った。あの子はまだ小さくて、表札に頭が届かないくらいだった。小学校の入学式では赤いランドセルを背負った姿。中学、高校の時は家の前で写真を撮るなんてと恥ずかしがって……。でも成人式の日は、表札の隣で笑ってくれた。振袖を着た香織と優ちゃんがここに並んで。それはそれは晴れやかで華やかで、私はどんなに誇らしかったことか。二人の娘の成長を、私たち家族の暮らしをずっと守ってくれた私の家……。ごめんなさいね、こんなさよならで。長い間、ありがとうございました……。

沼田和恵という女に対して、凶暴な気持ちが沸きあがり、同時に夫に対しても同じ気持ちになる。そしてそんな自分が嫌になり、死にたくなる。私はもう死んでしまいたい……。表札に額をくっつけ、聡子は抑え続けていた涙を流した。近所の人に見られたら恥ずかしいという気持ちは、悲しみの大きさに、どこかへ消えてしまっていた。

二〇〇八年　十月

東山優子はマンションの裏側にある駐車場に、車を取りに行った。今から伯母の聡子に会う約束になっている。聡子から、沼田和恵に会ってみたいのだと電話で相談されたのは半月ほど前のことだった。

「裁判を起こそうとしているのだから、弁護士を通さずに直接会うのはいけないんじゃないかな」

と、相談を受けた時、優子はすぐにそう伝えた。聡子は「そうよね……」と答え、香織にも同じことを言われたわと小さく笑った。その時、

「じゃあ会うんじゃなくって、こっそり見に行こうよ、おばさん」

と言っていた。もし相手にばれたら、裁判上で不利な状況に陥るかもしれないと考えなかったわけではない。それでも、優子は聡子の気の済むようにしてあげたいと思ったのだ。

今からひと月ほど前のことだった。仕事を終えてシャワーを浴びた後、優子は聡子に電話をかけた。特別な用事はなかったのだが、香織から「聡子が携帯電話を買ったばかりだ」と聞いて、自分の電話番号を登録してもらおうと思ったのだ。

「聡子おばさん、元気？」

呼び出し音を十回以上鳴らしたところで、ようやく聡子が出た。まだ扱いに慣れていないということも、香織から聞いている。

「何？　聞き取れないんだけど。ちゃんと話し口に向かって話してる？」

受話器の向こうにいるはずの聡子の声が聞こえず、優子は思わず大きな声を出した。

「おばさん。……どうしたの？　今どこにいるの？」

その沈黙が、無言なのではなく、声を出そうとして言葉にならないものであることに気がついた時は、右手に車のキーを握りしめていた。

「大丈夫？　今どこにいるの、うちにいる？」

優子の問いかけにようやく聡子が答えてくれたのは、一分ほどしてからだっただろうか。以前暮らしていた自宅の近くにいるのだと、聡子は言った。バスで帰ろうと思っていたけれど、時間が遅いので本数がなく、今タクシーが通りかかるのを待っているのだと。

時計を見ると、十時を回っていた。

「タクシー拾えるの？」

「そのうちに……通ると思うのよ」

「待ってないで電話で呼んだら？　私、タクシー会社の電話番号を教えてあげるから。なんなら私が電話をかけておばさんのいる所に行ってもらおっか」

「ありがとう、優ちゃん。でも大丈夫よ」

「全然……大丈夫じゃないじゃない。今から私、そっち行くから。家から一番近いバス停で待ってて」

有無を言わさない口調で告げると、わざと聡子の返事を聞かずに、優子は電話を切った。そうすれば聡子は自分を心配して、バス停に座っていてくれる。この季節なら外にいても風邪を引くことはないだろう。

空色のミニクーパーに乗り込むと、優子は息の荒いままエンジンをかける。友人からは独り身の優子が車を所有するなんて勿体ないと指摘を受けているが、これだけは譲らなかった。「こういう時のために、車は必要だよね」

優子はミニクーパーに向かって話しかける。「こういう時」というのは、自分が大切に想う人のために、一分でも早く側に行きたい時だ。

中学二年の時に母親を亡くした。病気が発覚してわずか一年で逝ってしまったあの時のことは、本当に夢のような出来事だった。お葬式の日、聡子が真剣な表情で、

「大丈夫よ。優子ちゃんには私がいるからね」

と言った。その言葉に対して何も答えられなかったけれど、どうしてか本当に「大丈夫なんだ」と思えた。

聡子はその言葉通り、頻繁に優子の家にやって来ては世話を焼いた。学校の制服が汚れていないか、穴の開いた靴下を履いていないか、下着がほつれてくたびれていないか……。

「男親っていうのは、見てるようで見えてないことが多いものよ。それに信一は昔からまめな方じゃないしね」

普段の弁当は自分で作ったけれど、遠足の日など行事の日にはおばさんから弁当が届き、修学旅行前には持ち物のチェックをしてくれた。生理用品を大量に買ってきて優子の部屋の箪笥の引き出しにしまい、なくなりそうになるとまた買い込んできた。

中学生の頃の優子は、自分自身は充分に成長していると思っていた。お節介なくらいに世話を焼く聡子のことを、恥ずかしさもあって正直面倒くさいなと思ったこともある。香織の手前、こんなにしてもらうのは悪いと遠ざけたことも。

でも大人になった今思えば、自分はなんて恵まれていたのだろうと思う。友人たちの間で流行っている服も、髪をカールする道具も、柑橘系の香水もちょっとした化粧品も、聡子は何気なく持ってきてくれた。友達を羨ましく思う優子の心の声が聞こえたかのように、欲しかった物を携えて家にやって来た。聡子がうちにやって来た日は、家中の汚れ物が洗濯され、部屋の隅々まで美しく磨かれた。父親は実の姉がすることだからか大きな感謝を示したことはないけれど、聡子が来た日はいつもより口数が多く、聡子の作った料理を食べて嬉しそうな顔をしていた。父と娘二人きりの生活に聡子は、もう何十年も欠かせない人として存在している。

聡子にはもちろんだけれど、優子は香織にも感謝している。母親が、従姉妹《いとこ》とはいえ他の子供の世話を焼いていても、香織は嫉妬の色を浮かべることはなく、むしろ同じように自分に温かかった。伯父の章にも、感謝していた……それなのに。

バス停の長椅子に、聡子が俯いて座っていた。ヘッドライトに照らされた横顔が、病に侵された老女のようで、慌てて窓ガラスを開け、

「聡子おばさんっ」

と声をかけた。聡子がゆっくりと顔を上げる。

「ごめんね、待たせて」

優子はわざと明るい声を出した。

すると聡子はいつもの優しい顔で微笑み、

「優ちゃんが無事に着くか心配してたのよ。夜に車の運転なんて危ないじゃない」

と、右の掌を胸に当てた。

そんな今からひと月前のことを思い出しながら、優子は聡子の住むアパートに向かう。ア

パートへの道順をまだ完璧に覚えておらず、カーナビを頼りにしている。

アパートの近くまで来ると、聡子がすでに通りまで出て来ていた。優子の車を見つけると、小さく手を振ってくる。優子は聡子の立つすぐ側に車を停めた。

「ここで待っててくれたの？　家の前まで来たら電話するって言ったのに」

「もうそろそろかな、と思って。ごめんね、無理言って。仕事休んでまで……」

「病院に行くこと？　いいの、いいの。私だって本音を言えば沼田って人、どんな人なのか見たいもん。香織に話したら自分も行きたいって言ってたよ。綾ちゃんと舞ちゃんがいるからこの時間には出られないけどって」

カーナビに沼田和恵が勤める親慈愛病院の電話番号を登録する。

「会えるかどうかはわからないけどね」

優子はカーナビを見ながら車を走らせる。病院まで行っても、病棟で働く沼田の姿を見られるという確信はない。

「それでも……」

「じっとしていられないんでしょ。私もそう」

自分を苦しめているその女は、どんな顔をしているのだろう……。どんな声でどんな話し方をするのだろう……。自分がこれほど辛い時も、平然といつも通り働いているのだろうか。聡子の心の中が、優子にはわかる気がした。

助手席に座った聡子は、ひどく疲れているように見えた。目を閉じたまま、ハンカチでしきりに髪の生え際の汗を拭っている。

「おばさん、体調悪いの？」

「ああ……ごめんね。ちょっと、偏頭痛」

「薬飲んだ？　私、生理痛の時の鎮痛剤持ってるから」

バッグの中から薬と、水の入ったペットボトルを取り出し聡子に渡すと、無言のまま口にする。薬を飲む仕草が病慣れした老人のようで、自分の知る溌剌とした聡子とはまるで違う。

「ちょっと目を瞑《つむ》っててていいかしら」

声を出すと頭に響くのか、聡子が小さな声でぼそぼそと話す。

「うん、三十分もすれば薬効いてくるよ。シート倒して眠ってて。椅子の左側にシートを倒すレバーがあるから。……うん、そこ」

「優ちゃんに頼りっぱなしね。おばさんも優ちゃんみたいに、自分の足でしっかりと立って生きていたら、今こんなふうにならなかったのにね」

「こんなふうに？」

「おばさん、ぺちゃんこでみっともないでしょ……」

「そんなの当たり前だよ。家も旦那もいっぺんに消えたんだから、ぺちゃんこにならない方がおかしいよ」

「おばさん、もう大人なのにねえ……。優ちゃんがお母さんを亡くした時は、もっとしっかりした顔してた」

「そう？」

「そうよ。ああ、なんて強い子なんだろうと思った」

「強がってただけよ、きっと」

「……おばさんも、強がらないとね」


親慈愛病院の患者用駐車スペースに車を停めると、優子は隣で目を閉じていた聡子を起こした。

「おばさん、着いたよ」

優子が声をかけると、聡子がびくりと肩を持ち上げ両目を開ける。

「なんなら私、ひとりで行って来ようか」

「大丈夫よ。ごめんなさいね、私、少し眠ってたみたい」

ゆっくりと体を起こしながら、聡子は無理に微笑もうとする。

中央玄関から中へ入ると病院は混雑していて、自分たちを気に留める者は誰もいなかった。

白衣を着ている人はあちらこちらでたくさん見かけたけれど、それが看護師なのか看護助手なのか、あるいは理学療法士か、そういった違いはわからない。

ただ、沼田和恵が消化器病棟にいるということはわかっている。けれど、さすがに聡子が病棟に行けば、相手に気づかれるのではないだろうか。

優子は聡子の耳元で囁く。

「ここで待っていても会えそうもないね」

「そうねえ……」

聡子は沈鬱な表情をしていた。会わずにいられない気持ちで出てきたものの、ここに来たことを後悔しているようにも見えた。

「おばさん、ここで座ってて。私だけさくっと病棟のぞいてくる」

優子が言うと、聡子は思い詰めた表情で頷《うなず》く。

案内板で消化器病棟の場所を確認し、優子はエレベーターに乗った。緊張はしていたけれど、なんの恐れもない。

ナースステーションで呼び止められるかと、それだけを危惧していたが、それもなかった。ゆったりとした足取りで、でも視線だけはくまなく動かしながら病棟内を歩く。

他人のことを平気で傷つける人は、たくさんいる。男でも女でも。相手が傷つくことなんて、何も気にしない人はたくさん。相手が傷ついてもなんとも思わないくせに、自分が少しでも傷つけられると、それが取るに足らない擦り傷くらいの傷であっても、烈火のように怒り狂う人が。

沼田和恵はどんな人物なのだろう。抑えられないくらいの気持ちで、章おじさんと恋に落ちてしまったのだろうか。私も女だから、奥さんのいる男の人を好きになって、どうしても止まらなくなってしまう女の気持ちは想像できる。それでも、やっぱり止めなくてはならないと思う。私たちは大人なのだ。大人は止まる力を持たなくてはいけない。

白衣を着ている看護師は、どの人もみな清潔で優しそうに見えた。

いっこうに見つかりそうもないなあと、病室を一巡りしたところで、優子はほっと溜め息を吐く。水族館の回遊魚じゃあるまいし、あまりにぐるんぐるん回っていたのでは、怪しまれてしまう。

だんだん気弱になってきて、肩をすくませ歩いていると、向こうから来たワゴンに気づかず、体をぶつけてしまった。

「あ、すいません。ぼんやりしていて」

ワゴンに乗せられていたいくつかの物品が廊下の上に落ちてしまい、しかも銀色の皿に入っていた茶色い液体が廊下の絨毯に染みを作ってしまった。優子はポケットからハンカチを出して、急いで染みを擦り取る。見上げると、ワゴンを押す看護師の苛立った表情が目に入った。

「すいません、申し訳ありません」

もう一度、丁寧に頭を下げたけれど、看護師は顔を進行方向に向けたまま、眼球だけで優子を見下ろし、何も言わなかった。

ハンカチとティッシュで何度も拭いているうちに染みが薄くなってきたのでほっとしているると、ワゴンが急に動き出した。ワゴンのタイヤに手を轢かれそうになり、驚いて顔を上げると、看護師が無表情のまま通り過ぎて行った。

「危ないなぁ」

優子は看護師の後ろ姿に向かって呟いた。仕事の邪魔をしてしまったのは私の方だから仕方がない。でもなんだか後味が悪い。車の運転をしていて、自分は悪くないのに、思い切り激しくクラクションを鳴らされたみたいな気分だった。

「沼田さあん」

どこからか声が聞こえてくる。その大きな声に振り返れば、肉付きのいい別の看護師が、さっきのワゴンの看護師に声をかけていた。

あの人が沼田和恵、だったのか……。

瞬時に優子の胸の中の針が、一定方向に振れる。今ここで、自分があのワゴンにぶつかったことは偶然ではないはずだ。

優子は静かな足取りで、エレベーターに向かった。下降するエレベーターの中で、聡子に何を伝えるかを考える。

聡子が待合席で座っていた。背を丸め、一点を見つめてぼんやりしている。

(大丈夫よ。優子ちゃんには私がいるからね)

十四歳の自分に、聡子がくれた言葉を思い出す。あれから二十六年が経ち、自分は今、あの言葉をくれた日の聡子と同じ四十歳になっていた。

「おばさん」

小さく声をかけると、聡子が我に返ったように目に力を取り戻した。

「あ、優ちゃん……どうだった?」

「うん。会えなかった。誰が誰か、さっぱりわからなかった。やっぱり難しいよ、たくさんの中から探すのは」

優子がそう言うと、聡子はほっとしたように息を吐いた。おばさんは会わなくていいよ。心の中で、優子は呟く。おばさんは会わない方がいい。

「ごめんね優ちゃん、わざわざ付き合わせて」

玄関口の方に並んで歩いている途中で、聡子がふと歩みを止めた。

「でもさ、ちょっと気が済んだね。ここまで来て、なんとなく」

優子が耳元で言うと、「そうね。少しね」と聡子がまた歩き始める。

「ねえおばさん、大丈夫だから。おばさんには香織も私もいるんだから」

ミニクーパーの助手席のドアを、聡子のために開けながら優子は笑いかけ、聡子が目を細めて頷く。私が守るから。私が全力でおばさんを守ればいいんだよね――。運転席に乗り込む前に優子は数秒だけ空を見上げ、いつもしているようにそう母に話しかけた。

二〇〇八年 十一月

沼田和恵は章と待ち合わせているホテルに向かって車を走らせながら、頭の中を整理していた。落ち着け、落ち着けと口の中で繰り返したが、ハンドルを握る手の震えは止まらない。恐ろしくて震えているのではない。腹が立って仕方がないのだ。今まで誰かにぶつけたくて体の中で破裂しそうになっていた怒りをようやくぶつけられることに対して、興奮もしている。章と会うのは三ヶ月ぶりのことだ。

内容証明が芳川という弁護士から届いてから、章とは会っていなかった。メールや電話では話すが、直接会うと、それを証拠として押さえられるような気がしたからだ。犯罪を扱ったテレビドラマの見すぎかとも思うのだが、章と会っている所を直接見られたら現行犯になるような気がする。

それでも、もう会うしかないと決めたのは、裁判を始められたからだった。原告は園原章の妻である園原聡子。離婚しているから、元の妻、という方がいいのだろうか。そして被告は、この私。「被告　沼田和恵」という文字を文中に見つけた時、怒りで体内の血液が熱くなっていくのを感じた。園原聡子という女もむかつくが、元凶は章だと思うと、あのジジイを罵倒せずには気がすまない。

「ビビんなって、和恵」

小山《こやま》レミは昨日そう言って鼻で笑った。今回のことを唯一相談しているレミは、中学時代からの知り合いだった。時々飲みに行ったりカラオケに行ったりはするが、レミが和恵のことをどこかで見下していることには気づいている。だが職を転々とし、家族も持たず、何もかも適当に生きるレミに対して、和恵もまた優越感を抱いている。だから、友達とはいえない。

「そんな不倫関係を訴えられたところで証拠もないじゃん。相手は七十越えたじいさんだろ？　肉体関係なんてあるわけない、ただの介護だって言っときゃいいんだよ。あんたそもそも病院で働いてるんだしボランティア、ボランティア」

金が無いといつもぼやいているくせに、きれいに光らせた爪をひらひらと見せつけるようにして、レミが唇を歪めた。懇願するように約束を取り付け、レミの暮らすアパートに訪ねて行ったが、会ってすぐに彼女をばかにしている自分がいる。築三十年は経っていると思わせる安アパートに暮らしながら、ブランドの服で全身を着飾っているレミが、偉そうな口調で和恵を諭しているのが滑稽《こっけい》でしょうがない。

「でも……裁判だってよ。裁判するって通知が来たの。訴状……っていうの？　そこに五百万もの慰謝料を要求されてるんだって」

だが心の中でどれほどばかにしていても、和恵が相談できる相手はレミしかいなかった。

「そんなの払わないでいいって。ばっくれたらいいじゃん。肉体関係はありませんでした。それに、相手のジジイのことを独身だと思ってたって。それでばっちしよ」

前にいつ掃除したのかと思えるような散らかった汚らしい部屋で、染みだらけのソファに自分だけ腰かけながらレミが言った。和恵はフローリングの上に直接座っている。フローリングといっても、コンクリートに木目柄のナイロンを貼り付けたような固く冷たい床だ。

「本当にそんな簡単なもん？」

「ってかさ、そんな簡単に裁判で負けたりしないって。まあ万が一負けて、慰謝料取られたところで五十万だね」

「五十万……？」

「まあ万が一負けたらってこと。そのジジイが誘ってきたんでしょう？　逆に言えばさ、和恵の旦那がジジイに慰謝料を請求することだってできるわけだしさ、不倫なんて大した罪じゃないって」

レミは口端を持ち上げると、指に挟んでいた煙草を、缶ビールの飲み口に落とした。缶の中で火が水に浸かる、ジュッという音がしている。

「あたしなんて何度脅されたかわかんないよ。不倫相手の妻たちに。でも実際裁判になったこともないし、窮地に立たされたこともないもんね」

レミが人を小ばかにしたような表情で言う。しばらくの間、デパートのアルバイト店員をしていた彼女は、その職場で数々の男を捕獲してきた。買い物客の中に、金を持っていそうで、暇そうな年嵩の男がいると近づいていき、交際まで持ち込むのだと言っていた。男たちがレジで使用するクレジットカードで、簡単な情報は手に入れることができる。

「裁判になったことないの?」

「ないって。訴えるって脅されたことは何度もあるけど、本気でやるババアはいないって。金かかるからだろ。たいていは男がババアなだめて終わりって感じ。あたしは、もう二度と会いませんってババアに伝えるだけ。もちろん男からは手切れ金もらってね」

レミは今、蒲田《かまた》で小さなブティックの雇われ店長をしている。店を任されていると自慢気だが、それも、捕獲した男と別れたらなくなる職だった。

自分がこうなったのも、半分はレミのせいだと、和恵は心の中で呟く。まだ章と交際を始めたばかりの頃に、レミに相談したことがある。すると彼女は、

「いいじゃん。続けなよ」

といとも簡単に背中を押したのだ。

「あんたんとこは旦那もあんなだし、義理立てする必要もないっしょ。ジジイと遊んでやれよ。冥土の土産、老人ボランティア。あんたは元気な時間を与えてあげて、その報酬として現金をもらう。ゲンキとゲンキン、ゲンキとゲンキン」

レミに言われて気持ちが軽くなった。特に「あんたんとこは旦那もあんなだし」という箇所で、体の一部に火が点く。うちの旦那が風俗狂いで家に生活費を入れないことも、レミは知っている。そして自分と旦那がもう十年以上セックスレスなことも。そんな旦那にしがみついている自分を、レミは蔑《さげす》んでいる。

車をホテルの駐車場に停め、和恵は早歩きで中に入っていく。運転をしながらレミの言動や顔つきを思い出していたので、苛立ちで顔が歪んでいた。

「今ホテルに着いたけど」

携帯に電話をかけると、ワンコールで出てきた章が部屋番号を伝えてきた。さらに労《ねぎら》うような言葉をかけてきて、その上ずった声にまたイラッとする。

エレベーターで七階まで上がる途中、どうしてやろうかと考える。会っていきなり罵倒し土下座させてやろうか。それとも……。

ふと見上げたエレベーターの天井に、自分の顔が映っている。鏡張りの天井では、眉間に皺《しわ》を寄せた生活に疲れた中年女の顔が、こちらを睨んでいた。

ドアの横についているチャイムを鳴らすと、章がドアを開けた。困ったような表情で、

「中に入ってください」

と声を潜める。和恵はまだ章に対する態度を決めかねたまま、無表情で部屋の中に入っていく。

「すまなかった……。まさかこんなことになるなんて」

今にも泣き出しそうな、弱々しい謝罪を聞いているうちに、和恵の胸の中に凶暴な感情が沸き上がってくる。一時、敏夫と口喧嘩が絶えなかった頃、和恵自身がよくされたように、膝頭で相手の顎を蹴り上げたい衝動に駆られる。

「本当に、私もびっくりしました。どうしたらいいのかわからない……」

だがそんな思いを隠し、和恵はか細い声を出した。怒鳴りつけてやろうかとも思っていたが、それよりも巧い手があると確信する。目の前の老人は、自分を好きでたまらないのだから、やり方次第ではまだ金を引き出せる。

ベッドに腰掛け、両手に顔を埋めるようにして、和恵は鼻を啜った。俯くと、緩くウエーブをかけた髪が頬に垂れ、可憐に見えるはずだった。

「迷惑をかけちゃった、章さんに……」

さすがに涙は出なかったが、鼻にかかる甘い声はくぐもり、泣いているように聞こえる。

「そんなことはないですよ。私の方こそ和恵さんに迷惑をかけてしまった。どうしたら償えるのか」

それまで和恵の両肩に遠慮がちに手を添えていた章が、抱きしめてくる。章は和恵の贈った香水を使っていたが、老人臭さを完全に消すことはできない。

「まさかあの聡子が弁護士に相談するとは……。あいつが自分ひとりでそんな大それた行動に出るとは思えないから、きっと娘の入れ知恵だと思う。娘も世間知らずの方なんだが……。とにかく、償います。純粋に私を愛してくれたあなたをこんな目に遭わせてしまって、なんとも申し訳ない」

さっきから償う、償うと言っているが、いくら出すのか具体的な金額を早く提示してくれと和恵は焦れる。最低でも二千万は手にしないと気がすまない。

和恵が章に出会ったのは、今から三年ほど前に遡《さかのぼ》る。和恵が働いている消化器病棟に、初期の大腸癌の手術のために、二週間ほど入院してきた。

「おめでとうございます。今日で退院ですね」

退院前、最後のバイタルチェックをしに病室を訪れると、背広姿の章が、真面目な顔をして椅子に腰掛けていた。和恵が受け持ったのは二週間のうちに四、五日だったが、自立度も高くスタッフへの要求の少ない楽な患者の類だった。

「お世話になりました。本当に命拾いしました。これ少ないですけど、感謝の気持ちです」

章は穏やかな笑みを浮かべ、ポケットから小さなポチ袋を取り出した。

「そんな、こんな……頂けませんわ」

退院していく患者の中には、お礼にといってお菓子をナースステーションに置いていく人がいる。たまには章のように、金一封を手渡す者も。章の退院日の担当に当たってラッキーだと和恵は思った。後で聞いたら他のスタッフ全員に金一封を渡していたらしかったが、その時は自分だけだと思って気分が良かった。

結局ポチ袋をユニホームのポケットにしまいこんだ後、和恵は章の血圧を測った。測定台の上に腕を乗せてマンシェットを巻きつける時に、偶然章の手が和恵の胸に当たる。和恵は素知らぬ風を装っていたが、相手がどぎまぎしているのがわかり、さらに胸を押し当ててやった。「まともに働いてたって金は貯まりやしないよ。あたしなんて高級な服に囲まれて優雅に暮らしてるけど、毎日下痢便拭いてるあんたよりずっと金残ってるって。頭使いな」

レミが鼻で笑う声が、その時、頭の中にくっきりと蘇《よみがえ》った。

この時、自分はこの目の前の老人で試してみようと決めた。もう四十半ばだとはいえ、七十過ぎの老人にならば、自分の女はまだ使えるはずだ。歳相応の衰えはあるが、昔から「吸い付くようだ」と言われてきた肌はまだ充分にいける。尖った顎と少しの受け口気味のラインを「幸薄そうでたまらない」と好んだ男も一人や二人ではなかった。

そして思ったとおり、章はいともたやすく和恵の術中に落ちた。退院の時に訊き出した携帯番号に電話をかけて、「一度会って相談したいことがある」と言うとすぐにやって来た。相談なんてもちろん口実で、実母の介護が大変だとか、職場の人間関係にまいってるなど適当な話を作って話した。章は深刻な表情で聞いていて、同情なのか共感なのか目に涙まで浮かべていたのには笑えた。章の奢りでふぐを食べ、酒を飲み、その日のうちに抱きつきキスをして舌まで入れてやると、後は簡単だった。レミの言ったとおり、銀行の窓口で金を下ろすよりたやすかった。銀行の受付嬢ほども、章に警戒心はなかった。

「おうち、売ったんですよね」

章の胸に自分の頬を押し付けたまま和恵は訊いた。

「そうなんです。前にも言ったように和恵さんと新しい生活をするために、マンションを買おうと思っていますよ。本当は妻を説得してきちんと離婚しておかなくてはいけなかったのに、それをぐずぐずしていた私のせいで……。でも、和恵さんと新しい人生を生きる決意は揺らいでいません」

鳩のように喉をぐるぐるいわせながら、章が熱く語る。章には、旦那とはもう長年家庭内別居の関係で口もきいておらず、息子二人とも毎日喧嘩ばかりで家庭に幸せはないのだと言っている。多少芝居がかった言い方をしてはいるが嘘ではない。ただ「できることならば旦那と離婚し、すべてを捨てて第二の人生をあなたと歩みたい」と章に伝えたのは、ただのリップサービスだった。

さすがに自宅を売却するとまでは思っていなかった。だがこの二年間、逢瀬《おうせ》を重ねるたびに十万、二十万という現金を章から引き出していたので、預金もだいぶ減ったことだろうとは思っていた。預金を引き出すことに罪悪感はなかった。預金がなくなっても、章のような真面目な老人には年金がある。飢え死にすることはないだろう。金の切れ目が縁の切れ目。引き出す金がなくなったら章と手を切ろうと目論んでいた。

だが章が持ち家を売却するという話をしてきたのが、半年ほど前のことだ。

「もし和恵さんにも決意があるのなら」

売却した資金でマンションを買おう。二人ともきれいに離婚し、そして一緒に暮らそう。テレビドラマの見すぎじゃないのと笑いたくなるような熱心な口調で、章がそう告げてきた。二人で暮らすなんて気は毛頭なかったが、自宅を売ればまとまった現金ができる。まだ金を引き出せることが何より嬉しかった。

「そんな夢みたいなこと……できるのかしら」

和恵は目を潤ませてみせた。この時はまだ、本当に章が売却に踏み切るとは思っていなかった。

「最後の夢だよ。私の人生を賭けて和恵さんを幸せにするよ」

人生を賭けて、という箇所で和恵は思わず吹き出しそうになった。一緒に暮らすといっても、そのうちの半分以上は、自分がこのジジイを介護するんじゃないのかと。

「こんなことになってしまって、一緒に暮らすなんてことは無理なんじゃないかしら？」

そんなことより早く手切れ金をくれという感じだ。家は幾らで売れたのだ？　章が自宅を売ると言い出してから、章の家がある地域の相場をこっそり調べてみた。鶴見区の寺谷《てらや》といえば閑静な住宅街で、三十坪ほどの一戸建ての中古だとしても、そこそこの金額になる。

「悪かったね。もっとさっさと妻に正式に離婚を切り出していたら、あなたに迷惑をかけないですんだかもしれない」

章が神妙な顔で謝罪すればするほど、和恵の中で苛立ちが増す。正式に離婚などしていたら、慰謝料や財産分与なんかで預金が目減りするじゃないか。それでは意味がない。

煙草を吸いたい、と思った。肺を煙で満たしたい衝動に駆られたが、この二年間、章の前で煙草を吸ったことはない。イメージダウンに繋がるからだ。

だから、幾らくれるのか言えってんだよ。喉元まで上がってくる言葉をぐっと飲み込み、

「私たち、もう別れましょう。章さんは奥さんに謝って、裁判なんてことにならないようにとりなしてちょうだい。これ以上あなたを不幸にすることはできないわ……」

和恵は薬指の爪を噛む。自分にまとまった手切れ金を渡し、さっさと古女房の元に戻ればいいのだ。これ以上の迷惑はごめんだった。

「もう妻には離婚すると伝えている。あいつとはもうよりを戻すことはない」

「えっ……」

「離婚届に記入して家に置いてきた。それで私の気持ちがわかるだろう。従順でおとなしい奴だから、まさかこんなふうに声を上げてくるとは思わなかったんだ。自分がいなくてもいくらかの年金はあるし、娘の家で世話になっていけば生活に支障はないと考えてたんだがね……。まあ、こんなふうに訴えてきたのなら仕方がない、家を売却した半分ほどの金を慰謝料として妻の口座に振り込もうと思う。それでその残った金でマンションを買う。和恵さんと暮らすマンションだ」

「それはだめよっ」

和恵は思わず叫んでいた。家を売った金の半分を渡すだって？　そんなことしたら幾らも残らないではないか。

「だめって？　離婚するのがどうしていけないんだ？　和恵さんも旦那と離婚して私と一緒になるって言ってくれてるんだから、そうしよう」

章の力強い口調に、言葉が出てこない。どうすればうまく丸め込むことができるのか、咄嗟には思いつかない。章が、自宅を売却した金の半分を妻に渡し、残りの金でちっぽけなマンションを買ったとしても和恵にはメリットがない。章が夢想しているように二人で暮らすなんてことは考えられないし、現金を使い果たした年金生活の老人を相手にしていても旨味はない。章と関係を持ち続けるには、章の手元に充分な現金がないと意味がないのだ。これまでのように、一回の宿泊で十万以上はもらわなければ。

「和恵さん」

章が唇を押し付けてきたので、和恵は顔を背ける。

ベッドに腰掛けていた和恵をそのまま押し倒し、上に被さってこようとする章の体を、蹴りつけてやりたい衝動にかられた。今の気分では、とてもじゃないが相手をしてやろうとは思えない。

これまで、和恵にとって章との性行為は、レミに話して聞かせるほどは苦痛ではなかった。もちろん章への好意がこれっぽっちもあるわけはない。だが和恵はセックスにひどく飢えていた。夫の敏夫とはもう十年以上セックスをしていない。自分は夫のように外で誰かを相手にする機会もないまま、あと数年で五十を迎える年齢になった。考えると四十になる前からは一度もセックスをしていない。

章はなんでも和恵のいいなりだった。体を舐めてほしいと言えば、二十分でも三十分でも必死で舌を動かし舐め続けたし、バイブレーターを使いたいと頼めば、次に会う日にはけばけばしい箱に入った極太のバイブレーターとローターを恭しく抱えてきた。

「大人のおもちゃっていうのかな。そういうのを売っている所に初めて行って来たんです」

章の買ってきた、黒くて艶やかなバイブレーターとショッキングピンクのローターを手にすると、激しい性欲が恥骨の下辺りで震えた。「好きだ好きだきれいだきれいだ」とうわ言のように繰り返しながら老人が必死で自分を愛撫をする姿を見るのは、癖になった。だが今日は別だ。

「やめてよっ」

この男のせいで自分が窮地に立たされていると思うと、不快でしかない。ジジイ、あんたいくつだよ、と心の中で毒づく。

「どうして……和恵さん……」

章の顔が泣き出しそうに歪んでいる。額に刻まれた横皺とこめかみに浮かんだしみが目につき、「醜い」と和恵は呆れた。今週中にも、まとまった金を自分の口座に振り込ませなくてはいけない。

「章さん、助けて……。私をずっと守ってね」

和恵に拒絶され、怯えた表情で体をひいていた章に、しがみついていく。両手を背中に回し強い力で抱きしめると、章の唇を吸った。目を閉じて吸っていたが、そのうちに息が苦しくなって目を開けて一呼吸つく。

視界いっぱいに恍惚とした章の顔があった。

二〇〇八年 十二月

上村香織は横浜地方裁判所の玄関を出ると、無言のままバスの停留所のある方角へ向かった。隣にいる聡子も、何も話さない。寂し気な表情をして、香織の少し斜め後ろを歩いている。

「今回もあっけなく終わったね」

沼田和恵を被告とした裁判は今日が二回目で、前回、原告の聡子が提出した訴状に対しての答えが返ってきた。

「園原章とは病院で何度か会ったことがあるが、それは仕事としてである。旅行の介添えという仕事の依頼も、看護師という立場で受けていた。原告の言うような不貞関係はいっさいない」

というのが、沼田の言い分であった。

二〇四法廷。傍聴人が二十人も入ればいっぱいになる小さな部屋で、沼田の弁護士が抑揚のない口調で話す。一回目同様、沼田自身が法廷に現れることなく、城山《しろやま》という弁護士が沼田のことを語っていた。傍聴席には香織と聡子以外に二人の男性がいたので、もしかしたら沼田の夫かと思い注視していたけれど、次の時間帯に執り行われる裁判の関係者だった。

「沼田和恵の主張に対して、今度はこちらが主張する番です。その準備をしたいので、また事務所に来ていただきたいのですが」

十一時から始まった裁判は、わずか十五分で終了した。裁判を終えて法廷を出るとすぐに、芳川弁護士が話しかけてくる。聡子は下を向いたままだったので、彼は今回の裁判の成り行きを、香織の目を見て話した。

「沼田和恵の主張は想定内ですよ」

芳川が言った。「初めから不貞行為を認めて、『はい。すいません』というような相手ならば裁判にはなりませんよ。裁判をしますよ、という段階で謝罪をして慰謝料を払ってきますからね。だから被告側がこちらの主張を突っぱねてきたことに落ち込むことなんてないですよ」

別れ際、芳川が優しげな表情で語りかけると、その時だけ聡子はゆっくりと顔を上げて目を合わせ、小さく会釈した。

「まだお昼前だけどなんかおなかすいちゃった。何か食べていこっか」

今からバスに乗って、電車に乗り継ぎ、家までは一時間近くかかる。

「ねえ、お母さんってば。おなかすいてないの？」

さっきから何も話さない聡子の気持ちを、香織はわかっていた。沼田和恵の弁護士が裁判所に提出した書類の中に、受け入れがたい事実がいくつも書かれていた。書類は芳川弁護士の手にあったが、香織や聡子も一読し、信じられない思いだった。

書類の中で、父は執拗に沼田和恵に迫っていた。沼田によると、何度断っても「一人旅の介添えをしてほしい」と繰り返し頼んできたという。「癌の手術を終えてから妻の態度が急変し、家庭内で邪魔者扱いをされた上に離婚を強要され、それを受け入れて今は独身になった」と聞かされ、孤独な老人が可哀相になり、しぶしぶ介添えを引き受けたと沼田は主張している。「妻がいると知っていれば介添えとしてでも旅行に行くわけなどなかった」という沼田の言い分に、香織も全身が震える思いだった。

「真実かどうかわからないじゃない、沼田和恵の証言なんて」

本当にそう思っていた。あの書類に書かれている園原章という人物が、自分の父だとはとうてい思えない。

酒が好きで毎日のように晩酌していた父だったが、人づきあいが得意というわけではなく、外で誰かと飲むというようなことはほとんどなかった。聡子に優しい言葉をかけるようなこともなかったし、娘の自分に対してもどこか不器用だった。だからといって嫌いだと思ったことはない。家族に対する思いやりが、父の態度から滲んでいたからだ。それは、長年暮らしていた聡子も感じていたはずで、だから両親はうまくやれているのだと思っていた。沼田を執拗に追い回す父を、想像することはできなかった。沼田の仕事帰りを待ち伏せしたり、携帯電話に一日十通以上のメールを送信したり……。

全部、沼田の作り話なんでしょ？　と父に訊きたかった。

「美味しい。外でお昼ご飯なんて贅沢、久しぶり」

わざとはしゃいだ声で香織が囁くと、聡子が目を細めて、

「ハンバーガーで贅沢だなんて……」

と笑みを作る。

「ほんとよ。だって家で食べたら前の晩の残りものか、三食入りで百九十八円のラーメンだもん。生活に窮したパート主婦にとったら、五百円のセットメニューでも高級料理でえす」

香織は子供っぽく振る舞い、ハンバーガーにかぶりつく。

「お母さんも外食なんて久しぶり。そういえば、お父さんはハンバーガー、苦手だったわね……」

聡子が言って、ポテトをつまんでいた手を止める。

仲が悪いわけではなかった。むしろ似た者同士、無理なく自然と一緒にいるように思えていた。口喧嘩で罵《ののし》り合うようなこともなければ、無視して口をきかないようなこともない。

庭にあじさいが咲いているのを見つけると、そのことで数分間楽しそうに話しているような

両親だった。だから、

「お父さんどこ行ったのかな」

と香織はあえて、聡子が最も辛い話題を口にした。辛いだろうけれど聡子自身、一番気にしていることだと思うから……。

「そうねえ。本当にねえ。大丈夫なのかしら」

「大丈夫って？」

「どこに住んでるのかしら、とか。ちゃんと栄養のあるものを食べているのかしら、とか」

聡子が生真面目に答えるので、

「お父さんの心配するより、お母さん自身の心配しないと」

と切り返し、聡子を苦笑させる。

「ほんとに連絡ないの？　香織のところにも……？」

まだ残っているのに、聡子はハンバーガーを紙に包むとハンカチで口を拭った。この数ヶ月の間でずいぶんと痩せた。口元に皺が寄り、首筋の薄い肉がたるんでいる。

「ないない。どこへ行ったのかねえ。案外、沼田和恵と一緒に暮らしてたりして」

香織の冗談に一瞬でも顔色を変えることなく、聡子は紙コップのオレンジジュースを一口飲む。そして無言で、香織が食べ終わるのを眺めていた。

実は先週、香織は優子と二人で、調査会社を訪れた。そのことを母に今話そうかと迷った。

調査会社へ行ったのは、沼田と章が一緒にいる場面を写真に撮ってもらいたかったからだった。勤務先の病院はわかっているので、沼田を尾行することで、もし二人が会っていたら現場は押さえられると優子が言い出したからだ。今のままでは裁判に勝てるような証拠が足りない、と。

調査会社にかかる費用は、優子が出してくれた。申し訳なさで苦しくなったが、香織に支払える額ではなかった。調査会社に頼って章の居所も突きとめることも考えたが、居場所のわからない章を追跡するとなると、日数によっては百万に近い金額が必要になるかもしれないと説明を受け、諦めた。優子はそれも自分が支払うと言ってくれたが、そこまで助けてもらうわけにはいかない。

香織が食べ終わって「ごちそうさま」と手を合わすと、聡子は財布をバッグから取り出して、

「美味しかった……帰ろうか」

と立ち上がった。思い詰めた表情のまま聡子がレジに向かう。聡子の先に立つようにして香織が支払いを済ますと、聡子は「悪いわね」と頭を下げる。体も声も萎《しお》れて細くなり、覇気が消え去ったその横顔を見つめ、調査会社のことはまだ言わないでおこうと香織は思う。

仕事から帰ってきた圭太郎に、今日の裁判のあらましを話し始めた頃には、綾乃と舞はもう眠りについていた。

「話には聞いてたけど、裁判ってえらい遅々と進むんだなあ。さっさとやって、ぱっと終わらせればいいのに」

三本目のビールをグラスに注ぎ、酔いの回った圭太郎が言う。他人事《ひとごと》のような口調に内心むっとするが、仕方がない。

「こっちが主張して、それに対してあっちが主張して……その繰り返し。裁判はひと月に一回だから、こちらが言ったことに対する相手の反論は一ヶ月後にしかわからないの。なんかもういらいらしちゃう」

フローリングの床に座って洗濯物を畳みながら、圭太郎を見上げる。今日は三本でやめてくれればいいのに。いくら特売日に箱買いしているとはいっても、この銘柄のビールは一本二百円ほどする。それを圭太郎は毎日最低でも三本は飲むのだ。

「もうやめちゃえば、裁判」

「何言ってるのよ。始めたばかりなのに、やめるなんて……」

「始めたばかりだからだよ。相手は認めないんだろ、不倫してたってこと。介護旅行だって言われたら、もしかしたらそれが通用するかもしれないよ、誰も現場を見てないんだから。ほら、スクープされた芸能人だってよく言うじゃんか、ただのお友達です。仕事の相談に乗ってもらっていただけですって。一晩マンションで一緒に過ごしたのを押さえられてもさ」

頬骨の辺りをうっすらと赤くしながら、圭太郎が言う。

「そりゃ他人のことなら私だって、裁判までしなくてもって思うかもしれない。お金も労力もいるし。でも、お母さんのこと考えると、このまま何もしないでいるっていうのは……」

冷蔵庫の扉を開けて、もう中にビールが無いことを知ると、圭太郎はダンボール箱の中からぬるい一缶を取り出した。

「おれはさ、正直言っておやじさんの気持ちもわかるんだよな」

「何？」

「だってさ、おまえのお母さんって、自分たちが死んだらって話、すごく好きじゃん。保険とか、墓とか、葬式の積み立て金のこととか。そういうの毎日聞かされてうんざりしてたんじゃないの、おやじさんも」

「だからこんなひどい仕打ちをしてもいいっていうの？」

「そういうわけじゃないけどさ。おれの周りにもいっぱいいるぞ、そういう不倫男は。嫁さんに財布握られて、家のローンだ教育費だ旅行に連れてけだ。飲んで帰れば小言、家で飲んでも嫌味。そりゃ他の可愛いのと付き合いたくなるってもんだろ。もてる奴はさほど金がなくても女はつくよ。側に男がいてくれるだけでいいっていう寂しい女はいっぱいいるからな、今の世の中。あ、誤解するなよ。おれは浮気なんて興味ないから」

もう酔ったのか、調子良く話す圭太郎を腹立たしく思いながらも、黙っていた。言い返したところで諍《いさか》いになるだけだ。でも母は、そんなふうに父を締め付け追い込んでいたわけではないと思う。たとえ、万が一そうであったとしても、だからといって夫婦間の裏切りが認められるわけがない。香織はそう反論したかったけれど、圭太郎の声がどんどん大きくなっていくのでやめた。夫の声が大きい時は、何を言っても言い返される。

「まあどっちにしてもおまえができることはあんまりないよ。優子ちゃんだっけ、従姉妹の。その優秀な優子ちゃんに任せておけよ、裁判なんて難しいことは」

四本目の缶を振って、空になっているのを確認すると、圭太郎は缶を握り潰した。とろんとした目だが、缶を潰す時だけ焦点が合い、耳障りな音が部屋に響いた。

圭太郎が風呂場に行ってしまうと、香織は暗い気持ちで溜め息をつく。「おやじさんの気持ちがわかる」という夫の言葉が耳から離れない。それならいつ自分もまた、母と同じような立場になるかわからないということか……。

まだ実家にいた頃、自分が聡子に言った言葉を最近になってよく思い出す。口喧嘩の末に、放った言葉。

「この家にある物は全部、お父さんのお金で買ったものじゃないの。自分の力じゃ稼げないくせに偉そうなこと言わないでよね」

短大を卒業して、働き始めた頃に口にした言葉だった。長年家にいて世間知らずの聡子が、急に愚鈍に見えた。でもそんな自分だって、三十になる前に会社で働き続けるのが辛くなった。友人の紹介で知り合った圭太郎との結婚が決まった時、結婚することそのものよりも、堂々と寿退社できることの方が嬉しかった。

あとは子供さえ作ってしまえば、大手を振って家にこもれる。その時は、数年後に夫の会社が不景気になり給料が減額され、自分が働かなくては家計が回らなくなるなんてことは考えてもみなかった。結婚当初の夫は「香織が働く必要なんてない。家を守ってくれればそれでいいから」と言っていた。それが今では誰々の嫁さんは正社員で年収がいくらだとか、稼ぐ能力のない妻は流行らないとか……。

ぐるぐると夫への不満が頭の中を渦巻き始めたので、香織はそれをふっきるように立ち上がり、夫が食べ終えた食器を流しに運んだ。

テーブルの前の椅子に腰かけ、バッグから芳川弁護士にコピーしてもらった書類を取り出した。今日の裁判で沼田側の弁護士が提出してきたものだった。難しい用語もあるが、何度か読んでいるうちに少しずつ意味がわかり、相手が何を主張してきているのかも理解できてくる。

書面の中で、沼田が「執拗に自分を追い回す」と章について語っている箇所を何度も繰り返して読んだ。読み返すほどに、苛立ちや怒りが自分の知らない園原章に向かい、苛立ちがピークになっていた頃、風呂場から「バスタオル持ってきて」という夫の大声が聞こえた。

香織は小さく溜め息をつきながら、畳んであった洗濯物の中からバスタオルを抜いて、風呂場に向かった。

二〇〇九年　一月

沢井涼子が食卓の上に資料を広げてノートパソコンに向かっていると、息子の良平が帰って来た。

「腹減ったなあ」

玄関のドアを開けると同時に訴えるので、「まずはただいまでしょ？」と小言を言いながら、涼子はキッチンに立つ。肉じゃがはすでに作ってあるので、後は秋刀魚《さんま》を焼くだけだ。

「塾どうだった？」

食卓の椅子に座って頭を掻いている良平に向かって、涼子は訊ねる。中学三年なので、高校入試が目前に迫っている。サッカーをするのに邪魔だからとずっと丸刈りだった頭髪も、夏の引退を機に伸ばし始めた。それが鬱陶しいのか、彼の癖に、頭を掻くという項目がひとつ加わった。

「どうって言われても」

「ためになったかどうか、それを訊いてるの」

「ために……なったんじゃないの」

一年中、採れたての里芋のような肌をしていた良平だが、部活をやめてからは、泥を落とした里芋のようだった。顔もどことなくジャガッとしている。来年は高校生になるけれど、背が伸びただけでまだまだ幼く感じるのは希望的観測だろうか。

秋刀魚を焼きながら、食卓の上を片付ける。パソコンの電源を落としてあちこちに広げていた資料を重ねていると、

「仕事してたの」

と良平が訊いてくる。

「そうよ。明日までに仕上げたい書類があって」

涼子は資料を「園原聡子」と書かれたファイルに挟むと、仕事で使っているバッグの中にしまった。


夕食を済ますと、良平が食卓で勉強するというので、涼子も隣に座って仕事を再開する。アパートには二部屋しかなく、一つは良平の部屋、あとはこのダイニングキッチンだった。息子の部屋にはエアコンがないので、真夏や真冬など部屋で過ごしにくい季節になると、彼

はほとんどの時間をこのダイニングキッチンで過ごした。眠る時は良平の部屋と、ダイニングキッチンに別々に布団を敷くのだが親子でずっと同じ空間にいることには変わりはなく、だからまだ息子のことを幼いと感じる自分がいるのかもしれない。

「今はなんの裁判やってるの？」

確率統計に行き詰まった良平が、ノートパソコンをのぞいてくる。

「離婚問題だけど」

「ちょっと見せて」

「だめよ。守秘義務があるから、家族にだって教えられない。本当は資料を持って帰るのもだめなのよ」

「けち」

仕事はできるだけ持ち帰らないでくださいと、芳川からも言われていた。守秘義務はもちろん、涼子の負担を考えてのことだろうが、五時半までにやりきれないものもたくさんある。園原聡子の件は、涼子自身とても気になっているので、早急に書類を整理して芳川に見せたいと考えていた。

原告の園原聡子は六十六歳の身で裁判に臨んでいる。娘や姪の付き添いがあるとはいえ、どれほどの勇気で事務所を訪れたのだろうか。見たところ、ごく平凡な人の良い主婦という感じだ。長年夫に添い仕え、子供に自分の時間の多くを使い愛情を注いできた。そういう夕イプの年配の女性が、法律事務所を訪れることは、経験上少なかった。とても「勝ち気」とは思えない園原の思い詰めた表情は、涼子の胸に悲しいものとして留まっている。

「裁判ってどうしてこんなに長いのかしらね」

涼子は数学の参考書を読み込んでいる良平の横顔に向かって愚痴を呟いた。

「話しかけんなって。俺はいま確統とカクトウ中」

「……それさあ、つまんないよ。それにしても裁判を起こしている当人は不安な日々でしょうね。不安な時間が長く続くのって辛いよね」

事務所を出て行く時の、お辞儀をする園原の姿が頭の中に浮かんだ。彼女が深く頭を下げると、頭頂部の白髪が目立ち、一層やつれた印象になった。


涼子が前の夫と別れたのは、三十六歳の時だった。七歳の息子を抱えていたとはいえ、その頃の自分はまだ充分に若く、人生をやり直そうという気概があった。幸運なことに芳川法律事務所に雇ってもらうことができ、善良な上司との仕事は軌道に乗った。だが園原は自分の倍ほどの年齢で、これまでの暮らしと決別したのだ。しかもそれは彼女自身が望んだことではない。四十年もの間、互いに信頼関係にあったはずの夫に裏切られるというのは、どれほどの傷みなのだろうかと涼子は思った。

自分もかつて夫に裏切られた。八年ほどの結婚生活ではあったものの、その傷みと後遺症で、人間不信という苦しみは長く続いた。でも私には良平がいた。幼い息子がいてくれたおかげで、もう一度人生をやり直すことができたけれど、園原は何を支えに生きていくのだろうか。

「なんだよ。何見てんのさ」

問題に取り組む良平の横顔をぼんやりと見ていた。照れ隠しか、本当に迷惑なのか、良平が眉間に皺を寄せて涼子を睨む。

「いや、あなたは私似だなあと思って」

「そう？」

「絶対よ」

「勝手に思い込んでるだけなんじゃないの？　江森《えもり》が嫌いすぎて」

父親のことを、なぜか彼は名字で呼ぶ。

別れた夫である江森克也《かつや》とは、同じ大学の同級生だった。四年生になるまでは顔見知り程度の関係だった。ところが、就職活動が始まるとやたらに会社説明会なんかで顔を合わせるようになり、狙っている職種も似通っていることから、二人で会うようになっていった。高校までテニスをしていて、大学でもテニスサークルに所属していた克也は、屈託のない好青年という感じで、誰からも好かれていた。その明るさと行動力に涼子も惹かれ、克也も涼子を好きになってくれた。克也が言うには「他の女にはない奥の深さが涼子にはある」とのことだった。今から思えば、育った環境や物の考え方が違いすぎるところに、お互いが興味を持っただけだったのではと思う。

結婚して子供が生まれても、克也は変わらなかった。まったく変わらなかった。社交的で友人が多かったから、頻繁に友人達と飲み会や旅行に出かけ、自分が関心を持ったことにはその行動力で没頭した。釣りにはまった時は何日も外泊し、「アメリカに友達が転勤になったから会いに行ってくる」と外国にも隣町を訪れる感じで出かけて行った。

そのせいで、涼子と良平はいつも二人きりだった。二人でご飯を食べ、二人で風呂に入り、二人で眠った。だからといって悲観するほどではなかった。周りにはそうした母子がたくさんいて、彼女たちと旦那の悪口を言いながら、子育ての日々を明るく乗り切っていた。

ところが、夫婦関係を終焉に向かわせる出来事が起こったのだ。

結婚生活なんてこんなものかと自分を納得させ、それなりに穏やかに暮らしている中、克也の父親が病気になった。長期の入院となり、一人息子の克也は頻繁に病院や母親のいる実家に顔を出しに行った。

「ちょっと親父の様子、見てくるわ。昼から病院に行ってくる」

その日も克也は父親の見舞いに行くと言って家を出た。

「いってらっしゃい」

涼子と良平は、彼を玄関で見送った。日曜日の午後のことだった。

「お母さん、ぼくもおじいちゃんに会いに行きたい」

だが克也が出て行った後、良平がそんなことを言い出し、「そういえば、このところ良平と遊びに出てないね。おじいちゃんのお見舞い、お母さんと良平も行こっか」と二人ですぐさま後を追った。

それなのに、着いた先の病院に夫の姿はなかった。

あれおかしいな、まだ来てないのかなと思ったけれど、それ以上のことは考えず病院の帰りに克也の実家に良平を連れて顔を出した。義母の大好物の水無月《みなづき》を手土産に買って行った。病院から夫の実家までバスを乗り継ぎ、着く頃には良平も自分も汗だくになっていたのを今でも憶えている。

「こんにちは、涼子です」

玄関を開けて、中に向かって声をかけた。鍵が開いていたので、義母がいると思ったのに返事がない。

「おばあちゃぁあん」

もう靴を脱いで上がりこもうとしている良平も、大きな声を出した。返答がなく、でもクーラーが作動するモーター音は聞こえてくるので、涼子は耳を澄ませた。

なんとなく嫌な感じがした。後から思えば、この直感は当たっていた。あの時、何の返事もない家の中には入らず、引き返せばよかったのかもしれない。でもその時は、その不安感が、義母の身に何か起こったことによって湧いているのかと思ったのだ。

「お母さん、お邪魔しますよ」

涼子は玄関先でサンダルを脱ぎ、家に上がった。良平はもうとっくに中に入っていて、

「おばあちゃん、どこにいるの」と、居間や台所を歩き回っている。涼子が良平の脱ぎ散らかした靴を揃えている間に、良平はさっさと階段を上って二階に上がってしまい、そして、

「お父さんっ」

と大きな声を出した。父親と会えたというのに、嬉しさを含まない息子の驚きの声が、涼子の胸を冷たい感触で満たした。

「あ……」

涼子も階段を上がっていく。良平が開けた襖がそのままになっていたので、すぐに中の状況がわかった。布団の上にあぐらをかいている克也と目が合い、良平は涼子の次の言葉を待つように目を見開いてこちらを振り返っていた。

「何……してるの」

くぐもった声で言えた言葉は、それだけだった。敷き布団の端っこにはタオルケットが縒《よ》れた状態で丸まっている。布団の上に座っているのは克也だけではなく、見知らぬ女。肩の下まである長い髪が、汗にまみれてうねっていた。

「……おばあちゃんの……お見舞いに来てくれてたんだ。近所の人だから、おばあちゃんの様子を見に来てくれて」

克也は涼子にではなく、良平に向かってそんなふうに言い訳をした。普段通りの口調だった。良平は驚愕の表情のまま頷いてはいたが、何も話さない。

その間、涼子は食い入るように女を見ていた。歳の頃は自分と同じくらいだろうか。半袖のシースルーのブラウスの下に、薄いピンク色のブラジャーが透けていた。慌てて服を着たものの、ストッキングまでは穿けなかったのか、布団の上で横座りするスカートからのぞく足は裸足のままだ。

「おばあちゃん……いないみたいだから帰ろっか。良平」

このままこの場所にいたら、良平まで生臭い匂いに侵されそうで、涼子は息子の腕をつかみ、階段を下りた。古いエアコンの音と振動に押されるようにして階下に向かい、そのまま家を出る。

「お父さん何してたの？」

「さあ……。知り合いの人がおばあちゃんのお見舞いに来てくれたって言ってたね。おばあちゃんが留守だったから、その間にお話ししてたんじゃない」

二人で手を繋いで歩いた。汗ばんだ良平の手を握っていると、自分の手が震えていることを意識しないですんだし、バス停を目指してしっかりと歩くこともできた。

その後の話し合いは、思い出すのも辛いくらい不毛なものだった。克也は開き直り、まあそれはある程度は予想できるものだったとして、義母の態度が許せなかった。

義母はすべてを知った上で、あの時間、家を留守にしていたようだった。

「克也も毎日の生活でストレスあるのよ。男の人は家族養って見えない重圧を感じてるんだからたまには息抜きさせてやらないと。涼子さん知ってる？　今働き盛りの男の自殺率がすごい高いの。テレビでやってたわよ、たしか昨年は……」

そんな義母の言葉に、これまでも見舞いになど行ってなかったのだと確信する。あの女と会っていたのだ。克也は「あの日が初めてだ」と最後まで言い通したが、義母の話ではそうではない様子だった。嘘まみれの中で女が近所に住んでいることだけは本当だった。克也の高校の同級生であることは、義母から聞いた。義母はご丁寧に高校の卒業アルバムまで出してきて、「ほらここに写ってるでしょ」となぜか勝ち誇ったように笑った。

だから何を納得しろというのだろう。義母は、克也と女の関係は、昔ながらの友達関係の延長だと主張したかったのだろうか。女は離婚して実家に戻ってきているので今は独り身であること、自分は女の両親とも懇意であることなど義母はいろんな情報を提供してくれたけれど、そんなものは、涼子にとってはなんの意味も持たない。

「もうやめさすから今回だけは目をつぶってちょうだい」

悪びれない克也の代わりに、義母は手を合わせて謝罪してきた。「うちの人もそう長くはないわよ。良平のことも可愛がって……。涼子さんさえ気持ちを大らかに持ってくれたらすべてが元通りじゃないの」

毎日、本当に寝ている時以外はずっと悩み、そのうち眠れなくなり安定剤を手放せなくなった。そして涼子は良平を連れて家を出る決意を固めた。良平は悲しそうな顔をしたけれど、

「これから先ずっと、私はお父さんを許すことはできないと思う。許さないお母さんと一緒にいるのはお父さんも苦しいでしょう? 良平にも迷惑をかけてしまうから」

と落ち着いて気持ちを打ち明けると、

「ぼくもお母さんと一緒に出て行く。これまでもお母さんとずっと二人でいたじゃん」

と言ってくれた。

なぐさめるような笑顔を息子が浮かべた時、涼子は初めて彼の前で涙を見せた。

二人で暮らすアパートを見つけて引越しをして、あとは涼子の仕事が見つかれば新しいスタートを切れる。そのタイミングで、芳川と出会った。

芳川は、涼子と初めて会ったのは面接の時だと思っているはずだ。きっと今でもそう思っている。でも本当はそれよりひと月ほど前に、事務所を新設する芳川の姿を見かけていた。

ああ、このビルの二階に新しい店ができるのか。自転車で通り過ぎた時、ビルの二階に荷物が搬入されているところだった。階下は若者向けのブティックで、隣のビルは風俗店。そ

んな場所に法律事務所ができるとは思わなかったし、汗を搔きながら、たった一人で階段を上がり下り作業している若く小柄な男性が、弁護士だなんて想像もしなかった。

「芳川法律事務所」

ある日二階の窓に、幅広い黄色のテープでそう文字が書かれているのを見て、初めて何ができるのかを知り、驚いたのだ。あの男性が自分で張りつけたのだろうか、「芳川」の「川」の字が微妙に斜めになっているので、

「気づいてないのかな。直してあげたいな……」

とふと思った。

だからハローワークで「芳川法律事務所」の求人案内を見つけた時は、すぐに応募を決めた。受かるとは思わなかったけれど、あの汗だくになって開設準備をしていた人と話をしてみたかった。克也は汗を搔くのが嫌いな人で、「汗を搔くのはゴルフや釣りや自分が遊ぶ時だけ」と決め、忠実にそれを実行していた。夏の日に子供と外へ出掛けるなどもってのほかだと言い、暑い日はクーラーの利いた室内でできるゲームに、良平を誘った。

「わざわざありがとうございます」

面接に行った涼子に向かって芳川が深々と頭を下げた時、心の底からここで働きたいと願い、そしてその希望は叶えられたのだ。

「今で三十分経ちました。どうされます？　まだ話すんでしたら、さらに五千円かかります

けど」

克也と離婚する際に訪れた法律事務所の弁護士は、感情の無い声でそう告げてきた。相談料が三十分五千円なのは知っていたが、とても三十分で終わる話ではなかったので、涼子が話を続けようとすると腕時計に目をやりながら、

「まだ話の途中ですので、あと三十分いいですか？」

遠慮がちに訊ねれば、

「裁判を起こすんでしたら、着手金と実費でだいたい五十万ほどかかります。相手から慰謝料を取れたらそこから報酬も頂きます。で、だいたい旦那の不倫相手からとれる慰謝料は多くても二百万。それ以上とれることはめったにない。それも証拠があって、ですよ。肉体関係にあった証拠、お持ちですか？」

と早口で返された。

「証拠……ですか」

「旦那さんと不倫相手がやりとりしているメール内容を保存しているとか、ホテルに入った証拠写真があるとか、そういう客観的なものですよ」

「そんなのは……ないです」

「じゃあ立証は難しいですよ。相手はしらばっくれますからね。ただの高校の同級生でたまたま遊びに来てたんだって」

弁護士はその後用事が詰まっていたのか、不倫問題なんて陳腐な事件は扱いたくないのか、三十分も延長しないうちに立ち上がった。入れ替わりに秘書らしき若い女性が、「相談料一万円」と書かれた領収書を持って現れたので、涼子は財布から一万円を抜き出し、トレーの上に置いた。

正直、一万円は痛かった。まだ四十分くらいしか話してないじゃないの。十分延長しただけで追加の五千円？　コインパーキングなみの融通の利かなさじゃない。

事務所を出て帰路につきながら、涼子はささやかな文句を口に出し、受け取った名刺をコンビニ前のゴミ箱に投げ入れた。

だから、芳川の対応が信じられなかったのだ。横柄でも冷淡でも事務的でもなく、アパートを契約する時に世話になった不動産屋の営業さんのような愛想の良さに、「嘘でしょ」と心の中で呟く。

「芳川法律事務所に採用させていただきます」と芳川から電話で連絡を受けた時の衝撃は、喩《たと》えるなら、列車の分岐ポイントが切り替わる音だった。自分と良平の乗る列車は、不幸な方向に向かって走り出したのかもしれない。そんな不安を少なからず感じていたところに、何の根拠もない、それでいて確信めいた方向転換の音が聞こえてきた。それから八年、自分と息子は、ゆっくりだが穏やかに走り、そして列車が行き着く先に希望があると信じられる暮らしを送っている。

園原聡子の裁判に関する「原告第二準備書面」を作成している途中に、良平がまたパソコンの画面をのぞき込んできた。

「まだこの人の裁判やってるの?」

「園原さんのこと?」

「うん。夏くらいにも確かお母さん、この人の文書を作ってたよね」

「よく覚えてるね。でも何度も言ってるけど口外は許されないから気をつけてね」

「内容までは読んでないよ。読んでもさっぱりわかんないし」

良平がシャーペンを置き思いきり伸びをする。

「裁判って本当に時間がかかるのよ。この裁判の場合はね、八月に原告から被告に通知書を送ったの。通知書っていうのは、内容証明とも言うんだけど、被告に対する自分の考えを伝えるっていう感じかな」

「それで?」

「でも被告はそれを否定してきた。つまり、私には非がありませんって。それが九月のこと。もしこの時点で被告が自分の非を認めて示談に応じてきたら裁判にはならないんだけど」

沼田和恵は非を認めなかったので、十月に園原による「訴状」が裁判所に提出され、裁判が始まった。それからはひと月ごとに原告の主張、被告の主張を重ねていく形式なので決着はまだ先のことになるということを、良平に説明する。

「この人の裁判ってあとどれくらいかかんの?」

「今年の夏くらいかしらねえ」

「大変だね。芳川さんもお母さんも」

「でもやっぱり当人が一番苦しいのよ。私たちは仕事としてやっているだけで」

良平は「おれは結婚したくないな。こんなぐちゃぐちゃしたのは嫌だな」と椅子から立ち上がり、もう勉強は終わりなのか、不機嫌そうな顔をして確率統計の教科書を閉じた。

「もうやめちゃうの?」

勉強は嫌いなのか、あまり熱心にしている姿を見たことがない。

「なんかさ、勉強する意味がわかんね。なりたいもんも特にないしさ。……風呂にでも入ってこよっかな」

受験を前にして、良平はこの頃こんなことばかり言っている。

「そういえば良平、前に言ってたじゃない。芳川さんみたいに弁護士になろうかなって」

「そんなこと言ったっけ」

「言ってたわよ。小学校一年くらいだったかな」

「なんだそれ。弁護士ってのが何かも知らない時じゃんか。弁護士なんて子供の頃からめちゃくちゃ頭のいい優等生がなる職業じゃん。芳川さんだってどうせ、子供の頃から勉強ばっかしてたんだって」

良平が知ったような口をきくので、涼子はむっとしながら、

「そんなことないわよ。芳川先生、高校三年まではサッカー一筋だったって言ってたわよ。さらに大学の途中まではサッカーの審判員になるつもりでいて、それがだめだと思って弁護士になったって」

と言い返す。

「まじ、それ。初めて聞いた。おもしれえ、もっと聞かせてよ」

良平の目が涼子にまっすぐに向く。

芳川に、その話を聞いたのはいつのことだったろうか。もうずいぶん長く一緒に働いているので、記憶は曖昧で、働き始めてすぐのような気もするし、だいぶ打ち解けてからのような気もする。とにかく、楽しい話だった。自分も良平と同じように、

「先生は子供の頃から優秀で、ずっと弁護士になりたかったんですか」

と訊いたのだ。「まさか」と芳川は笑った。

「本当は、サッカーの審判員になりたかったんですよ」

芳川がそう打ち明けた時は、あまりに意外で驚いたのを憶えている。

「ぼくは小学四年の頃から高校三年の夏まで、サッカーをやってたんです。でもそのうち公

式戦のスタメンで出たのは二十三回です。通算九年間に、二十三回。一年にすれば三回に満たない。この数字を見てもらえば、ぼくがいかに不遇なプレーヤーであったかということがわかってもらえると思いますが」

サッカーは大好きだったけれど、自分は体が小さかった。今でも百六十センチを少し超えるくらいだが、これも高校で伸びたので、その前は可哀相なくらいチビだったのだと芳川は笑う。それに加えて足が遅かった。運動神経が際立って悪いというわけではないのだけれど、走るのが遅くてこれもサッカー選手としては致命的だった。でもサッカーという競技がたまらなく好きで、やめようと思ったことは一度もなかった。

「ベンチでみんなのプレーを見てるとね、わかってくるんですよ、いろいろ。自分がプレーしている時よりもずっと、選手の動きがわかるんです」

自分はとりわけ、審判の動きを見ているのが好きだった。集中力を持って、選手たちの公平なプレーを維持させていく姿が、たまらなく格好良かった。自分が「反則だっ」と思うのと同時に審判の笛が鳴り、不正行為に対して罰則が言い渡された時は拍手したいような気にもなった。

「審判の吹く笛にもね、いろんな吹き方があるんですよ。例えば、キックオフやペナルティキックの合図はピーッと強く、やや長く一音で。ラインアウトの場合はピッと短く、それほど強くなく。反則に対してはピーッと一音で吹くか、ピッ、ピッと区切る。さらに悪質な反則の場合は強くピッ、ピッ、ピッ、ピッと繰り返したり。同じ反則でも偶発したものと、故意的で悪質なものとでは違う笛の吹き方をするんですよ。主審の笛の吹き方には、悪さに対する判断がこめられていなければならないんです」

芳川は熱心な口調で、審判がいかに公平で中立な立場にいなくてはならないかを語った。

涼子が相槌を挟む間もないくらい芳川は話し続け、彼が「二級審判員」の資格を持っていることを話した辺りで、

「あ、すいません。ぼくひとりで話してますね」

とようやく話は止まった。

「いえ、大丈夫です」

銀色のワッペンを取得する二級審判員は、地域レベルの大会で審判をすることができ、全国レベルの副審を担当することができるのだという。まだ上に女子一級、一級、さらには国際審判員という資格があるが、芳川が得られたのは二級までだった。審判員という職業で生計を立てるためにはもっと上の資格を取らなくてはならないが、筆記テストはともかく、走力テストをどうしてもクリアできなかった。

「知りませんでした。サッカーの審判にそんなたくさんランクがあって、難しいってことを」

「諦めると決めた時は辛かったですけど、でも精一杯やったぶん、自分の実力もわかってね。

潔く諦めました。それで方向転換して司法試験を受けてみようかなと思って」

「まったく……見事な方向転換ですね」

「まあすぐに思いついたわけではありませんよ。でも弁護士も笛を吹く仕事ではあると思ったんです。レッドカードを出すことはできないけれど、イエローカードは出せる。反則に対して声を上げる仕事には違いないと思ったんです」

司法試験には幸い三度目で合格したが、何度落ちても諦めることはなかったはずだと芳川は言った。生まれながらの鈍足を俊足にすることはできないかもしれないが、努力して理解し、記憶する勉強ならばなんとかなるかもしれない。


「すげえ話だね」

涼子の話をじっと黙って聞いていた良平が、ぽつりと口にする。

「すごい話でしょ」

「熱いね」

「熱いでしょ」

「芳川さん、審判になっていたとしたら公平中立な、いい審判になれただろうね」

「きっとね。……あとね、主審は笛を吹く時に歓喜の感情を込めたらいけないんだって。主審に歓喜の笛が許されるのは、両チームが全力を尽くしてプレーしたことを称える、タイムアップの笛だけなんだって」

手の中に笛を握り、フィールドを必死で駆ける小柄な芳川を、自分はどれくらい手助けできているだろうかと涼子はふと思った。

良平が再び、確率統計の教科書を開いて、シャーペンを手に持つ。風呂に入るのではなかったのかと涼子が訊くと、「あと一時間勉強する」とぶっきらぼうに答える。涼子も、一度落としていたパソコンの電源を再び立ち上げた。パソコンから園原の「原告第二準備書面」を呼び出すと、テーブルの端に寄せていた資料を広げる。良平が勉強を終えるまでは、自分も仕事を続けよう。

二〇〇九年　二月

夜勤明けで家に戻ると、もう十時近い時間になっていた。家の中には誰もおらず、テーブルの上に焼いていない食パンが一口だけ、置いてあった。朝食を食べるのは雷輝だけなので、慌てて口に詰め込んだ残りなのだろう。家の中に漂う臭さに、和恵は顔を歪める。もともと散らかった室内だが、和恵が夜勤でいない日は特にひどい。星也はインスタント食品、雷輝はスナック菓子、敏夫は酒と、男たちはソファや布団の上で、好き勝手にむさぼっている。

「あああっ。疲れた」

昨夜は最悪の夜勤だった。先週入院してきた認知症の老婆が一晩中徘徊し、エレベーターに乗ろうとするのだ。万が一外に出てしまったら大変なことになると師長に言われ、ずっと見張らされていた。最近のニュースで、看護師が患者をおとなしくさせるため点滴に睡眠薬を混ぜたというものがあったが、ばれないのであれば和恵もきっとやるだろう。

「くそっ、眠いなあ」

着ていた服を洗濯機に放り込み、同時に洗面台の鏡をのぞきこむと、化粧の剝げたひどい顔が映る。疲労のはりついた五十前の女の顔に、われながらぞっとする。いますぐベッドに入りたかったが、これから出かけなくてはならない。小山レミとの待ち合わせの時刻を考えると、化粧を直している暇もなかった。


深夜から降り始めた雪のせいで道路は凍てついていたが、和恵は車で外出することに決め、駐車場でエンジンをふかしていた。

レミが待ち合わせに指定したファミリーレストランの場所がわからなかったので、カーナビに登録すると、三十分以上かかるとアナウンスの声が告げてくる。約束の時間より十分ほど遅い到着だった。待たせると機嫌が悪くなるのでできるだけとばさなくてはと、和恵はまだ充分にエンジンが温まりきっていない状態でアクセルを踏みこんだ。

「いい案があるよ」

レミから電話がかかってきたのは、二日前の深夜のことだった。その日もちょうど夜勤中だったので和恵は起きていたのだが、携帯電話がユニホームのポケットで震えた時は、家の奴らが何かしでかしたのかと慌ててしまった。

「いい案って？」

同じ夜勤帯で勤務している看護師は、休憩室で仮眠をとっていた。和恵は誰に気兼ねすることなく椅子に腰掛け靴を脱ぎ、足を伸ばして別の椅子に乗せる。ナースコールを昼夜かまわず鳴らす患者が数日前に死んだので、気楽な夜だった。

「教えてやってもいいけど、高いよ」

レミがもったいをつける。

レミには裁判の進み具合を逐一報告していた。今、和恵が不利な状況に陥っていることを知っていて、「いい案がある」ともちかけてきたのだ。

「裁判で勝てるんだったら、そりゃいくらかは払うけど」

本来なら、負ける裁判ではなかった。依頼した城山弁護士も「負けることはないでしょう」と言っていたのだ。自分が男女の関係だったという証拠はどこにもない。メールの履歴が残っていたわけでもないし、旅行にしても患者と看護師の間柄、ただの介護旅行だと言い張っている。裁判沙汰になった時はうろたえたものの、弁護士に依頼してからは高をくくっていた。

「私、逆恨みされてるんです」

深刻な顔をして「何かあったの？　大変なことを抱えてるんだったら私に話して」と内容証明が送られてきたことを知る佐々木師長には、単に嫌がらせを受けているのだと伝えてある。師長は勘の良い女だから、下手に隠してばれるよりは、こちらに取り込んでおく方が得策だと、瞬時に判断した。それは正解だったようで、少なくとも今のところは和恵に同情的だ。

「園原さんの奥様が、私と園原さんのことを誤解されてて……。私もびっくりしてしまったんですが、裁判まで起こしたみたいなんです。何がなんだかさっぱりわからなくて……。こういうのって……むしろ名誉毀損ですよね、ひどい」

佐々木師長に呼び出されたカンファレンス室で、和恵はさめざめと泣いた。「誰にも相談できなくて……。あんなに高齢の患者さんと私が不倫関係にあるなんて、いくら奥さんの被害妄想だとしてもひどすぎる……」

佐々木師長がハンカチを和恵に手渡す一瞬の隙《すき》に、その表情を窺い見る。複雑な表情だったが、和恵の話を疑っているようでもなかった。長年勤めてきた自分と、患者の家族のどちらを信じるのかと詰め寄った時は、「そりゃ沼田さんのことを信じるに決まっているでしょ。

もしかすると、園原さんの奥さん、精神科への通院歴があるかもしれないわね……」と和恵の肩に手を置いてきた。

この涙の訴えは効果があったようで、それからは慈悲深い笑顔で、和恵に接してくるのだった。

それが、だ。自分としては大ミスをしてしまった。まさかあの愚鈍そうな老妻が、調査会社を雇ってくるなどとは想像もつかなかった。「原告第一準備書面」だかで、証拠として和恵と章がホテルで会っている写真を添付してきたのだ。

和恵は、章が自宅を売却して得たはずの金をまだ受け取っていない。金を貰うまではまだ関係を断つわけにはいかず、だからこのところ頻繁に何度もホテルで会って関係を重ねていたのだ。

章は離婚して賃貸のアパートで独り暮らしをしていると言っていた。それならたとえ章に会っても、ばれることはないと思っていたのだ。章が独り暮らしをするアパートにも何度か遊びに行き、それが全て証拠として残っている。ホテルに入っていく姿、章と仲睦まじく寄り添う姿が、何枚もの写真に収まっているのを見せられた時、怒りと焦りで全身がわなわなと震えた。

「姑息《こそく》なことしやがって」

思い出すと、ハンドルを握る手が熱を帯びた。もちろん今は章とは会っていない。また現場を押さえられるだけだ。

「あなたの元の奥さん、頭いかれてるんじゃないの？　私の人生、あなたとあなたの奥さんのせいでめちゃくちゃよ」

章には電話口で思い切り叫んでやった。章もまた、自分の妻が調査会社を使ったという事実が信じられないようで、謝罪を繰り返すばかりだった。章の話では、彼の娘も行動力や法律的な知識がある方ではないので、おそらく相手側の弁護士の指図でやったことだろうと謝罪にもならないことを口走っていた。

ただあまりに章をむげに扱うと大金を手に入れ損なうので、フォローはしておく。今は愛し合いながらも、邪魔者によって離れることを余儀なくされた二人。そういうスタンスを章には取っている。


指定されたファミリーレストランに入ると、レミは一番奥の席で退屈そうな顔をして煙草をふかしていた。和恵の姿を見つけると、口端を吊り上げるようにして笑い、意地悪そうな顔がさらにきつくなる。性格の悪い女は、笑顔も悪い。

「で、案って何？」

挨拶もそこそこに和恵が訊くと、

「ま、そこに座んな。なんか食べたら？　あたしはもう食べたよ、和食御膳。あんたの奢りなんだから好きなもん注文していいからさ。なんならアルコールもいっちゃう？」

そういうレミはすでにビールを飲んでいて、ほとんど空になったジョッキが置いてある。

「車だし。ホットコーヒーひとつ」

注文を取りに来た若いウエイトレスに伝え、灰皿を引き寄せて煙草に火をつける。まずは落ち着こう。灰皿にはもみ消された煙草の残骸が何本かあった。

「聞きたい？　いい案」

「それを聞きに来たんじゃない。早く教えて」

「あたしの飼ってるババア使うんだって」

「飼ってるババア？」

「でも結構な手間がいるからなあ。で、いくら払う？」

「……いくら払えばいいの？　でもその案で私が勝てば払うけど……負けたら払えないよ」

「じゃあ教えてやんない」

「とにかく教えてよ。いい案だったらこれくらいは出すから」

手の指を「ぱあ」に広げてレミの顔の前に近づけた。五万という意味だったが、

「五十万」

とレミは冗談だか本気だかわからない口調で言った。

都内のホテルに、章を呼び出した。レミと別れてから車を縦横無尽に走らせ、信号無視もした。もし調査会社の奴らがついてきているとしたら、確実に撒《ま》いた自信がある。章との約束から一時間後に、和恵はホテルの駐車場に車を停めた。章はすでに部屋で待っていると、メールで連絡があった。

「メールはもうするなって言ってんのに、色呆けジジイがっ」

和恵と章がいまだ接触しているという証拠になるようなことは、いっさい残してはいけない。刑事事件ではないし、まさか章の携帯の履歴を園原聡子が手に入れるとは思えないが、万が一のことがある。万が一、章が元の妻に寝返ったら……。和恵を陥れるための証拠を妻に渡したとしたら……。

「それはない、ない」

弱気になりそうな自分を、小声で励ます。

裁判を起こされ、窮地に立たされているとはいえ、今は大金を摑むチャンスでもあるのだ。看護師としてもう二十年以上奴隷のように働いているのにいっこうに金は貯まらず、自分の労働はどこに消えてしまったのかと思う。息子たちにつぎ込むだけで、なんの見返りもなく、あげくには息子たちに、

「高卒のくせに偉そうな口きくな」

と罵られている。

「大学出ても働かないあんたより、よっぽどましだから」

この前、長男の星也にそう言い返してやると、逆上した息子は拳で新築の壁を思い切り叩き、凹ましてしまった。そんなやりとりを次男の雷輝は無表情で眺めていた。子供が心底可愛かった時期なんてほんの少しの間だった。「ママ」「ママ」とまとわりついてきた頃……。今は厄介で出来損ないの男にしか見えない。周りの出来の良い息子や娘の話を聞かされると、苛立つだけだ。

なんのために働いてきたのかと思う。給料の大半を生活に費やし、わずかに残った金額を息子たちの進学費用として積み立ててきた。夫に生活費の話をすると怒鳴り合い、蹴り合いの喧嘩になるので、自分の稼ぎでやりくりできるのならと、黙って働いてきた。正直、もう疲れた……。楽に稼げるなら、大金を手にすることができるなら、手段など選ばない。自分にもやっと運が巡ってきたということだ。

章から聞いた部屋の番号を探しながら、ホテルの廊下をゆっくりと歩いた。足音は絨毯に吸収される。高級な絨毯の布地が足の裏にへばりつくようだった。

ドアの横についている呼び鈴を押すと、中から章が顔を出した。一瞬不安そうに眉根を寄せた後、和恵を見て嬉しそうな笑顔になる。

この男がまだ自分に執着があると確信し、ほっとすると同時に嫌悪感がこみ上げそうになるのを飲み込んだ。

「章さん……」

後ろ手にドアを閉めると、体当たりのように章に抱きついていく。女に慣れない男はこうしたオーバーな動作を好むのだと、レミに教えられていた。

章が無言のまま、抱きしめてくる。

「嫌な思いさせて悪かったね」

章の声は上ずっている。

「ううん。これくらい……。だって私があなたや奥さんに迷惑をかけてしまったんだもの。あなたを好きになった罰ね、きっと」

額を、章の胸に押し付けた。昨年の誕生日に贈ったブルガリのプールオム・オードトワレが香ってくる。

「罰なんて言わないで、和恵さん」

喘《あえ》ぐような声に驚き、上目遣いで様子を窺うと、涙を流していた。歳を取ると、脳の前頭葉の働きが悪くなると何かで読んだことがある。感情のコントロールをする前頭葉がいかれてしまうので、ちょっとしたことで泣いたり怒ったり感情の起伏が烈しくなるらしい。章は脳の老化が進んでいるのかもしれない。だとしたら、レミの作戦は案外スムーズに実行に移せるかもしれない。脳が正常な判断ができなくなっているのだとしたらラッキーだ。

「ねえ和恵さん？」

章が、和恵の顔をのぞき込もうとしてきた。「ぼくは一体どうしたらいいんだろう。あなたとずっと一緒にいたい、この気持ちをどうしたらいいんだろう」

のぼせた口調がうざったくてしかたがなかった。元妻に裁判を起こされ、それが病院にもばれて、こちらの被害ははかりしれない。なのにまだ目の前の章はのぼせあがっていて、金が無ければ思い切り罵り、蹴りでも入れたいくらいだ。

「私たち、してはいけない恋をしてしまったのね……。本当に……どうしたらいいのかしら」

「二人で逃げようか」

「逃げるってどこへ？」

「どこか遠くへ。誰も知らない田舎で二人で暮らそうか」

「……それはできないわ。だって私には子供たちがいるんだもの。下の子はまだ高校生だし私が側にいてやらないと」

夕食を作ってやっても、自分の好きなメニューでなければ冷凍のピラフやカップ麺を食べる雷輝の顔が、頭に浮かぶ。機嫌の悪い時は和恵の財布から勝手に札を抜き出して、ラーメンを食べに出て行く。夫が同じことをしているからか、雷輝は悪びれた様子もない。和恵も注意することはない。星也には初めから「飯は作らなくていい」と言われている。その代わり食費として、ひと月に三万も、むしりとられている。

「和恵さん……」

耳の奥に、章の声が響く。熱い息を吹き込まれ、手を引かれるままにベッドに横になった。

「和恵さん……」むせび泣くように章が繰り返し、体中をまさぐってくる。したいようにさせようと全身の力を抜くと、少しずつ快感が強くなってくる。章は和恵の言うとおりのことをやってる。嬉々として和恵の尻の間に顔を埋めてくる様に興奮することもあった。夫ともう何十年もやっていないからかもしれない。あの男は、外で遊んでくるからいい。でも和恵の性欲も枯れたわけではない。夫に興味を持たれなくなった妻の性欲の捌《は》け口がどこへ向かうのか。そういえば最近、女性誌でそんな話題がよく取り上げられている。「好きだ」「可愛い」と言われれば、相手が七十過ぎの男でも悪い気はしない。バイブを使われれば悲鳴に近い声も出るし、絶頂感だって簡単に味わえる。全身に舌を這わされる快感に悶《もだ》えながら、和恵は自分が無理をして章と逢瀬を重ねてきたのではないことを実感していた。金と性欲。この老人と過ごした時間は、女として重要なその二点を満たしてきたのだ。

だから自分は、レミが思いついたことを実行するのに、ためらいを感じているのだろうか。この男を手放すのが惜しいと思っているのだろうか。

「ねえ章さん。お願いがあるの」

そんな自分の思いを断ち切るように、和恵は口にした。

「なんでも言って。マンションを買うって話だったら心配しなくていいよ、もう物件は決めてある。私が先にそこに住んでるからあなたが後から来ればいい」

「違うの。そのこととは別のことなの。ある女と一緒に暮らしてほしいの。それでその人と結婚してほしいの」

和恵は言った。

バイブを動かしていた章の手の動きが止まり、モーターの音が急に大きく部屋に響く。

「ある女と……結婚？」

章は和恵から体を離し、色を無くした表情で呟いた。

「そう。私を守るために。私たちがずっと一緒にいるために」

和恵は、皮膚のたるんだ腰に両腕を巻きつける。これできっとうまくいく。裁判に勝った上で、さらに章の全財産を手に入れる。

レミの持ち出した妙案を頭の中で反芻《はんすう》しながら、和恵は両腕に力を込め快楽を抱きしめた。

二〇〇九年　三月

三月に入ったというのに春の訪れはまだ遠く、墨を分厚く重ねたような夜だった。空に月は浮かんでいるものの、八時を回っているので街灯の少ないアパートの前はほとんど闇に近い。

「優ちゃんありがとう」

走り去る優子の車に向かって、聡子は声をかけた。開けている窓から、

「おばさん、ゆっくり休んでね。ちゃんと寝てね」

という声が返ってくる。聡子は車のテールランプが見えなくなるまでその場に立って見送ると、アパート二階の部屋に戻るため、ゆっくりと階段を上った。左膝が痛むのはいつものことだけれど、今日は特別に痛い……。

さっきまで、優子の自宅で香織と三人で過ごしていた。香織は、自宅にいた圭太郎に綾乃と舞の世話を電話で頼んでいたが口調が硬かったので、文句でも言われたのかと聡子は心配になった。

「大丈夫なの、圭太郎さんに任せちゃって……あなたは早く帰った方がいいんじゃない？」

聡子は圭太郎を気遣い言ったが、

「いいの。だってあの人、今日は仕事も休みで家にいるんだから。家にいたって家事のひとつもしないし、たまに子供たちの面倒くらいみさせても罰当たらないわよ」

と香織は取り合わなかった。不況のせいで、休日が増えて家にいることが多くなった圭太郎に対する鬱憤《うっぷん》が、言葉の端々に滲む。休日が増えたのに、いっこうに家事と育児を手伝おうとしない夫への苛立ちは、主婦をしていた聡子にもわかる。

優子が「うちでお茶でも飲んで行く？」と誘ってくれたのは、聡子はもちろん、香織も優子も気持ちが沈んでいて、それぞれの自宅に帰る気がしなかったからだろう。

今日、聡子たちは横浜地方裁判所に出向いてきた。芳川弁護士は、「園原さんが毎回来る必要はないですよ」と言ってくれたが、聡子はこれほど大切なことを任せっきりにすることができず、足を運んでいる。聡子が「裁判に行ってきます」と伝えたら、香織も優子も「今日はじゃあ一緒に行くね」と言って付いて来てくれたのだ。

玄関のドアを開けようとノブに手をやると、あまりに冷たくて右腕に痺れが走った。最近、こんなふうに時々体のあちらこちらが痺れてくる。リウマチか何かだろうか……。

誰もいない部屋に「ただいま」と言う元気はなく、静かに靴を脱ぐ。暗い部屋の壁を手探って、電気のスイッチを点けた。

「……疲れた」

　やっと口にできた。

　香織や優子の前では弱気を見せるわけにはいかず、喉の奥に押しやっていた言葉。でも本当に、疲れきってしまった。

「いったいどこからおかしくなってしまったのかしらね……」

　誰に言うでもなくそう口にしたが、本当は章に詰め寄りたい思いだった。詰め寄って、怒鳴って、罵倒して……どれほど苦しんでいるか傷ついているか、溜まっている感情をすべて吐き出すことができたなら。それをできる相手は章しかいないのに、その夫は姿を消してしまっている。

　ダイニングの小さな灯りを点け、芳川弁護士から渡された「準備書面二」という書類に目を通した。沼田側の弁護士が作成したもので、沼田と章の関係について綴ってある。聡子は老眼鏡をかけ、小さな文字を睨みつける。沼田は章のことを「向こうから接近してきて、自分は患者のひとりとして対応しただけだ」と主張していた。もちろん、不貞関係も否定している。書面だけ読んでいると、聡子ですら沼田のことを庇《かば》いたくなるような内容だった。

「こんなふうじゃ裁判官も大変ねぇ……どっちの証言を信用すればいいかわからないものねぇ」

　ショックを和らげるため他人事のように呟くと、聡子は茶封筒に入れておいた写真を数枚、テーブルの上に並べた。優子が調査会社に頼んで撮らせた、章と沼田が一緒にホテルに入っていく写真だ。

「とにかく証拠です。立証するには客観的な証拠が必要なんです」

芳川弁護士が強く言っていた言葉を思い出す。裁判官にしても、原告と被告、どちらの証言が正しいかなどわからない。だから証拠が必要になってくるのだと、芳川弁護士は聡子に「章と沼田和恵の不貞行為を立証する証拠が何かないか」と繰り返し訊いてきた。携帯のメールのやりとり、章が沼田に送ったとわかるような金銭がらみの記録、些細なものでもいいから残っていないかと言われたが、聡子には心当たりがなかった。

「携帯のメールであれば、メールの内容をそのまま印字したのでは確実な証拠にはなりません。なりすましメールという場合もありますから。メールの内容を含めて、携帯電話そのものを写真に撮ってください」

香織が、章の居所を突き止めて携帯電話を奪い取り、そしてその際に沼田和恵からのメールを印字したらどうかと芳川に案を出した時、彼はそう答えた。「ただ単純にメールの内容を印字しただけでは、偽装ととられる場合があります」

だが何より、章がどこに住んでいるのかわからない。

結局、こちらからの証拠は、優子が調査会社に依頼して撮らせた写真と、章が沼田に宛てて書いた手紙だけだった。章と沼田が睦まじくホテルに入って行く写真。見ると気分が悪くなるこの写真……。

調査会社に頼めば、章の現在暮らしている場所も突き止められるかもしれないと優子が言ったが、悩んだ末に「それはいいわ」と断った。調査に日数がかかれば費用が嵩み、裁判を起こしながらではとても払える金額ではないというのが一番の理由だが、「もしかすると何もかも間違いかもしれない」という一縷《いちる》の望みが、こうした写真によって絶望的になったことで、力が抜けてしまった。自分がこうして苦しんでいる間、夫にも同じ苦しみを味わっていて欲しかった。なのに……写真に写る章は、腹立たしいくらいに嬉しそうな顔をしている。

私は何がしたいのだろう……。食卓に並べていた写真を一枚一枚茶封筒にしまいながら、聡子は目を閉じる。ただ裁判に勝ちたいのか、章と沼田に罰を与えたいのか、自分の主張の方が正しいことを法的に示したいのか……。わからなくなってくる。自分はもう孫もいる、「おばあちゃん」と呼ばれることにも抵抗のない老人で、あとはもう残された命を静かに穏やかな時間とともに生きたいだけなのだ。そう、それだけなのだ。だれにこの気持ちを聞いてもらえばいいのだろう。そしてまた、どうしてこんなことになったのだろうという振り出しに戻る。

今も章は沼田和恵と会っているのだろうか。一緒には暮らしていないはずだった。結婚してから何十年もの間、必ず給料を入れてくれた誠実な夫は、どこへ行ったのだろう。

話せばわかるんじゃないだろうか。もう一度話せば、私の気持ちを理解して沼田から離れてくれるんじゃないだろうか。

思い始めると「そうに違いない」と聡子は強く確信し、携帯電話を握り締めた。だって私が夫の居場所を知らないんだもの。夫だって私の居場所を知らないはずだ。自分に連絡を取りたくても取れない夫が不憫《ふびん》に思え、聡子は慌てて電話帳のページを繰った。携帯電話にもアドレス帳というものがあり、ボタンを操作することで電話番号を登録することができるのだと香織が教えてくれたが、自分がそんな機能を使いこなせるとは思えず、相変わらず紙の電話帳に電話番号を書き込んでいる。章の携帯電話の番号も、一番始めのページに書き込んである。

人差し指でボタンを押した。0を押したつもりが隣の#が表示されたり、番号の文字が霞んで見にくく老眼鏡をかけたりで、たった十一桁の番号を打ち終えるのにどれくらいかかっただろう。ようやく呼び出し音が鳴った時はほっとしたけれど同時に緊張で全身が強張る。右手で携帯電話を持ち、左手で胸を押さえ、呼び出し音を聞いていた。

コールが途切れた時は、自然と、

「お父さん?」

と声が出たけれど、返ってきたのは留守番電話であることを告げる、テープの声だけだった。留守番電話に切り替わったので、慌てて切った。でも切ってしまってから、また同じ番号に電話をかけ、

「お父さん、私です、聡子です。私も携帯電話持ったんですよ」

と留守番電話の発信音の後に残した。何を話したいのか自分でもよくわからなかったけれど、章と話す以外には楽になれないような気がした。

すぐにでも返事の電話がかかってくるかと待っていたが、電話は一向に鳴らず、聡子はやっと部屋が寒いことに気づいた。そういえば帰ってから電気をつけただけで、暖房をつけるのを忘れていた。

「こんなに寒いと眠れないわねぇ」

苦笑して呟くと涙が出た。一度涙が出ると、止まらなくて、嗚咽に変わった。

二〇〇九年　四月

約束の時間までまだ間があったので、芳川はテーブルの上でノートパソコンを開いた。薄暗い中に白い画面が浮き上がる。五時を過ぎたばかりの居酒屋は客もまばらで、芳川は穏やかな気持ちで店員たちののんびりとした大阪弁のやりとりを聞いていた。

最近になって始めたフェイスブックに、出張で大阪に行くことを書き込んだら、大学時代の友人の市川賢介《いちかわけんすけ》からすぐに返信が来た。賢介とは大学のサッカー同好会で同じだったが、特別に仲が良かったという感じでもなく、ただ気のいい男だったとの印象が残っている。

大学を卒業して十七年経っての再会だが、芳川は二つ返事で会うことを了解した。営業の一環のつもりで始めたフェイスブックだったが、こうして懐かしい仲間に再び繋がることは単純に楽しかった。

「久しぶりだな、ユウジン」

梅田《うめだ》界隈の店に先についていた芳川は、かつてのあだ名を呼ぶ声に顔を上げた。芳川は名を有仁というが、学生時代の友人たちはそれを音読みする。懐かしい響きにそれだけで、気分がぐっと若くなる。

「……賢介か。久しぶりだな」

賢介の懐かしいにやけ顔が、すぐさま芳川を学生の頃に引き戻す。

中ジョッキも四杯目になると、歳月が作った隔たりをすっかり無くし、お互い好き勝手なことを言い合うようになる。賢介が芳川のことを「じじむさい、最悪のファッションセンスは学生時代のままだ」とこき下ろせば、芳川は「胡散臭《うさんくさ》い軽さは、歳をとっても改善されていない」と返してやる。会話の中には十数年ぶりに口にする名前もたくさん出てきて、芳川は心底愉快な気持ちになっていた。

「おまえが弁護士なんてな。意外性が無さすぎてつまらんわ」

芳川たちの大学は東京にあったが、賢介は大学を卒業して、地元の大阪に戻って就職した。当時から関西弁だったけれど、以前よりきつく感じる。

「賢介の方は派遣会社勤務なんて意外だよな。なんかお堅い感じがして柄じゃない」

「いやいや、おれは昔からずっと硬派やで。大学の時かって、ナッチ一筋やったし」

「ナッチか……。懐かしいなあ。元気なのかな？　きれいな子だったよな」

「三人の子持ち。もうおばはんやで」

大学を卒業した後すぐに別れたのだと、賢介は言った。ナッチは同好会のマネージャーで、ファンは多かったけれど、当時一番のモテ男の賢介とくっついてしまった。

「実はなあユウジン。相談あんのや」

手にしていた煙草をもみ消し、通りがかりのウエイトレスに中ジョッキのおかわりを頼むと、賢介が急に声を潜めた。

「相談？」

「おお。おまえが弁護士になったと噂で聞いてから、いつか助けてもらおて思てたんや」

賢介が、芝居がかった表情を作る。

「法律相談か？　いいよ、おれにわかることならなんでも」

またいつものか……。仕事を離れて飲みたいのにと、多少うんざりする気持ちも無いわけでもないが、仕方がない。弁護士の中には、「知り合いというだけで無料で法律相談してくる人には取り合わない」という人間もいた。でも、それではあまりに冷たい気がする。医者の知り合いがいれば、体の不調を聞いてもらいたいし、教師がいれば子供の教育について悩みを打ち明けたい。芸能人が知り合いならサインのひとつももらいたいし、本屋に勤める人にはおもしろい一冊を教えてもらいたい。だから芳川は、こうした場で相談に乗ることもありかと思っている。

「すまんな」

煙草を口の端にくわえ、ライターで火を点けようとしながら賢介は言った。

「仕事のことか?」

賢介はしばらく無言で煙草をふかし、なかなか話を切り出そうとしない。

「いや」

「じゃあ遺産や財産の相続か何か?」

意外に多く訊かれるのが、相続についてのことだ。自分たちくらいの中年になると増えてくる案件だった。

「いや。それもちゃう。……女のことや」

「女性か。それは納得だな」

「どういう意味や」

苦笑いしながら、賢介が勤め人にしては長い髪をかき上げる。

「同好会一のモテ男ならではの相談という意味だ」

「あほか。同好会やないで、学内一のモテ男や。それになあ、今はそんな言い方せえへんのや。イケメンて言うんや。おまえには縁のない言葉やけどな」

話を切り出せたことでほっとしたのか、賢介は饒舌になってくる。ビールを含み唇を湿らせると、

「簡単に言うとな、嫁と別れたいんや。他に付き合《お》うてる女いてるから、そっちと一緒になりたい。でも慰謝料とかそういうのは困るんや。どうしたらええ？」

「そんな都合のいい別れ方なんかないよ……。考え直せないのか」

「それが難しいから言うとんのや」

「子供は？　おまえに子供さんはいるのか」

「三人。男、男、女」

「いくつ？」

「小五、小二、幼稚園」

「考え直せって」

　これ以上は話を聞きたくないと、芳川は思った。相談者にまったく同情も共感もできない、最もたちの悪い相談内容だ。

「もう考え直す余地の無いところまできてるんや」

「じゃあ慰謝料と養育費は覚悟するんだな」

「そんな簡単に言うなって。新しい女は俺と結婚したらすぐに子供が欲しいて言うとんのや。慰謝料の数十万はしょうがないとして、養育費まで払ってたら新しい生活がたちいかんようになる」

不機嫌になっていく芳川とは逆に、賢介はますます愛想のいい表情で言ってくる。自分に都合のよい回答を待っているのだろう。

「じゃあ新しい奥さんに働いてもらうんだな。共働きをして、奥さんの収入を養育費に当てろよ。他人の旦那と結婚するんだから、それぐらいの覚悟はできるだろう」

「そら無理や」

「どうして？」

「そいつ、今も仕事してないんや。派遣でたまには働きよるけど、定職も定収入もない」

「なんだおまえ、自分の会社の人間に手を出したのか」

「同じ会社って、人聞き悪いこと言うなや。うちの人材派遣会社に登録はしてたけど、うちの社員ってわけやないで」

「登録にきた人を愛人にしたのか？」

「愛人って……やめてよユウちゃん、そういう言い方」

歪んだ笑みはそのままに、賢介は灰皿に煙草を押し付けた。さっきから吸い続けているので灰皿は吸殻の山となり、何本かは溢れている。賢介はきつい口調でウエイトレスを呼ぶと、灰皿を交換させた。芳川の態度が軟化しないことに苛立っているのだろう。

「嫁と揉めたり、慰謝料を払い続けたり、そういう面倒っちい、みみっちいとこ、新しい女には見せたないねん。そいつ、まだ二十二やねん。俺らよりひと回り以上も歳下やねん。世間の汚いとことか、苦労とかも知りよらへんから巻き込みたくないんや」

芳川と喧嘩をしても得はしないと割り切ったのだろう、賢介はさらに媚《こ》びた態度で話を続けた。そういえば市川賢介という男は昔からそういう奴だったなと芳川は思い出す。大学時代からそうだった。自分に利益が及ぶように物事を動かすためならば、決して感情に流されない、むしろ相手の感情を混乱させて最終的には媚び勝つような男だった。

「二十二か……若いな」

芳川は冷静さを保つために、話を逸らす。

「若いやろ」

賢介は唇を歪めて嬉しそうに笑った。

「なんでまたそんな歳の？　話題も合わないし価値観だって将来に対する思いだって違うだろう。おれだったらよすよ」

芳川は本音でそう言った。すると、

「おまえ、寿司好きか?」

と賢介は訊いてきた。

「寿司? 好きだよ」

「無性に食いたなることないか?」

「……あるよ、たまに」

「そんな感じやな。おれにとったら若い女は寿司みたいなもんや。生理現象のひとつや。そんなん我慢したら体の毒やろが」

賢介は言うと、新しい煙草をくわえ、ライターで火を点けた。口の端に煙草をくわえる仕草が、息を呑むほどに下品で、それ以上何も言わなかった。

酔いが回ってきたのか、無言になった芳川の機嫌をとるためなのか、賢介はスマートフォンの画面を示し、女性とのツーショット写真を映し出した。賢介に寄り添う若い女性は、確かに何の苦労もない薄っぺらい笑みを浮かべている。

「可愛いやろ?」

「そうだな。なんとかBっていうアイドルグループの中の一人みたいだな」

「なんとかBって、なんやねん。おまえはほんまオヤジやっとんな」

芳川の評価に満足したのか、賢介は次々に女と一緒に写っている写真のデータや動画を映し出した。芳川は画面を見ているふりをしながら、賢介の横顔を眺めていた。

まだましだったか。大学の頃のこいつは今よりはまだ、ましだったか？　それこそ若かったぶんだけ、ばかみたいなことをしていてもましだったか？

「おまえもなあ、いつも真面目なことばっかり言っててんと、たまには欲望のままに動いてみろや」

「欲望？」

「やりたいこと、好きにやってみろ。そうせな人生損やぞ。みんなどうせいつか死ぬんや。食いたいもん食って、酒飲んで、寝たい女と寝て。おれらちゃんと働いてるんやから、それくらいのささやかな欲望、満たしてもええんちゃうか？　嫁はんや子供のための人生やないんやから」

一度きりの人生なんやから、と賢介は胸を張って言い、尊大な仕草で周りを見回した。

「ここにいてる奴らかて、社会人として大したことやってへんけど、みんな好き勝手に飲んで食って騒いで楽しんどるんや」

「飲んで食べるのと、妻以外の女性と交渉を持つのとでは意味合いが違う」

「そんなん、長い人生でみたら同じことや。結局やな、好きに楽しく人生送った人間の方が幸せなんやと俺は思うで」

賢介は、ジョッキの中のビールをぐいと飲みきると、大きな声でウエイトレスを呼び止め、焼酎の水割りを注文した。

久しぶりのアルコールに酔ったのか、芳川は言い返す言葉を思いつかなかった。あるいは、賢介の言葉に打ちのめされたのかもしれなかった。「好きに楽しく人生送った人間の方が幸せ……」。確かにそうなのかもしれない。真面目に生きてきた人間が幸せになって、ずるい人間は報いを受ける。そんな単純な図式が存在しないことは、もうとっくにわかっていた。この仕事に就いてからは特に、勧善懲悪などないことは思い知っている。明らかに非があるだろう被告側の弁護に立って、勝訴したこともある。正しい主張をしたはずの原告側が、うな垂れて帰っていく背中を後ろめたい気持ちで何度も見送った。

好き勝手に生きる。楽しく生きる。そこでトラブルが起こったら、その時々に力技で解消していく。自分のやったことで迷惑をこうむる人がいようとも、泣く人がいようとも、自分が楽しく幸せであればそれは自分にとっては正義。そんな風に生きている人間がたくさんいることを、また、そんな人間がいい思いをしていることを、芳川は否定できなかった。

「おまえの……言う通りかもしれないな。別れて会わなくなる今の奥さんや子供たちより、おまえにとっては新しい彼女との未来の方が重要なのかもしれない。新しい彼女と過ごす方がおまえにとって楽しく幸せなら……。たしかに人生は一度きりだもんな」

芳川はジョッキを持ち上げ、口に運んだ。すっかりぬるくなったビールは、苦味だけを舌に残した。

「そういうことや。そらおれもいろいろ悩んだけどな、でもやっぱりこういう結論が出た」

賢介は勝ち誇ったように言うと、運ばれてきた焼酎を半分飲み干し、

「そろそろいくか」

と言ってきた。芳川が自分にとって有益な回答を出さなかったことに不満を感じているのか、賢介はこれ以上話をする気はないようだった。芳川が無言で頷くと、伏せてあった伝票を手に取って、賢介が立ち上がる。

「あ、いいよ。今日はおれが支払うよ。役に立てなかったからな」

レジに向かって歩いていく賢介の背中に声をかけると、彼は振り返り「悪いな」と愛想よく笑った。支払いは、一万千二百円だった。

「おまえも仕事ばっかりしてんと、はよ結婚せいよ」

店を出ると、賢介が大声で言ってきた。梅田の地下街は混雑していたので、賢介の声もざわめきの中でかき消される。

「岸本麻耶《きしもとまや》、憶えてるか？」

「岸本って……」

「そうそう、おまえ付き合ってたやろ、ちょっとの間やけど」

賢介は「ちょっとの間」と言ったけれど、実際は一年近く付き合っていた。大学四年の初めから、卒業する直前くらいまで。向こうから「付き合ってほしい」と近付いてきたが、いつの間にか自分の方が好きになっていて、それで最後には振られてしまった。就職活動もせ

ず司法試験を受けると言い出した芳川を、持て余したのだろう。その後芳川は二年連続して試験に落ちたのだから、彼女の選択は正しかったといえる。

「岸本、結婚したん知ってるか？」

「そりゃ結婚もしてるだろう。おれたち四十なんだから」

「誰と結婚したか知ってるか？」

「……おれが知ってる人？」

賢介は、自分たちと同じ同好会の同級生の名前をあげた。驚きの表情を見逃すまいと、粘り気のある黒目を芳川の顔に固定している。

「へえ……そうなんだ。知らなかったよ」

「おまえ、二股かけられてたんやで。おれの周りの奴らはほとんど知ってたわ、岸本が二股かけてたこと。最終的に、真面目で一途なユウジンが振られて、たらしのミッチが岸本と結婚したから、おれらほんまびっくりしたわ。わからんもんやねえ」

同級生の男がミッチというあだ名であったことを、芳川は思い出していた。そういえば、たらしのミッチとか、こましのミッチとか言われていたな。そうか。彼女は自分と付き合っている期間に、別の男とも付き合っていたのか……言われてみれば合点のいくことがいくつかある。当時は探せなかったパズルのかけらがようやく見つかったみたいに、彼女の不可解な行動の謎が今になって解ける。

「まあ昔のことやから、気にすんな」

賢介が肩を叩いてくる。

芳川が何も言い返さないままその場に棒立ちになっていると、

「じゃあな。おれこっちから帰るわ」

途中まで並んで歩いてきたのに、賢介は踵を返して来た道を戻ろうとした。

「……なんで？　おまえ谷町《たにまち》線って言ってただろ。反対の方角じゃないか」

投げられた賢介の悪意をどう返すか言葉がみつからないまま、芳川はなんとかそれだけを口にする。

すると賢介は、

「十三《じゅうそう》の風俗寄って帰るわ。おまえも行くけ？」

と面倒くさそうに言ってきた。

芳川は首を振り、手を上げて賢介に別れを告げた。足早に地下街を進んでいき、適当な場所で地上に続く階段を上る。

ネオンの灯りや喧騒に揉まれながら歩いていると、体の芯から疲労感が滲んできた。

人通りの少ない方へ、少ない方へと歩いているうちに、商店街はいつしか風俗店街に変わっていて、呼び込みの女や男たちに声をかけられた。芳川と同年代や、少し歳上くらいの男たちが、躊躇《ちゅうちょ》無く店に入っていくのを、眺めながら歩く。小さい頃から万引きなんかはもちろん、掃除当番をさぼることすらせずにここまで生きてきた自分がおかしくなってくる。

「悪さしたらお天道様が見てるよ」と祖母に脅された昔を思い出す。おばあちゃん、お天道様は見ていたとしても、悪さしても何もしないよ。今なら厳しかったおばあちゃんにそう言い返すだろう。

「四十分四千円」

若い女が近づいてきて耳元で囁いた。甘いフルーツのような香りがした。一瞬とてつもなく食欲が湧いた。

肘を持とうとする女を振り切って、芳川は風俗店街の終点を目指して歩いた。途切れた所でタクシーを拾ってホテルに帰るつもりだった。こんな場所で今思うことではないのかもしれないが、自分は独りだと寂しさを感じた。

コートのポケットに手をつっこんで携帯電話を取り出し、躊躇しながら、電話をかける。

「はい、沢井です」

あまりに機械的な声だったので、留守番電話になっているのかと黙っていると、

「もしもし、芳川先生ですか？　何かありましたか？　急な用件か何か」

と沢井が言葉を繋ぐ。

「……ちょっと訊きたいことがあるんですが」

「はい、なんでしょう」

受話器の向こうで、沢井が律儀に質問を待っているのがわかる。的確な受け答えをするために真剣な表情をして佇む、いつもの様子が伝わってくる。

「欲望を抑えて生きることは、つまらないことでしょうか」

仕事以外の用件で、自宅にいる沢井に電話をかけるのは初めてのことだった。彼女は芳川の事務所に必要な、有能な事務員なので、私用の電話などをかけて辞められては困ると自制していた。

「先生、だいぶ酔ってますか」

沢井が普段と同じ口調で訊いてきたので、

「はい。……いえ、酒は飲みましたが、酔ってはいません」

芳川も仕事の用件を話すのと同じように答える。沢井は数秒の沈黙の後、

「他人や自分を傷つけるような欲望は、抑えるべきだと思います。それに……理想を持って生きていたなら、欲望を抑えることができるのだと。立派なものでなくても自分なりの理想を持って生きることは、すごく大切なことだと思います」

きっぱりとそう言うと、今どこにいるのかと芳川に訊いてきた。芳川は大阪の梅田にいると答え、不躾な質問をしたことを詫びた。

「大丈夫ですか？　仕事がうまくいかなかったんですか」

「いえ、仕事の方は大丈夫です」

「それはよかったです」

「これから東京に戻ります」

「今日はそちらで一泊されるんじゃなかったんですか」

「まだ夜行バスが間に合いそうなので、それに乗ります」

電話を切ると、芳川はホテルに電話をして宿泊のキャンセルを伝えた。風俗店街が途切れた所で後ろを振り返ると、色とりどりのネオンが混ざり、十二色の絵の具全部を合わせたような色に見えた。

二〇〇九年　五月

右のこめかみに疼《うず》くような痛みがあり、香織が歩くたびにひどくなっていった。スーパーでのパートを終えて、店を出られたのは七時を過ぎてからだ。当初の契約では五時には上がれるとのことだったが、近頃は残業が当たり前になっている。残業や休日出勤を断った他のパートたちが次々に解雇されているのを見ているので、わがままはいえない。

「ただいまぁ……」

全身の倦怠感と偏頭痛とで声を出すのも辛かったが、まだ幼い子供たちが待っていると思えば、もうひと踏ん張りできそうだ。

「おかえり。ママ、ママぁ。会いたかったよぉ」

二歳の舞が走り寄ってくる。五歳の綾乃もはにかみながら舞の後ろに立ち、笑顔を見せる。

「ママおなかすいたぁ」

舞が甘えた声を出した。広くない家の中に、香織は圭太郎の姿を探した。ソファに寝そべって、半分眠りながら子供向けのアニメを見ている。

「夜ごはん、まだ食べてないの？　パパは？　作ってくれてないの」

子供たちに訊ねるふりをして、圭太郎に向かって声を張った。

「香織の帰りを待ってたんだよ。六時には帰れるって言ってただろ？　だから」

「でも六時前に一回メールしたでしょ。残業があるから七時を過ぎるかもしれないって。先に食べておいてって」

「食べておけっつっても、おまえなんも作ってないじゃんか。スーパーで惣菜でも買ってくるかとも思ったしさ」

香織の声の尖りを敏感に察知した圭太郎が、ふてくされたように返す。これ以上非難すると喧嘩になると思い、香織は頭に浮かんだ言葉をかき消した。削除、削除。マウスで削除をクリックするような気持ちで、ぱぱっと消してしまう。

「十分だけ待っててねぇ。ママ、美味しいチャーハン作るからね」

舞と綾乃に向かって笑顔を作り、風呂場の中に取り付けられている洗面台まで手を洗いにいった。

圭太郎がテレビのチャンネルを子供向けのアニメから、自分の見たいプロ野球に変えるのを、香織は無言で見ていた。夫にとっての子供の世話は、一緒にテレビを見ることで、香織が帰宅したのでもう自分の役目は終わったと思っている。冷蔵庫にある野菜で使えるものを片っ端からみじん切りにし、肉の代わりにソーセージを輪切りにすると、香織はフライパンを火にかけて油をひいた。

「いただきまぁす。ママ、牛乳」

子供たちと夫にチャーハンを出すと、香織はまだ席につかず、洗濯物を取り込みに隣の部屋に向かう。窓ガラスを開けると、冷たくなった洗濯物が並んでいる。娘たち二人は六時まで保育園に預けている。今日一日休んでいた圭太郎はいったい、空いた時間をどのように使っているのだろう。会社が不景気で休みが増えたぶん給料が減っていることに気づいていないのだろうか。圭太郎の減った給料を補うために香織がパートに出て働いているという事実を、認識していないのだろうか。

……疲れた。今日は特に疲れた。洗濯物を取り込みながら、香織は自分が今日何時間立ちっ放しでいるかを頭の中で計算してみた。

夕食の後片付けをし、湯船を洗い風呂を沸かして圭太郎と子供たちに入らせると、香織はようやく椅子に座ってほっとした。もう立ち上がれないくらいの疲労を感じる。偏頭痛はさっき飲んだ市販の薬で軽くなったけれど、そのぶん倦怠感が増した気がする。気分の問題なのかな、とも思う。午前中、パートに入る前に聡子と優子と一緒に出席した今日の裁判のことで、気持ちが沈んでいるのかもしれない。


「おかしなことになってきました」

いつも待ち合わせる法廷内の休憩所で、芳川弁護士は開口一番そう告げてきた。

「おかしなことって？」

隣にいた優子が眉をひそめる。優子は有休を使って会社を休み、裁判に付き添ってくれている。香織や聡子では理解できない内容の話も彼女ならわかることもあって、芳川弁護士は時おり優子に向かって話を進めることもある。

「これを見ていただけますか。沼田和恵サイドから提出された『準備書面三』に添付されてきたものです」

クリアファイルから一枚の用紙を取り出すと、芳川弁護士はまず先に聡子に渡した。聡子の手の中の用紙の右上には「副本」という朱色の印が押され、文書の中央に「証拠説明書」

と書かれている。

「なんでしょうか……これは」

聡子は文書の字を追わずに訊ねる。老眼なので、見せられてすぐ読み、理解できるわけではない。

「こちらと、こちらの部分を読んでみてください」

聡子、優子、香織が立ったまま一枚の文書に顔を近づける様子は、外から見れば円陣を組んでいるように見えるだろうか。芳川弁護士は円陣に腕だけを差し込んで、文書中の二箇所を指差す。

「文書の項目……戸籍謄本。立証主旨……原告と離婚した約六ヶ月後に、園原章は石巻ハル江《え》と婚姻していること。原告の婚姻関係の破綻の原因が、石巻ハル江との交際関係にあったこと……」

優子が小声で読み上げた後、

「どういうことですか、これは」

と首を傾げた。

香織にもさっぱり意味がわからなかった。聡子も何もわかっていないに違いなく、眉の間に深い皺を刻みこんで芳川を見つめている。

「座りましょうか」

芳川は神妙だった表情をふと柔らかく崩し、長椅子に座ることを促した。額が当たるくらいの近さで文書を読んでいた香織たちは、彼の言葉に顔を上げ、長椅子に腰掛けた。聡子を両側から挟むようにして座る。

「順を追って説明しますと、園原章さんが再婚されました。その相手はここに書いてある石巻ハル江という人物です。つまり沼田和恵は、園原夫妻が離婚に至った原因は自分ではなく石巻ハル江という第三者にあると言ってきてるんです。園原章さんと石巻ハル江という人物が実際に結婚したという証拠をあげるために、戸籍謄本も添付しています」

芳川の明瞭な解説はとてもわかりやすく、香織にもすぐに状況は理解できた。でも何もわからない。お父さんが、再婚？　石巻ハル江って？

何がどうなっているのかわからなくなる。

「要するに自分は無関係だと主張したいんですよ、沼田和恵は。本当に愛人だったのは石巻ハル江の方なのだから、自分が罪を問われるいわれはない、と」

腕時計で時間を確認すると、芳川弁護士は、

「そろそろ裁判が始まりますので行きましょうか」

と促した。優子と香織はすっくと立ち上がったのだが、聡子が俯いて座り込んだままなので、「お母さん、行こ」と腕を持つ。気持ちが乗らず無言で抗う幼児みたいに、聡子は無言で首を振るばかりだった。

圭太郎と子供たちがアニメソングを歌いつつ、風呂から上がってきた。綾乃は自分で体を拭いているが、舞は水滴を滴らせながら狭い部屋の中を走り回っている。子供たちの後から圭太郎が出てきて、

「ああ疲れた」

と冷蔵庫を開け缶ビールを取り出す。

子供たちに風呂上がりの飲み物を与え、髪を乾かし、歯を磨かせて寝かしつける。二人が完全に眠ってしまうまで側についていた香織が、ようやく布団から出てリビングに行った時はもう十時を回っていた。

「寝たのか」

テレビの画面から目を離さずに、圭太郎が声をかけてくる。ビールはすでに三本目。香織は、

「私もお風呂、入ってくる」

とひとり言のように呟くと、風呂場に向かった。沸かして一時間以上経つ湯は、だいぶんぬるくなっている。

ぬるい湯から上がると体が冷えそうだなと思ったが、だからといって追い焚きすることはしなかった。自分ひとりが我慢すればいいのだから。追い焚き一回しなかったくらいでいく

らの節約になる？　人はそう言うかもしれない。だがこのところ確実に減っている夫の給料のことを考えると、自分のために使える余裕などない。

「いつからでも来てほしいって。それこそ来週からでも。もしおばさんが場所をよく知らないんだったら、私ついていこっか？」

裁判が終わり、三人で早めの昼食をとっていた時だった。彼女の会社に入っている清掃業者に頼んで、聡子の働き口を見つけてきたのだと優子が嬉しそうに伝えてきた。

「お母さんみたいな歳で、働かせてもらえるの？　これまでずっと専業主婦だったのよ。何かしらの経験があった人ならまだしも」

信じられない思いで香織が首を横に振れば、

「ありがたいけど……できるかしら私に」

聡子も自信なげに呟く。

「大丈夫よ、おばさん。誰だって初めての時は未経験でしょ？　未経験の人間がだめなんだったら面接しましょうなんて言ってくれないわよ。それにおばさんは主婦経験者じゃない」

優子は聡子の年齢を伝えた上で、面接を取り付けたのだと言った。

「優ちゃん……。もし私がちゃんと働けなかったら優ちゃんにも迷惑かけることになるのよ」

「そんなことは気にしないで。時給も九百十円で、早朝や午後六時以降の出勤には割り増しになるっていうから悪くないとは思うんだけど」

条件を聞いていると確かに悪くない。九百十円という時給は聡子の年齢からすれば多いくらいだし、事務所も電車一本で通えるところにある。朝が早く、夜が遅い仕事もあるということを除けば、香織自身も働きたくなる条件だ。

「そうねえ……現実には働かないと食べていかれないし、ありがたい話だわ。あのね優ちゃん、私は働くのが嫌でためらっているんじゃないのよ。歳がねえ……。こんなおばあさんを雇ってもらうのが、ちょっと申し訳ないのよ」

「うん、うん。おばさんの気持ちもわかるよ」

「でも……せっかく優ちゃんがお世話してくれたんだものね……。う……ん、どうしたらいいものかしら……」

香織には、優子が聡子の決断を待っているのがわかった。優等生の顔。「優ちゃんは名前通りに育ったわねえ。優しくて優秀」いつかの聡子の言葉が頭に浮かんだ。

「仕事、仕事って急かすけど、優ちゃんに今のお母さんの気持ちわかる？」

コップの中の冷たい水を飲み干し、香織は口を挟んだ。

「今日の裁判で、お父さん、見ず知らずの女と再婚してたのよ。それでどれくらいの痛手を受けているか、わかるでしょう？　なのにすぐ仕事を決めろって、無理なんじゃないかな」

胸の中の苛立ちをそのまま、優子にぶつけたい気持ちだったが、わざとゆるゆる話す。主婦をしていて無意識に身につけた技だ。自分はきつい女じゃありませんと、周囲にアピールする話し方。子供たちの通う保育園でも近所づきあいでも圭太郎に対しても、香織はこの話し方をする。

優子が傷ついた表情で、聡子を見つめた。聡子は何も言わずに、困った顔で膝の上で重ねた自分の手を擦っている。優子に対して出た、嫉妬がらみの言葉だったが、聡子にとってはその通りだったのかもしれない。

「ごめん……。そうだよね。私ったら……おばさんの今の気持ち考えてなくて。仕事が見つかったことが嬉しくて、早く伝えようってずっと思ってたから、さっきの裁判であんな経過になってしまったのに……」

掌で唇を覆い隠すようにして優子が話す。指先がかすかに震えている。この癖……辛いことを話す時、優子は昔からこんな風になった。大人になってから弱気の優子はどこかに消えたと思っていたが、そうではなかったのか。優子は根元から優しいから、他人を傷つけると自分も震えてしまうのだ、子供の頃から……。

「優ちゃんは家庭を持ってないでしょ。だからわからないんだと思うよ。家庭がだめになったから『はい仕事に打ち込んで』なんて、そんなふうには割りきれないのよ。私やお母さんは、妻や母である時間が長いの。だから優ちゃんみたいにはなれない」

「ごめん……。そうだよね。ほんの一時間前にあんな事実を知らされて、おばさんの気持ちだってあるしね。ごめんね、本当にごめん」

優子はまだ残っているデザートのアイスに手もつけられない様子で、萎れている。アイスがゆっくりと溶け始めていくのを、香織は見つめていた。

あんなふうに優子を責めてしまったのは、無力な自分を押し隠すためだった。自分自身の生活で手一杯だから、母親を経済的に支えることができない。優子は芳川弁護士と対等に話せているのに、自分は何を質問したらいいのかさえわからない。文書を用意してパソコンで送ってほしいといわれても、文字を打つだけで億劫になってしまい、「添付」だなんだと言われると、その時点で優子に作業を預けてしまう。それに、六十を越えた聡子が働ける場所を探すような手腕など、到底なかった。

優子に引け目を感じると同時に、苛立ちをおぼえたのだ。

優ちゃんは家庭を持ってないでしょ。

聡子のために無心で駆け回っている優子は、きっと傷ついただろう。四十歳を過ぎて、何一つ人に誇れるものを持っていないのは自分の方だ。結婚をして子供を二人持った。でもただそれだけで、人間としての成長なんてしていない。なのに見下すようにあんな言葉を放ったことが、恥ずかしくて仕方がなかった。

風呂から上がると、圭太郎がソファの上に仰向けになって寝ていた。テレビがつけっぱなしになっている。飲みながら見ていたのか、缶が床に転がって、ビールがこぼれている。

「なにやってんの」

キッチンから布巾を持ってくると、香織はこぼれたビールを拭いた。アルコールの匂いが鼻につき、だらしなく口を開けて眠っている夫の寝顔に憎しみが湧いた。

「どうなるかなんて、わからない……」

缶に残っていたビールを流してしまうと、缶を握りつぶす。自分と夫だって、いつどうなるかわからない。果たしてこの人をどこまで信じることができるのだろう。この人と別れた時、自分の足で立って生きることができるのだろうか……。いや、絶対にできない。できないからこうして、言いたいことを呑み込んでいる。夫に対して文句があってもそれを口にすることが難しいのは、夫に依存したい気持ちがあるからだ。もう好きなのかどうかもわからないけれど、今この男に見放されたら、自分と子供の生活を維持するのは不可能だろう。

夫であった章から、聡子は突然見放されてしまった。沼田和恵や父親のしたことは、非情なことだ。でも、じゃあ聡子に非は何も無いのか？　夫を信じきって生活の糧を委ねている妻には非が無いのか？　香織は自問自答する。どこかで楽に生きようとする気持ちはなかっただろうか。夫に庇護されていることに優越感を持っていなかっただろうか。社会で活躍する女性を賞賛しながらも、扶養されて生きる自分を肯定してきた。優子のように頑張り続けることなどできないし、したくもないと思い続けてきた。いつかそのつけが回ってくるような気がして、香織は気持ちが沈んだ。母親がそうであったように、思いもかけない不幸せが、このずっと先にあるような気がした。

二〇〇九年　六月

また雨が降ってきたので、石巻ハル江はうんざりした。

「ちょっと。洗濯物取りこんだ方がいいんじゃないの」

隣の部屋にいる園原章に声をかける。聞こえているのかいないのか、返事はない。

「だからあ」

ハル江は立ち上がり、隣の部屋に続く襖を開ける。園原は片方の耳にイヤホンを差し込み、正座の姿勢でラジオを聞いていて、ハル江の声が聞こえていないようだった。

「これだから年寄りは……」

ハル江は園原の耳からイヤホンを引っこ抜くと、耳元で、

「雨だよ。せ、ん、た、く」

と言ってやった。窓を見やった園原が、慌てて立ち上がる。二人で暮らすのは、ハル江が

住むアパートが見つかるまでだと言われているが、まだ決まっていないのか、あの女からの連絡がない。

園原章と婚姻関係を結んだのは、今から四ヶ月ほど前の、二月のことだ。若い男とならいざ知らず、見も知らない年寄りと結婚することになるなんて、自分でもまだ信じられない。

あの日、町役場からちょうど出てきたところで、真っ白な毛皮に光沢のある皮のパンツという派手な格好をした女に呼び止められた。

「久しぶり、石巻さん。ちょっと話あるんだけど、いいかな？　儲《もう》け話」

安物の光沢を放つその女が小山レミだと気づいた時、ハル江はそのまま無視して通り過ぎようかと思った。町役場の福祉担当者と言い合いになった後だったので、苛立っていたからだ。だが儲け話という言葉に思わず、

「なんなの、儲け話って」

と足を止めてしまった。レミとはハル江が前の旦那と別れた頃からの知り合いで、時おりこうしてふらっとハル江の前に現れ、胡散くさい仕事を提示する。仕事と言っても、ある集会で高価な品物を買う「サクラ」だったり、詐欺まがいの投資の説明会に顔を出す程度のことだ。ただハル江が今暮らしている安アパートの保証人になってもらっている手前、そう邪険にもできない。

レミは、

「受けていただけたら百万円、とりあえず今お渡ししますよ」

と気持ち悪いくらい丁寧な口調で言ってきた。

「百万？」

思わず目を剝いたハル江に対して、レミは愛想の良い笑みを浮かべ、自分のバッグを指差す。

「大家に聞いたよ。最近、家賃滞納してるらしいじゃんか」

その日、ハル江は生活保護を受けるために、何度目かの交渉に出向いたところだった。アパートの家賃を半年以上滞納していよいよ追い出されることになり、生活保護を受けなくては、ホームレスになるところまできていたからだ。だが、福祉担当の年配の女は前回行った時と同じ口調で、「まず働いてください。こちらから仕事を斡旋することもできますよ」

とハル江の頼みを突っぱねてきた。

「働けっていっても、どこで働くのさ。あたしもう五十二なんだからね。腰も肩も痛いのにさ」

「まだ、五十二歳ですよ」

時代遅れの地味なブラウスを着た女は、何が嬉しいのか笑顔を浮かべてそう言った。

「その台詞《せりふ》、何度も聞いたわ。仕事っても割りに合わないのばっかだろ。きつい割りに給料安いってやつ」

必死に働いても生活保護費より安いじゃないか。バカバカしいと、心の中で怒鳴る。ハル江の知り合いには、いともあっさり生活保護を受けられたのが何人もいる。無料で医者に通えるから、毎日のように整形外科に通って心地いいリハビリやビタミン剤の静脈注射をしていることを自慢気に話す女や、これまた無料でタクシーに乗りまくっている男も。みんな、働きすぎると生活保護を受けられなくなるので、ハル江より若くても仕事をセーブしてまめに医者通いをしている。どうして自分はうまくいかないのか。地区が悪いのか。それともこの福祉の担当者の融通がきかないのか。

「もういいわ。あたしがアパートで餓死か孤独死でもしないと、わからないんだね。死ぬ前に、あんたの名前をチラシの裏にでも書いといてやるよ。西蒲田《にしかまた》の福祉課、ミズノミドリ恨む、ってね」

担当者が首からかけている身分証明書の名前を、ハル江は読み上げた。さすがに自分の名前を口にされてぞっとしたのか、表情を変えずに対応していた女の顔が歪む。

「とんだ無駄足だったよ。あんたが殺すこの顔、しっかり憶えとけっての」

捨て台詞を吐いて役場を出てきたところに、レミが待っていた。胡散くさいと思ったものの、「百万」という言葉に、ハル江はその場を動けなくなった。その隙を、レミは見逃さない。

「立ち話もなんだから、喫茶店にでも入るとしますか」

レミが指差す先には、コーヒー豆を直売する喫茶店があった。

「百万の仕事の内容を簡単に言うとね、ある男と結婚してほしいんだよ。ぶっちゃけていえば偽装で婚姻届を出し、数ヶ月の間同居するだけ。相手の男と口をきく必要もないし、もちろん家事なんかする必要もなくって石巻さんは自由なまま、これまで通り。石巻さんの生活費はこっちが払うし、住居もすでに用意してある」

ウソくさい笑顔のとおりに、レミは怪し気な話を持ちかけてきた。

「なにそれ？　あんた、それよりなんであたしが今日ここにいるってこと知ってんだよ」

ハル江は注文していたフルーツパフェを頬張る。冬だけれど、パフェが食べたかったのだ。夏からずっと、食べたかった。役所へ来るたびに、窓ガラス越しの店内を眺めていた。千円近くするパフェなので我慢していたけれど、この場はきっとレミの奢りだろう。

「アパートに行ったらいなかったたし。よくこの辺ぶらぶらしてるって、近所の人に聞いたから」

適当なことを口にしてレミは笑った。近所の人って誰だよ。企みのあるレミの目を、ハル江はじっと見据える。

「嫌だね。なんでそんな得体のしれない男と結婚して一緒に住まなきゃなんないの」

「でも、生活に困ってるんじゃないの？」

「困ってるさ。おおいに困ってる。でもほんっとに飢え死にしそうになったら、役場も助けにくるってもんだろうが」

パフェだけ食ってさっさとこの場を立ち去ろうとハル江が決めた時だった。レミが黒いバッグの中から札束を出してテーブルに置いた。思わず周囲を見回すくらい、大胆な動作だ。

「あとこれ」

金色で縁取られた黒色のブランドバッグも、レミはテーブルの上に並べる。

「あたしの話を受けてくれたら、百万とこのバッグ、今すぐ石巻さんにあげるんだけどなあ。はい、これが念書。ボールペンでちゃちゃっとサインして、拇印でいいから判子押してよ。はいこれ朱肉」

ハル江の視線は、目の前のバッグに釘付けになっていた。昔からどうしようもなく高級ブランドに弱かった。レミがその自分の弱点を知り尽くして、こんな手口を使っていることも充分にわかっていたが、それでもハル江の胸はざわざわと揺れる。

レミに初めて出会ったのは、ハル江が手持ちのブランド品を質屋に売りに行った時だった。その店は一目では質屋には見えず、洒落た名前の看板が上がっていたが、レミはそこの店員をしていた。第一印象は、あけっぴろげでとっつきやすく、「ああこれだったら人気あるし、五万で買い取ってあげるよ」とろくに鑑定もせずに値段をつけ、それが他の店よりも高値だった。

その頃のハル江にはまだ亭主がいて、稼ぎは悪い亭主だったが、それでもまだ普通の暮らしをしていた。結婚生活が破綻したのは、亭主の稼ぎが平均以下だったのに、ハル江の買い物癖が抜けなかったからだ。カードで高級品を買ってしまい、しばらく使ってから生活費のために質に入れる。その繰り返しだった。美しいブランド店は、中にいるだけで自分が選ばれた女のような気にさせてくれたし、店員たちの接客態度もハル江をおおいに満足させた。買っては質に入れる。それを繰り返していたが、当然マイナスが積み重なっていき、カード会社への借金が莫大な額になった。亭主にも相談できず、まいっていた時に小山レミが教えてくれたのだ。

「カードをできるだけたくさん作ってさ、そのカードでばんばん買い物して、ここに持ってくればいいよ。ショッピング枠の上限まで買い物したらいいから。もう無理ってとこまでカード使って、それから自己破産すりゃ、それでオールオッケーだよ、ハル江さん」

「オールオッケー？」

「ちゃらになるってこと。自己破産なんて簡単なもんだよ。あたしの知ってる事務所だったら四十万も出せばやってくれるから」

「それって犯罪じゃないのさ？」

「いんや。みんなやってるよ」

レミの盛り上がった胸の上で光る、シャネルのペンダント。そのペンダントの光沢が催眠術の小道具のようにも見えた。「みんなやってるよ」という台詞が、薬のようにハル江を楽にしてくれる。

そして、レミの言う通りに動いた。複数のカードで高級ブランドを次々に買い漁る快感。これまで我慢していたケリーバッグを手にした時は、おしっこがもれそうになった。しばらく使った後はレミの店に質入れしなくてはならなかったが、それでもよかった。手元には十分な金が残ったからだ。

レミに指示されて新幹線チケットを買ったこともあった。チケット代五十万円ぶんだと、レミはだいたい三十万程度の現金をくれた。一度だけ、「こんなことやってて、大丈夫なのかい」

とレミに訊いたことがある。もし自分が警察に捕まるようなことがあったらかなわないと思ったからだ。

看板に「ペットショップ」と書かれた店に呼ばれ、その店でカードを使って十万ほどの買い物をするよう指示されたことがあった。薄暗いビルの三階にある小さな店の中には、ペットの物といえるような品物はほとんどなく、首輪とリードが数個、ガラスケースに展示してあるだけだった。ハル江はそこで首輪三つを九万円で買い、いったん店を出るよう指示される。紙袋にも入れられていないカラフルな首輪を腕に通したまま、店のドアの前で一分ほど待たされ、それから再度同じ店に入るように言われると、今度はその首輪を店に売った。

そこでは七万円の現金がハル江の手に入った。レミはハル江の不安に対して、「ハル江さんは何も心配することないって。現金の回収はカード会社がやってくれるから、こっちは貸し倒れのリスクがないんだ。あんたに迷惑かかることなんてないんだから」としらじらしい笑顔を作り、労う仕草で肩を叩いてきた。だがこうしたおかしな換金も、慣れてくると本当に「仕事」のような気がしてくるのだ。自分は「仕事」をして稼いでいる。カードを使って買い物をするビジネス。割りのいい仕事が舞い込んできたことに満足したし、自分の価値がどんどん上がっていくような感覚はたまらなかった。

そんな状態が一年近く続いただろうか。もうこれ以上カードを使うのが無理という状況になり、レミに連れていかれた司法書士の事務所で自己破産の手続きを済ませた。だが夫に自己破産をしたことがばれてしまい、ここから人生が暗転する。「自己破産をしたからって、人に知れるわけでも、生活が変わるわけでもないんだ。住宅ローンなんかは組めなくなるらしいけど、そもそもあたしが家なんか買うわけないんだからさ」とハル江が説明しても、夫は頑として許してはくれなかった。夫は怒り狂い、「離婚しないならおれが今すぐ出ていく。離婚するなら五十万やる」と言ったので、離婚することにした。子供がいるわけでもないし、その場では「まあいいや」と思ったけれど、夫という金づるがなくなった後は生活に窮した。

その時は、レミを恨む気持ちはなかった。レミの店ではずいぶんと現金を手に入れたからだ。だがその現金はあっという間になくなり、今はこんな状態だ。生活保護の申請をしにいくたびにハローワークで割りに合わない仕事を紹介され、それでも本当に食べるものに困っている時はその仕事を受けて金を稼ぐ。その繰り返しだ。レミがサンドイッチマンの仕事を持ってくることもあり、でも「ショッピング枠を現金化」と書かれた看板を持って街頭に丸一日七時間ほど立っていても、日給は五千円ほどにしかならなかった。早く生活保護をもらって安定したいのに、あの福祉課の奴らはなかなか首を縦に振らない。

「偽装結婚するだけでいいのかい？　ややこしいことはないんだろうね」

札束と高級バッグに、すっかり気持ちと足を絡め取られてしまった。家族もない、金もない、仕事も、頼れる友達もない自分に、ふって湧いた儲け話だと思うようにしたら、それはそれでラッキーだ。裏のあるビジネスに違いないとは思ったが、それならそれでいいじゃないか。もうこれ以上失うものなど何もないんだから。ハル江は拇印をつき、サインをした。だが結婚する相手の男に一度会ってどんな奴か見ておきたいと条件を出した。クスリをやっていたり、見るからにあっちの人間だと届けを出すのはもちろん、同居も無理だ。

「もちろん。いいよ」

レミは言うと、顔全体を捻じ曲げるような笑みを浮かべた。

相手の年齢は七十四歳だという。レミがどういうビジネスをしているのかはわからないが、こっちには失うものなど何ひとつ無いわけだから、儲け話をうっちゃるのも勿体ない気がしてくる。自分が断れば、この女はまた別のターゲットを探すだろう。自分と似たような、過去も未来もどん底の、ただ食うこと、煙草を吸うこと、パチンコをすることだけに必死な女。

「じゃあ今から相手の男と会う？」

レミが伝票を持って立ち上がったので、

「ここに呼んで。なんで頼まれてるあたしが出向かないといけないんだよ。その年寄りをここに呼んで」

と突っぱねる。どこかおかしな場所に連れていかれたらたまらない。

ハル江がそう言うと、レミは無表情で頷いて、電話をかけに外に出た。ハル江はレミが携帯電話を耳に当てて誰かと話す姿を、窓ガラス越しにじっと眺めていた。パフェをすべて平らげてしまい煙草が欲しくなったが、手持ちがなかったので、残っていたさくらんぼを口に入れる。缶詰のさくらんぼは美味くも甘くもなかったが、ハル江はレミを見ながら種をしゃぶり続けた。

洗濯物を取り込むと、園原はしゃがみこんで丁寧な手つきでたたんでいく。頼まなくてもハル江のぶんもたたんでくれる。

「ねえ、あんたさ」

毎日決まった金が入るようになったので、ハル江はまた煙草を吸い始めた。今日十本目の煙草に火をつけ、章に話しかける。

「小山レミとどんな関係なのさ」

ハル江はこれまでにも何度かしてきた質問を、また繰り返した。レミはハル江のところに月に一度、生活費の十五万を渡しにやってくる。このアパートへの引越しや婚姻届を提出する段取りをしたのはすべて、レミだった。

「特に人に話すような関係はない」

園原はまた、前回と同じように返してくる。

「へええ。あんたもいろいろ訳ありなんだねえ。あたしは頭悪いから、どんな事情があるかなんて、想像もできないけどさ」

園原には、まともに生活してきた人間特有の、折り目正しい感じがある。まっとうな社会に属し、平凡だけれど周りから認められ、ハル江のような人間にとってはそれが一番難しいような生き方。喫茶店で園原と初めて会った時、たどたどしく自己紹介してきたのを見て、ごく普通の男だと瞬時に判断した。

なのに、あのレミという明らかに道に外れた女と繋がっている。

「どんな事情があるか知らないけどさあ、あんた騙《だま》されてるよ。あの小山って女に。あれは最低だよ。最低には二種類あってさ、悪いのとダメなのと。あれは悪い方だね」

悪い最低は、人を騙して利用して、ずる賢く生きていく奴のことだ。ダメな最低は、ただただ人間としてだらしなくて落ちていく奴。悪い最低は、自分のことを賢いと勘違いしているから手に負えないと、ハル江は思っている。

「そういうのではない」

園原が目を逸らし、ハル江に背を向けた。いつものことだった。こっちが話をふってやっても、年寄りは乗ってこない。

「ま、いいけどさ」

ここでこの年寄りと一緒に暮らしている限り、家賃は払わなくてもいいし、生活費が手に入る。同居をしているからといって、面倒を見る必要もない。レミのような女が仲介していることだから、いつか突然この暮らしが終わることがあるかもしれないが、たとえそうなったとしても、この数ヶ月楽して暮らせているぶんだけラッキーだとも言える。百万という金を手にした時は、さすがに鳥肌が立った。これから先、うまく事が運ぶかはわからないが、朝一でパチンコ台の前に座った時ほどの胸のざわめきはある。

「ねえ、これだけでいいから教えてよ。あたしに毎月払われてる金って、あんたから出てるんだろ？　小山って女が出してるわけじゃないんだろ？」

園原に関心はないけれど、レミとの関係には興味がある。騙されてるのでなければ、弱みでも握られてるのだろう。

「それは……」

「いいじゃないか。それくらい教えてくれたって。あたしだってあんたに戸籍、汚されてんだよ。見ず知らずの年寄りと結婚してやってるんだ。あたしにも家族はいるんだからね」

嘘っぽちを交えハル江がふてくされた顔を作ると、園原は窺うような顔つきになる。

「私が払ってる。あなたの生活費は」

思った通りだ。きっと他にも、この男はいろんな支払いをさせられているのだろう。

「へえ……大変なこったね。そんな歳で見知らぬ女と籍入れて、名前まで変えてさ」

嫌味ではなく、素直な気持ちだった。婚姻届を出すという契約で、ハル江は条件を出した。自分の「石巻」という名字はそのままにしておくこと。この歳になって、金のためだからといって名字を変えるなんて面倒くさい。今さら園原ハル江なんて聞いたことのない名前になんてなってたまるか。婚姻届を出したいなら、相手の男が「石巻」になるべきじゃないかとハル江は伝えたのだ。

そして園原は、あっさりとこの条件をのんだ。それほどまでに、誰かと結婚したかったのだ。一体なんのために？

園原がたたみ終えた自分のぶんの洗濯物を、部屋の片隅においてある衣装ケースの中に放り込んだ。衣装ケースといっても透明のプラスチックの安物だ。

園原は家事が上手くない。洗濯物をたたませても、丁寧な割りにはきれいに折り目をつけることはできず、小さく丸めるような具合にするだけだし、料理など何もできない。もちろんハル江が作ってやるわけはないので、いつも近所のスーパーの惣菜を買ってくる。惣菜の好みはひじきや切り干し大根といったものばかりで、インスタントを選ばないところを見ると、これまでは家庭の料理を食べてきたのだろう。ハル江なんかは惣菜では味や匂いが物足りなく、インスタントを好んで買っている。

「嫁さん、死んだの？」

暮らし始めてひと月くらいたった頃だろうか。一度だけ訊いたことがある。

「ねえ、あんた子供はいるの？」

さして話したくもなかったが、雨が降っていたから外にも出られず、暇だったので話しかけてやっただけだ。園原も虚ろな目をして座椅子にもたれていたから……。それなのに園原は、ハル江の言葉かけをことごとく無視した。むかっ腹が立った。おい年寄り、おまえ何様のつもりだ。こちらを見ようともしないその対応に、初対面の時には対応できていたので、耳が遠いなんてことはないはずだった。無視をされたことが頭にきたハル江は、

「あんた喋れないのかい？　さっきから何シカトしてんだよ」

と舌打ちした。すると、園原は硬い表情をハル江に向け、目を見据えると、

「……喋りたくないだけだ。あんたと話すことは何もないんだ」

とはっきりとした口調で言った。その態度がハル江を逆上させた。高みから見下ろされる

ような感じがして、全身の血が煮立った。

「あんた自分の立場わきまえなよ。あたしはあんたと暮らしてやってるんだ。まして籍まで入れてやってんだ。あたしとあんたは対等じゃないんだよ。あたしがあんたと暮らしたくないって言えば、すぐさまこんな茶番、解消できるんだからね」

横っ面を叩きつけるように大声で怒鳴ってやった。

実際、本当の話だった。もしこの暮らしが嫌になったら、一方的に解消してもいいと契約時に決めた。「石巻姓を変えない」ということに併せて出したこちら側の条件だった。

「それでいいじゃん」

レミはハル江の言い分に、あっさりと頷いた。そうハル江が言ってくるのを見通していたかのようにバッグに手を滑り込ませると、ファイルに挟まれた用紙を取り出す。緑色の字で「離婚届」と書かれた用紙だった。こういう裏稼業をしている奴は、いつでも持ち歩いてるんだろうなと、妙に納得してしまう。

「さあ園原さん。こっちに記名捺印してよ、早く」

レミは園原に記名させると、その用紙を細い指で折りたたみ封筒に入れてハル江に差し出した。

「この婚姻を続けるも解消するも、石巻さんの気持ちひとつ。なんか問題があって、婚姻を続行できないと思ったら、この用紙を出してくれればいいからさ」

ハル江は封筒を受け取り、中を確かめる。園原側の記名は済んでいるので、ハル江が記名して適当な保証人を立てれば、明日にでも離婚できるというわけか。たとえば明日離婚したら、今もらった百万円はまるまる得したことになる。

「これ、見なよ」

園原に無視されたハル江は、近くにあったボールペンを握り、衝動的に離婚届の妻側の欄を埋めた。そしてこれ見よがしに判子を押す。

「あと日付け入れて役所に提出したら、あんたとなんか、すぐに離婚できるんだ。あんたとあたしは立場が違うんだってこと、覚えときなよ。あんたは何か弱みでも握られてるんだろうが、あたしはただのビジネス。別に今すぐここ出てってもいいわけ」

園原の顔を睨みつける。ここらでちゃんと上下関係をはっきりしておかないといけない。これまでの職場でもそうだった。後から入ってきた奴が偉そうなことをやってきたら、こうやってしめておく。それが舐められないコツ。

「あたしと結婚してないと困るんだろ？　だったらちゃんと立場わきまえて生活しなよ」

言葉を吐き出す時に飛んだ唾が、園原の額にかかり、園原が手の甲でぬぐう。

テーブルの上に離婚届を置いてその用紙を手のひらで叩いた。バン、と大きな音が鳴る。

園原がぴくりと体を震わせた。

「はっきり言っとくけど、じいさん。あたしは慈善事業でこんなことやってんじゃないんだ。

今度偉そうな口きいたら、すぐに離婚届提出してやっからな」

離婚届を四つ折にして自分の衣装ケースに投げ入れると、財布をつかんで玄関に向かった。パチンコ屋に行くつもりだった。園原は何も言い返してはこなかったが、その暗い表情を見て自分の言葉が効果的に刺さったことを確信する。

よしよしこれでいい、とハル江は満足だった。この年寄りが死ぬまで、この暮らしを続けてやってもいい。そしてこいつが死んだら、遺した金は妻であるあたしのものになるんだ。

ふと尿意を感じた。トイレに入って放尿していると、全身がぶるると震える。

「武者震いか……」

ハル江は、生まれて初めて、明るい未来というやつを夢想していた。

二〇〇九年　七月

まだ朝だというのに烈しく照りつける太陽を、優子はうらめしく見やった。せっかくの日曜に早起きしたのには理由がある。今日は、園原章を訪ねていこうと決めていたからだ。

ずっと洗濯しないままに置いてあった毛布を二枚洗うと、優子はベランダに干し、一息つく。これだけ陽が照ってるならすぐに乾くはずだった。午前中に一週間でためてしまった家事をやってしまい、毛布が乾いて取り入れたらすぐに、出発しよう。そう決めて、自分を奮い立たせる。

父の信一が起きたのか、階下で水を使う音が聞こえる。今年六十三歳になる信一は、会社の再雇用制度を利用してまだ働き続けているが、それも今年いっぱいで終了となり、

「おれのサラリーマン生活もいよいよあと半年をきったな」

嬉しいのか寂しいのかよくわからない口調で、時々呟いたりする。

「おはよう。早起きだね」

リビングのテーブルで新聞を読んでいる信一に、優子は声をかける。

「おまえが朝からごそごそやってたから目が覚めたんだよ」

新聞から目を離さず、信一が言う。優子がポットに水を入れてると、「お父さんもコーヒーおくれ」と頼んでくる。もう何千回と繰り返してきた朝のやりとりだった。

これからもずっと、こんなふうに信一と一緒に歳を取っていくのだなあと、このごろは漠然と思う。漠然が確信に変わる日も、そう遠くないだろう。負け惜しみではなく、それはそれでいいかなと考えている自分がいる。直接聞いたことはないけれど、信一もまた、優子と同じように思っているような気がする。こんなふうに、信一が生きている間は二人で過ごしていくのも悪くはないな、と。

それでも優子がまだ三十代の頃は、信一も娘の将来についてやきもきしているのが伝わってきた。本来口下手で、多くの父親がそうであるように娘の私生活について訊ねてくることはなかったけれど、休みの日に家にいると、

「どこか外で人と会うなりしたらどうだ」

と言ってきた。

「仕事でいろんな人と会って疲れてるんだから、休みの日くらい一人になりたいのよ」

と反抗すると、複雑な表情で黙っていた。「ほら、おまえからも言ってやれ」と振り返って後を託す妻がいない信一は、それ以上娘に介入する手段がなかったのだ。

優子だって、信一を安心させてあげたいと思っていないわけではない。自分が結婚しないことが信一の憂慮になっていることは充分わかっていたし、彼がその理由を母親がいないことに結び付けてしまうこともわかっていた。一人娘の自分が嫁にいかなければ、孫だって生まれやしないのだから、信一の老後に彩りが欠けるっていうことも。

「だからってねえ……。だれとでもいいってもんじゃないし」

思わず愚痴がつく。

もともと、恋愛における面倒なことが苦手だった。メールや電話でこまめにやりとりをしたり、相手が悩んでいる様子を察知して駆けつけたり……。運良く向こうに好意を抱いていてもらい付き合い始めても、いつしか相手側が自分に不満を持ってくる。理由は「何を考えてい

るのかわからない」というやつだ。優しくて尽くしてくれる男の人ほど、最終的には優子に不満を持って離れていく。これではいけないと学習して、次には自分同様に淡白な男の人を探してもみたが、これもまた細やかなことができる女の子に途中で心変わりされるといった悲劇で終わる。なんだかなあ。どうすればよいのかなあと思案している間に、四十歳になってしまった。

「お父さんのぶんもパン焼いてくれよ」

信一が、日曜版の書評欄をはさみで切り取っていた。書評をファイルして、その本を近所の本屋で取り寄せるために出かける。変わらない父の休日だ。

「あいよ」

すでに温まったトースターに、優子は信一のぶんのパンも並べる。

「ねえお父さん。私がこのうち出てったらどうする？」

「出て行くって、どういうことだ」

「結婚でもして」

「予定でもあるのか」

はさみを動かす手が止まった。

「ないけどさ」

「なんだそりゃ」

二十代、三十代の頃は互いに口にしなかった「結婚」という単語も、この頃はいともたやすく会話にのぼる。肩の力が抜けたのか、いい感じだ。こんなふうにリラックスして、信一の老後を労わりながら暮らしていくのも、悪くないんじゃないだろうか。小さなひっかき傷として胸に残っている「優ちゃんは家庭を持ってないでしょ」という香織の言葉を、そっと胸の奥底に押しやった。


「おばさんの裁判、どんな感じなんだ?」

掃除機をかけていると、信一が訊いてきた。一度で聞き取れず、掃除機のスイッチを切って訊き直し、静かになったところにぽそりと信一の声が響いた。

「どんなって言われても」

たった二人きりの姉弟なのに、園原家に起こったこの一件に対して、信一はずっと関与してこなかった。

「相手側は謝罪してるのか?」

優子が時々有給休暇を取って裁判に出向いていることも信一は知っていた。だが信一は聡子おばさんに電話をかけようともせず、優子にはそれが冷たく思える。

「謝罪なんてしてくんないわよ」

「でも裁判には勝てるんだろう? 章さんが不貞行為をして離婚に至ったんだから、おばさんには落ち度は何もないんだから負ける要素がない」

「それがそうでもないのよ。裁判はそう簡単じゃないんだってことがわかったよ。相手側だって弁護士立てて、必死で抵抗してくるんだから」

「謝罪を受けて慰謝料をもらって終わりじゃないのか？」

「だから謝罪なんてないって。私、今回の裁判でわかったの。そもそも悪いことをする人間は、やすやすと自分の非を認めたりしないって。逆にいうとね、きちんと反省して心から頭を下げられる人っていうのは、最初から人をこれほど傷つけるようなことはしないのよ」

裁判を進めていくうちに気づいたことは、被告である沼田和恵は少しも反省していないということと、慰謝料としてわずかな金を払う気持ちもないということだった。被告の主張は自分たちにとっていつも捻じ曲がっていたけれど、その二点だけははっきりと伝わってきた。

優子はいつになく真剣な様子で裁判のことを訊ねてくる信一を不思議に思い、

「どうしたのよお父さん、突然関心もっちゃって。これまで全然親身になってなかったくせに」

と探るような視線を向ける。

「いや。簡単に終わると思ってたから」

裁判があっさりと終わり白黒がついたら、大いに反省した章と聡子がよりを戻すものだと考えていたのだと信一は言った。自分が下手に絡んでしまったら、復縁してからの章と聡子がばつ悪く感じてしまうだろうと。信一は蚊帳《かや》の外にいた方が、親戚として再び付き合いやすいだろうと思っていたのだという。

優子は、章が石巻ハル江という女と再婚していることで、おかしな方向に裁判が進んでいるのだということを話した。眉をひそめながら優子の話を聞いていた信一は、苦々しい溜め息をつき、

「章さんは性質《たち》の悪いのにひっかかったみたいだな」

と自分の手元に目線を落とした。

昼過ぎになって、ベランダに干していた毛布を取り入れると、優子は出掛ける支度を始めた。自分の部屋でパンツスーツに着替え、化粧をする。

玄関でパンプスを履いていると、

「どこに行くんだ？」

と信一に呼び止められた。「聡子おばさんの所か？」

「ううん。違うの。さっき話した石巻ハル江とおじさんのこと、見てこようと思って」

「会いに行くのか？　住所、わかるのか？」

「実はね、おばさんと香織には内緒で居場所を調べたの、調査会社に頼んで」

「内緒？」

「……うん。私が勝手にしたことだから言い出せなくて」

裁判で提出された「証拠説明書」には、章の新しい戸籍が添付されていた。だが、香織と二人でその住所を訪ねてみたところ、自分たちと同年代の女性が暮らしている様子だった。生年月日によると石巻ハル江は五十代だし、どう見てもその女性が石巻だとは思えなかった。それでも夕方まで香織と二人でアパートの側で見張っていると、女性は奇抜な色のミニスカートを穿き、下着のようなキャミソール姿で、迎えに来た若い男のバイクの後ろに乗って出かけて行った。若い男は女性のことを「レミ」と呼んでいて名前も違ったので、「あの人じゃないね」というのが二人で迷い無く出した結論だ。

もう調査会社に頼むしかないと優子は考えたのだが、聡子と香織が気乗りしない様子だったのでそれ以上は口にできなかった。調査会社に支払う料金のことが気になったのかもしれない。自分の預金から支払うことはできたけれど、それを二人が望まないこともよくわかる。だから優子は、自分だけで章の居場所を突き止めようと思ったのだ。

「一人で会いに行くのか？」

「うん、会えるかわかんないけど」

「そこに章さんもいるかもしれないしな」

「そう……だね」

「お父さんも行くよ」

信一が、寝起きしている和室に入って行く。急いで着替える音を、優子は上がりかまちに腰掛けて聞いていた。たしかに、一人で行くより心強いかもしれない。

助手席に信一が座り、優子の運転で車を走らせた。カーナビに住所を打ち込むと、到着するおおよその時刻がアナウンスされる。この住所が実際に存在していることに、張り詰めた空気が生まれる。優子も緊張していたが、信一も神妙な顔つきだった。住所は都内だったので、四十分もすれば着きそうだった。

父親をミニクーパーに乗せるのは、とても珍しいことだった。免許を取ったすぐの頃、右折と車庫入れが苦手だったので、それをマスターするまでは隣に乗ってもらったこともあった。その頃はまだ信一名義の中古のシビックが家にあって、それを優子名義のミニクーパーに買い換えてからは、そういえば一度も出かけたことがない。優子の貯金で買ったフローラルの香りが漂うこの車は、自分の部屋と同様、信一は入ってきにくいのかもしれない。

信一は興味深そうに、カーナビのボタンを押していたが、しばらくすると沈黙が車内を満たした。目的地との距離が縮まっていくのと比例して、優子は自分の背筋が強張っていくのがわかる。その気詰まりに小さな穴を開けるみたいに、

「お父さんの同僚にな、堀江《ほりえ》ってのがいたの憶えてるか?」

信一がぼそぼそと話し始める。

「堀江……さん?」

「そう。何度か一緒にバーベキューに行ったことあるだろう。おまえが幼稚園か、小学校の低学年の頃。お母さんがまだ元気で、堀江の家族とうちとで、何度か出かけたろ」

「そんな人、いたっけ」

「昔、体操やっててさ。背はさほど高くないんだが、筋肉質で日に焼けてて。明るい男だよ」

信一は、優子がすぐに思い出せないことを意外に思っているような口調だった。

「そんな昔のこと、憶えてないよ。それにお父さんの同僚っていったらずいぶんのおじさんでしょ？　もう老人の域？　筋骨隆々の日焼けした初老の人……って記憶にないなぁ」

「老人とか、言うなよ。おまえと会ってた頃は堀江もまだ三十になったかならないかだよ」

「で、どうしたの、その人が？」

「ああ。今もたまに顔を合わせるんだ。部署は違うけど、エレベーターとかで、ばったり」

「うん？」

「すごい太っててな。百キロ近いって言ってた。身長は百六十そこそこだ。それで百キロってすごくないか？　ほら、芸能人でいるだろ、すごく太っててサロペットなんか着てるような……あんな感じなんだ」

「心臓、悪くしそう」

「そいつ、昔はけっこう格好良くてなあ。女子社員にも人気があった。ほら、あんな感じだ

「……体操選手でいま人気のある、ほら、あれ……」

「内村《うちむら》選手？」

「そうそう。それ」

「内村選手が百キロでサロペットなんて、想像できない」

「とにかく、ああいう甘いマスクで体は筋肉質って奴だったんだ」

「それがどうしたの？」

思ったより道が混んでいて、なかなか前に進まないのに少し苛立ちながら、優子は話の先を急かす。

「なんで太ったかって話だ」

「中年太りでしょ。なに、お父さん、自分が太ってないってことが言いたいの？　父子家庭の心労で太りたくても太れなかった？」

からかうように優子は笑った。

「違うよ。まあ父さんはスリムだけど。そんな話じゃなくて、堀江がそれほど太ったのは、夕食を二回食べるからだってことを言いたいんだ」

「二回？　過食症かなんかなの？」

「違う、違う。別宅で一回。本妻宅で一回。それをかれこれ十年近く続けてるんだって。だからさ、体重が増えたんだ」

父親はそう言うと、空気を口から漏らす感じで笑った。

「お父さん、で、その話は何が言いたいわけ？」

「ああ。だから、つまり、それくらい不倫ってのはどこにでもあるってことだ。お父さんの同僚でもやってるくらいだ」

「だから聡子おばさんのことも深刻になるなってこと？」

「そうは言ってないけど、優子がそう思い詰めなくてもいいんじゃないかってことだよ」

信一がカーナビの画面を見つめている。

「思い詰めてなんかいないよ」

「そうか？　姉さんにもそう気にすんなって言ってやりたいよ」

カーナビの指示が、込み入った細い道を示し始め、目的地まであと少しなのがわかる。優子は集中しながらハンドルを握る。

「たしかに日常茶飯事よね。週刊誌でもあれこれしょっちゅう載ってるし、私の友達でも聞くよ、その手の話は。私だってさほど気に留めてなかったよ、これまでは」

「そんなもんだろう」

「でも聡子おばさんのこと考えたら、どこにでもあることだから気にしないで、なんて言えないよ」

カーナビの案内が打ち切られ、目的地付近に到着したことがわかった。あとは住所を手がかりに歩いて建物を探すしかなかった。

優子は近くにある大型スーパーの駐車場に車を停めて、信一に歩いていこうと提案した。

調査会社から受け取った「調査報告書」を、バッグから取り出す。

「建物の名前はっと……『ハイツタイガー』だって」

「すごい名前だな」

「どんな建物か、興味深いね」

優子は信一と並んで歩き、「ハイツタイガー」と書かれた看板がないか首をめぐらす。電信柱に貼り付けてある番地を見ると、この辺りであることは確かだった。

「優子、おまえさ、もし章さんに会ったら何を話すんだ？」

「何って……」

「おまえは聡子姉さんでも香織ちゃんでもない、ただの姪っ子だろ。おまえが何を言うんだ」

咎める口調でもなく、ふと思いついたように信一が訊いてきた。言われてみれば、何を話すかまでは考えてなかった。優子は歩く速度を緩める。

「今どうしているんですかって……そういうことかな。それで、再婚のことも」

「そうだな。それが一番知りたいところだよな」

「お父さんは？　何か言うわけ、おじさんに」

「……いや。特に何も考えてない」

「なにそれ。何か意図があってついてきたんじゃないの？」

「いや、おれは優子が心配で。章さんがおかしなことになっていたら、おまえ一人で会いに行ったら危険だと思ってな」

「おかしなって、何」

「わからない。ただ、章さんは再婚して、おれたち身内がまったく知らない女と暮らしてるんだ。どんな状況になってるのかさっぱりわからないじゃないか」

言いながら、信一の表情がしだいに険しくなっていく。

アパートの多い地区なのか、周辺には二階建ての木造アパートが点在していた。どのアパートの欄干にも消費者金融の看板やら色とりどりの広告が並んでいて、ただでさえうらぶれ寂れた建物を侵食している。

優子と信一はそれらしいアパートを見つけるたびに看板を確かめ歩いたが、「ハイツタイガー」を探し当てることはできない。

「見つからないもんだ」

優子が嘆息してみせれば、

「目印があればいいんだがな。タイガーだから黒と黄色の縞模様のペンキが塗られてるとかな」

信一がさらに大きな嘆息をかぶせてくる。

「ありえないでしょ。大家が阪神ファンってだけなんだよ、きっと」

「おっ。冴えてるな」

「もう誰かに訊くしかないね」

優子は立ち止まり、人の良さそうな通行人が歩いていないか見回した。買い物車を押した高齢の女性を見つけたので、近寄っていく。

「この細い道を抜けた先にあるって。近所の人かなあ、すぐ教えてくれた」

優子は信一にそう告げると、先を歩いた。やっと場所がわかったという安心と、これから章に会うのだという高揚感で、足取りが速くなる。

雑草が生い茂る細い道を抜けると、古い二階建ての木造アパートが目の前に現れた。建物が見えると同時に、ドブの臭いと肥料のような臭いが漂ってきて、思わず信一と顔を見合わせる。アパートは一階と二階に四つずつ部屋があり、二階の欄干にだけ、消費者金融の看板がかかっていた。

「ハイツタイガー、ここだな」

信一が一階の欄干にかかっているアパート名を読み上げる。かまぼこ板のような薄い木の板に、黒いマジックで書かれている字は、およそ看板とはいえないほど粗末なものだ。

「ここに章さんが住んでいるのか……」

信じられないというような口調で信一が呟く。横浜の高級住宅地にあったかつての一軒家とは較べようのないみすぼらしさに、優子自身も愕然とする。聡子が独りで暮らすアパートより、建物自体は老朽化している。

「何号室だ？」

信一が驚愕を振り払うように、力の込もった声を出す。

「3号室って書いてあるけど……、どこからが1号室なのか表示されてないよね」

「そうか。じゃあ表札を見ていかないとだな。石巻だったか？　章さんの新しい名字は」

足がすくんでしまった優子より先に、信一が前に歩き出す。一階の右端のドアから順に、表札をのぞきこんでいく。優子も慌てて、後を追った。だが表札を出している家もあれば、出ていない家もあり、一階では二戸、二階では三戸の家に表札がなかった。

「仕方がないな……」

信一は全部の戸を確認し終えると、

「五軒の家をそれぞれ訊いて回るしかないな」

と自分に言い聞かせるように頷く。

その当たり前のような行動力に、優子は目を見張った。

自分一人で来ていたら、もう諦めて引きあげていたかもしれないと思ったが、それを口にしたら信一が得意げになるといけないのでやめておく。

「すいません。私は東山と申します。こちらに園原章さんはいらっしゃいますか」

信一は一軒目の呼び鈴を押すと、中から出てきた中年女性に向かって頭を下げていた。女性は露骨に迷惑そうな表情で首を振る。

「違ったなあ」

無愛想にドアを閉められた後、信一は小さな声で呟く。だがさほど面倒そうでもなく、次のドアに向かって歩き出した。

「お父さんがどういう銀行マンだったのかわかるような気がする」

優子は父の背中について歩く。肉の薄い背中がこんなに頼もしく見えるのは、何十年ぶりだろう。

「なんだ、それ」

「いやいや。なんか勢いがあってなかなかいいなあと思って」

「なんだ、からかってるのか。おれは昔から勢いがあるので有名なんだ。おまえは知らなかったのか、お母さんは知ってたのに」

とぼけた感じで言うと、信一は、二軒目のドアの前に立ち呼び鈴を押した。家の中で鳴り響いているはずのブザー音が、こちらまで大きく聞こえてくる。

「すいません」

ブザーを二度鳴らしても出てくる気配がなかった。信一はドア越しに声をかけている。

「留守なんじゃない？」

優子が言うと、信一は、

「いや。中に人の気配がある」

と首を振った。「すいません」という声に続き、再びブザーを鳴らすと、ドアが小さく開いた。

「すいません。石巻さんのお宅ですか」

信一がひときわ丁寧な口調で訊ねた。

ドアの隙間から覗く年配の女性が、何も言わずに上目遣いで見つめ返してくる。

「私、東山と申します。こちらにお住まいの園原章さんに用があって来ました」

信一は紳士的に告げると、頭を深く下げた。優子は、このドア越しにいる女性が石巻であるという確信を持ち始める。

女は無言で信一と優子を交互に見た後、突然ドアを閉めた。風圧がふわりと押し寄せ、反射的にのけぞってしまう。

「東山だって。面倒は嫌だよ、あたしは何の関係もないんだから」

女の怒鳴り声が筒抜けだった。

信一は優子の方を見て小さく頷いたが、その表情は緊張で強張っている。

ドアの前で十分近く待たされたが、信一はそれ以上声をかけることもなく、黙って待っていたので優子もそれに習った。この年齢になっても、父親から教わることはまだまだたくさんあるのだなと、つくづく思う。

「何だ？　何か言いたそうな顔してるな」

中からの応答を待っている間、信一が小声で優子に訊いてくる。

「いやいや。ふと思ったの。そういえばお父さんって、私が生まれた頃から社会人やってるんだなって」

「なんだそれ」

「社会人としては大先輩だな、と」

上品な執事のような佇まいでドアの前に立つ信一に向かって、優子は笑って見せる。信一はまんざらでもない、という表情で笑い返してきたが、ちょうどその時ドアが開き、家の中から章が出てきた。信一が思わず息をのんだ。優子の知る穏やかな章の面影はなく、不揃いに伸びた白い髭と髪が、十歳以上も老けてみせる。

「おじさん……」

「帰ってくれませんか」

硬い表情をした章が、低い声を絞り出した。

「ちょっと話せませんか？　近所の喫茶店かどこかで」

信一が抑えた声で言うと、章は頭を強く振って、

「あんたらには関係ない。ほっておいてくれ。帰ってくれ」

と強い口調で言い切った。

「関係ないって言わないでください。私も今、聡子おばさんと一緒に裁判で闘ってるんです。沼田和恵という人に対する裁判です。今回のことで聡子おばさん、本当に打ちのめされてるんです。おじさん、それ全部わかっててここで暮らしてるんですか」

優子が早口でたたみかけると、章は何か言おうとして口を開いたが、またすぐに閉じてしまった。

「きちんと説明してもらわないと。姉や香織ちゃんたちへの責任があるでしょう」

信一も詰め寄ったけれど、それに対しても章は何も答えなかった。

「ねえおじさん。なんで再婚なんてしてるんですか？　そういうわからないことばかりの中で、聡子おばさんは生きているんですよ」

「あんたらには関係ない」

「どうしてそんなことが言えるの？　聡子おばさんが今どうやって暮らしてるか知ってるんですか？　おじさんが何もかも全部持ち出して姿を消したから、すべてを失ったから……聡子おばさん、朝から晩まで清掃の仕事をして、本当は泣きたい気持ちになりながら、必死で、でも私たちに迷惑かけないようにって笑いながら生きているんです」

ドアに手をかけて大きく開きながら優子は叫ぶ。半畳もない小さな玄関に、男物の靴と女物のサンダルがひとつずつ並んでいる。優子の声は当然中にいる女にも聞こえているだろうが、中からは物音ひとつしない。

「聡子には……香織もその家族もいるだろう」

抑揚のないしわがれた声に憤りが滲んでいる。「なのに聡子のやつ、裁判まで起こしやがって、どれだけ他人に迷惑をかけてるのか、わかってるのか」

章が怒気を孕《はら》んだ声で言ってきた。

「迷惑？　誰が誰に迷惑をかけてるの？」

優子は混乱していた。

「沼田和恵さんに対してどれほど迷惑をかけてると思ってるんだ。聡子を焚き付けたのはあんたら親子かっ。聡子や香織なら裁判を起こそうなんてしなかったはずだ。あんたらがそそのかしたんだな。なんてことしてくれたんだっ。帰ってくれっ」

しだいに章の声が大きくなってきて、ついにはアパート中に響くような声で怒鳴られた。人相が変わるほど歪んで吼えるその姿に、優子は後ずさり、信一が庇うように前に出る。小さい頃から慣れ親しんだはずの、気さくで優しい伯父の姿はどこにもなかった。

「わかりました。もう二度とあなたにはお会いしません」

信一は無表情のまま言うと、

「もういいだろう。行こうか」

と優子を促す。優子は頷くと、最後にと思い章の顔を見た。歪みきった表情が、これまでのすべての記憶を消し去るくらいに醜悪で、哀しくなった。

優子たちが足早に帰ろうとしたところだった。

「おい、信一くんよ」

章の声が響いてきた。低く、よく通る、かつて一度だけ章と聡子の夫婦喧嘩を聞いたことがあるその時の声だった。

「はい」

信一が足を止め振り返り、丁寧な返事で章の次の言葉を待つ。

「あんたもあと十年もすればおれの気持ちがわかるよ。いや、あと五年もすればわかるようになったらな、自分の人生最後の欲求を存分に満たしたくなるんだ。それが人間なんだ」

「いえ、わからないと思います」

「わかるんだよ。過去や短い未来……そんなもんどうでもよくなってくる日々を送るように」

章が再び吼える。この人の精神は、もう壊れているのかもしれない。よかった。今日こうしてここに訪ねてきたのが私で。これが聡子や香織でなくて、章とは血の繋がっていないただの姪の私でよかった。

信一が章に何か言い返すかと思ったけれど、黙ったまま前を向き直して歩き出したので、優子も後を追う。挑むような言い方をされ、決して気の長い方ではない信一はさぞ腹を立てているだろうと思ったけれど、その横顔は平静を保っていた。むしろ、哀れむような表情を浮かべている。

「どこかで飯でも食って帰ろうか」

大型スーパーの駐車場に戻ると、信一は穏やかな声で、優子を誘う。

「そうだね。環八沿いにパスタの店できたでしょ？　そこ行ってみる？」

「お父さんはラーメンの方がいいな」

「じゃあラーメンにしよ」

エンジンをかけ、車を走らせる。往路の意気込みと緊張はすっかり萎みほどけた。

「ラーメン屋ならどこでもいいの？」

「ああ。まずくなければ」

信号待ちをしている間に、優子はカーナビに知ったラーメン屋の名称を打ち込む。店の名前が長いので、青信号に変わってしまい、最後まで打ち込むことができなかった。

「なあ優子。おまえ、お母さんが亡くなる前のこと、覚えてるか？」

赤信号のたびにカーナビに打ち込むことで、やっとラーメン屋の行き先を案内してもらうことができほっとしていると、信一が訊いてきた。

「お母さんの？　そりゃあ憶えてるよ。忘れられないよ」

「うん、そうだな。お父さんも優子もそりゃもう必死だった。なんとかお母さんが助かってくれたらって、一日でも長生きしてくれたらって希望持ってたよな。息を引き取る寸前まで希望を持ってた。お母さんが死ぬわけないって信じて」

「うん。私はまだ十四歳だったから、もしかするとお薬が効いて突然元気になることがあるかもしれないって思ってたよ。本当に」

病気で人が亡くなる姿を見たことがなかったのだ。まして自分の母親という、自分自身よりも確かな存在がいなくなるということを、想像できるわけがなかった。

「あの頃な、お父さんは医者から聞いて知ってたんだ。お母さんがあと三ヶ月も生きられないってことをな。もちろんおまえには話さなかった。お母さんにも伝えなかった。伝えられなかったんだ、お父さん自身も受け入れてないことをお母さんには言えなかったんだ……」

最後のひと月は、お母さんは車椅子に乗っていた。顔からも体からも肉が削げ落ち、骨が浮いて目が大きくなって、髪はほとんど抜けて地肌が見えていた。生まれたての雛に似ているなと優子は思っていた。

「お母さんガリガリで、ひどいでしょ」

微笑むお母さんに向かって、

「お母さんはいいよ。ひどくない。お母さんはすごくいい」

優子は頭を振り、ロボットみたいに尖った膝に顔を埋め抱きしめた。もう何十年も経っているのに、優子はその膝の感触を思い出すと辛くてたまらなくなる。

「ごめんな、お父さんが辛いこと思い出させてるか？」

「ううん。慣れてるから。一人でも時々思い出してるんだよ」

「そうだな……お父さんも思い出してる。それでな、お父さんも優子もそうしてお母さんを励まし続けた最後の時間にな、聡子おばさんも毎日病院に顔出してくれてただろ」

そうだった。病院に優子を連れて行ってくれることもあったし、優子と信一が病院に泊まり込んでいる時には食事を差し入れてくれることもあった。

「聡子おばさんはな、お父さんや優子とはちょっと違ったんだ」

「違ったって？」

「お母さんを励まさなかった。大丈夫よ、治るから、とは言わなかった。その代わりにな、お母さんが考えてること、聡子おばさんにやってほしいと思っていることをいろいろ、ノートに書き取っていたんだ」

お母さんは死を覚悟していた。でも「お母さんは死なないよ」と言い続けてくれる夫や娘の前で「お母さんはもう無理なのよ」とは言い出せなかった。お母さんはお母さんで「最後まで望みを捨てていない姿」を夫と娘に見せなければならないと頑張っていた。

「でも、本当はお母さん、半分以上はもう覚悟してたんだ。そうしたら、自分が死んでしまった後のことがたまらなく不安になったんだと思う。あの時のお母さんの恐さは死ぬことそのものではなくて、死んだ後の優子やお父さんのことだったんだ。そしてそれを一番わかっていたのが聡子おばさんだった」

聡子おばさんは毎日少しずつ、お母さんの想いをノートに書き留めていったんだ。冷静に、でも充分な思いやりをもって、夫と娘を遺して逝かなければならないお母さんの想いと望みを聞き取ってくれた。

「お母さん、最後になんて言ったか憶えてるか？」

「そんなの忘れるわけないよ。お母さんは幸せだった、でしょ。それと、お母さんは安心してる……優子とお父さんは必ず楽しい時間を取り戻してくれるって」

どんな表情で、息遣いで、お母さんがそう言ったのかも憶えている。一言一句、忘れるわけがない。

「そうだ。お母さんは安心してると言ったんだ。お母さんは亡くなる数日前にお父さんに、同じことを言ってた。聡子義姉《ねえ》さんに全部伝えておいた。だから安心してるって。それが嬉しいって。やっぱりすごいなって、お父さんは聡子おばさんのことを尊敬したんだ。お母さんを安心させてくれたのは聡子おばさんだったなって」

「そうだね。おばさんにしかできなかったことだよね」

聡子は姪である自分を、精一杯育ててくれたと思う。それがお母さんの一番望んでいたことに違いなく、お母さんは聡子おばさんがきっとそうしてくれるだろうことを確信していた。お母さんは心から安心して死んでいったのだ。

「だから何って言われるかもしれないけど、聡子おばさんはきっと大丈夫だ。強くて賢い人だから、残された人生の間できっと立ち直れる」

信一はそう断言し、窓の外に目をやった。優子は姉弟という関係について考える。自分には兄弟姉妹がいないからわからないけれど、弟として信一は今なにを思っているのだろうか……。

「お父さんも心配してたのね、聡子おばさんのこと」

優子はふいに訊いた。自分や香織が慌しく行動している時も、信一はいつも関心なさそうに見ているだけだったから。

「そりゃなあ。たった一人の姉だからな。お父さんも両親を亡くしたのが早かったし、聡子おばさんには世話になった」

小さかった頃の、薄れかかった大切な記憶や両親との思い出を共有しているのは、この世で二人だけだからと信一は目を細めた。大人になって疎遠になって、たとえ二度と会わないところまで気持ちが離れてしまったとしても、同じ家で子供時代を過ごした事実は一生残る。

「なんか不思議な感覚なんだけどな、聡子おばさんが不幸せになると、お父さんは親不孝をしたような気持ちになるんだ。聡子おばさんが悲しむと、死んだ父親と母親が辛いだろうなと思って、こっちまで落ち込んでしまう」

今日の章さんにはがっかりしたな、と信一が苦笑いした。優子は「そうだね」と頷く。

ラーメン屋に着いて車を降りると、空が灰色に曇っていた。日曜日はたしか、聡子はマンション周りの掃除をする日だ。聡子の仕事が終わるまで、どうか雨が降りませんように、と空を見上げる。

ラーメン屋には三台分の駐車スペースがあって、幸運なことに一台ぶんだけ空きがあった。店に入ると、昼飯時でも夕飯時でもない微妙な時間帯だったせいか、客は少なかった。

「いらっしゃい」という若い店員の威勢のよい声に押されて、店の一番隅の二人掛けのテーブルに座る。

「ここね、前に来たの。結構おいしいんだよ。雑誌なんかにも載ってね」

水が運ばれてくると、優子は信一に顔を寄せ、囁いた。信一は「あれか？」と言い、壁に貼られた雑誌の切り抜き記事を指差す。

ラーメンとはいえ、信一と外食するなんてことは久しぶりだった。家で夕食を一緒に食べることもこの頃は少なくなっている。父と、四十を過ぎた娘の二人暮らしに、たいしたルールはない。早く帰った方が食事を作る、といったこともない。適当に、その日の気分で、家事はどちらともなく余力のある方がやっている。父娘なのでどちらかがさぼっていても、「やれやれ」という感じで、フォローし合ってきた。

「お。美味《うま》そうだな」

運ばれてきたラーメン鉢を前に、信一が地味に感嘆の声を上げる。割り箸を取ろうとする手がはやっているのがわかり、優子は笑いそうになる。

「熱いよ。気をつけてよ」

「いつもは社食の二百八十円のラーメンしか食ってないからなあ。それ、チャーシューが鼻紙みたいに薄いんだ。嬉しいなあ」

信一が箸で麺をすくい上げると、湯気が顔の前に広がった。

「ねえ、お父さん。昔、私が泣いたの憶えてる?」

「ん?」

「ほら。お母さん死んじゃって……でも一年くらいは経っていたかな。お父さんたままその日は早く仕事から帰ってきて、一緒にスーパーで買ってきたお惣菜食べてて……」

「ああ……。おまえが湯気の出るおかずが食べたいって、泣いたことか」

「そう」

「憶えてるよ」

「なんであんなこと言ったのかな。十五歳にもなって……。湯気が出てるのが食べたいんだったらレンジでチンすればよかっただけなのにさ。レンジの使い方は知ってたわけだしさ」

「いつも一人きりで夜ごはんを食べるのが辛かったんだ、優子は。お母さんいなくなって一年間よく頑張ってきたけど、やっぱり我慢できなくなるほど寂しくなったんだ」

「うん……。それからはお父さんが仕事から帰ってくるまで聡子おばさんの家で待ってることになって、夜ご飯もおばさんの家族と一緒に食べさせてもらって……。章おじさんはいい人だったのにね、その時」

人は生き方が変わると顔つきまで変わるのだということを、さっきの章を見て確信した。章の険しく荒《すさ》んだ表情は、今の生活状況をそのままに映し出している。

よほど美味しいのか、信一は勢いよくラーメンを口に運んだ。

「煮卵が絶品だな。煮卵だけおかわりってできるのかな？」

「私のあげるよ。まだ口つけてないから」

優子は腹が減っていたわりに、食がすすまない。蓮華で煮卵をすくって、信一の器にころんと落としてやる。

「そうだお父さん。おじさんが最後に言ってた言葉あるでしょ、過去も短い未来もそんなものどうでもよくなる日々って」

「ああ、言ってたな」

「お父さんも五年後にはわかるっておじさん言ってたけど、どう思う？　お父さんも自分だけのために、好きに生きたいと思ったことある？」

四十代で妻に先立たれてからの父は、娘からみても彩りのない暮らしをしている。仕事帰りに外で呑んでくることもなく、休日に出かけることもない。優子が成人してからは役目を果たしたのだから少しは自由にしたらいいと思うのだけれど、むしろ今では優子の方が好き勝手をしている。「ただいま」と帰ればたいてい「おかえり」という父の声が返ってくる。

「お父さんには、そういうのはないな。それに結構好きにやってるしな」

「私が結婚でもして家を出てたら、そんな気になったかもしれないね」

「……どうかな？　それはないかな。優子にがっかりされたくないからなあ。優子にがっかりされたら、なんかお父さんのこれまでの人生が台無しになってしまうからな」

照れ隠しなのか、信一がおどけた口調で話すので、優子も「なにそれ」と笑い返す。

「夫婦ってなんだろうって考え込んじゃうよ、聡子おばさんとおじさん見てると」

「そうか？」

「ずっと長く一緒にいた伴侶なんだし、もっとお互いに大事に思うもんなんじゃないの。まあよくわかんないけど……。私は独身だから」

「それはまあその夫婦それぞれだろう。我慢しながらなんとかいるような夫婦もあるだろうし、もっと悪いと憎しみ合ってるというのもあるだろう。無関心なのもあれば、よく言う空気ってやつか、そういうのも。同じ人間と何十年も一緒にいるんだからそれはもう型にははまらないだろ」

「結婚当初の気持ちを、お互いずっと持ち合っているっていうパターンはないわけ？」

「当初のままの気持ち……っていうのは難しいかもしれないな。人って変わっていくものだからさ。自分も変わりながら、相手ももちろん変わっていって……。章さんのように、何かてもちろんある」

テンポ良く優子の質問に答えていた信一が、少し神妙な面持ちになった。

「夫婦の仲がうまくいっていない友達の話とか聞くとね、結婚する意味ってなんだろうって時々思うんだよね。聡子おばさんのことがあってからは、よけいにそう」

「意味……とか言われるとお父さんもよくわからないな。ただ、家族になった人間とは、いろんな局面を共有できる凄さがあるぞ。人生においてこれ以上嬉しいことないっていう局面とか、これ以上ないっていう悲しい局面とか。自分の人生のダイジェストを辿った時に、必ずその場にいる人間ってのは貴重だぞ」

自分の人生で最も大きな喜びは娘が生まれた時だった。そして最も大きな悲しみは娘の母親が死んだ時だった。その両方の瞬間、自分の側には妻がいて、自分の喜ぶ顔、悲しい顔を見ていたのだと信一が話す。

「妻が見ていたって……死んだのがその妻じゃない。わけわかんない」

なんだか急に切なさが込み上げてきて、優子は、食べるのに集中しているふりをした。自分のこれまでの人生で一番嬉しかったことはなんだったろう。希望した大学に合格したこと。やりがいのある仕事に就けたこと。一番悲しかったことは母親が亡くなったこと。まだそれくらいしかないけれど、側にはいつも父親がいて、自分の喜ぶ顔、悲しむ顔を記憶に留めている。だがこの先、信一が亡くなった時に、自分の一番……の姿を見てくれる人がいなくなったとしたら、私は自分を支えきれるだろうか。幼い頃も父親の死を恐れていたけれど、今は違った恐れがある。それは、本物の孤独を容易に想像できる年齢になってしまい、それを受け入れる準備をしてしまっている自分に対する恐れだった。

「おばさんがおじさんのことを憎みきれない理由が、少しわかった」

「うん？」

「聡子おばさんの人生のダイジェスト、一番を見てきたのはおじさんだし、そんな人が自分から離れてどこかへ行ってしまうことが悲しいのよね。憎いとか腹が立つとかそういう気持ちももちろんあるだろうけど、それより残念なのよね、きっと……」

まだ若かったらまず怒りが先にきて、相手のことを憎み嫌い、新しい人生をやり直すことができる。でもおばさんは若くないから、悲しい気持ちが先にくるのかもしれない。

「残念、か……。残念よりも残酷だな。たとえ自分の余生がわずかで、最後に好きなことをして死にたいと思ったとしても、これまで世話になった人を裏切るような真似はどんなことがあってもしたらだめだ。そんな生き方は最低だと思うな。お父さんは、章さんのことは許せないな」

しょうゆ味のスープを啜り、もやしを奥歯で咀嚼しながら、およそ深刻には聞こえない調子で信一は言った。

「だよね」

俯いたまま麺を啜っていると、鼻水が出てきた。湯気がまだ立っていて、溜め息も出てきた。そういえばあの日、私が「湯気の出るおかずが食べたい」と信一を泣いて責めた夜、いつしか父も泣いていたことを思い出した。人差し指で目尻を拭う父の姿が思い出される。遠い記憶だったが確かな記憶だ。優子は、ラーメンを食べ終えて、満足そうな顔をして口を紙ナプキンで拭っている父を静かに見つめた。

「ん？　なんだ」

父が訊いてくる。

「ううん。今日は昔のことを一気にたくさん思い出したなあと思って」

「そうだな。普段は忘れてるもんだ」

これまで父にがっかりさせられることなく過ごしてきた。自分も、父をがっかりさせてはいないと思う……まあ嫁にいくいかないは別として、そこそこしっかりした娘だろう。それはたまたまなんかではなく、自分たち親子は意志を持ってそうしてきたのだ。

「お父さん、ここ私が奢ってあげる」

テーブルに置かれた伝票を持って、優子が立ち上がると、

「いいよ、案外高いぞ。一杯八百円だぞ」

と父が慌てたように小声で耳打ちしてきた。それでも優子が押し切ると、嬉しそうに笑っ

た。

二〇〇九年　八月

地下鉄日比谷《ひびや》線の広尾《ひろお》駅の改札を出ると、沼田和恵はエレベーターを探した。歩くたびに下腹部痛がひどくなっていくので、章との用事をさっさと済ませ、早く病院へ駆け込みたかった。ベビーカーに乳児を乗せた若い母親が和恵の隣でエレベーターが到着するのを待っている。母親が子供に話しかける甘ったるい言葉を、苛立つ気持ちで和恵は聞いた。

エレベーターで地上まで上がると、扉が開くと同時に、

「和恵さんっ」

と大きな声で呼ばれた。通りがかりの人が声の主と和恵に、視線をよこす。叫んでいるのは、章だった。小さく舌打ちしながら、睨みつけてやりたい衝動を抑え、和恵は章に向かって歩いていく。章は満面の笑みを浮かべて、和恵が自分に近づいてくるのを待っていた。

「和恵さん。元気だった？」

嬉しそうに顔を近づけてくる章の息が臭いので、少し距離をとりながら、

「はい。でもいろいろ大変なことも多くて……」

と涙声を出した。章の満面の笑みが一転し、心配そうな表情に変わる。

「章さん、どうしてここにいるんですか？　約束は有栖川《ありすがわ》記念公園の中でって……」

こんなとこに立っていられたのでは、なんのために人目につかない公園を待ち合わせ場所に選んだかわからない。こちらはまだ裁判中なのだ。そんなことはないとはわかっていても、二人でこうして会っているのが万が一ばれたら、不利になるに決まっている。ふと、誰かが自分たちを見ているような気がした。自分としたことが臆病風に吹かれているなと思いながらも、周りに視線をやる。そんな和恵の気も知らず、

「いやあ、ごめんなさいね。早く着いたもんだから、もう待っていられなくてね。早く会いたかったものだから」

章の口から、気持ちの悪い台詞が飛び出す。和恵はうんざりしたが、いちおうは微笑み、はにかんで見せた。今日は、大事な日なのだ。

「あ、あの、これ。これ、遅くなってごめんなさいね」

たすきがけにしている黒いショルダーバッグのチャックを開けて、もたついた動作で章が紙袋を取り出すと、和恵の胸にぐいと押し付けてくる。

「二千万、入ってる。とりあえず今はそれだけでいけるかな」

「だからっ……」

和恵は怒鳴りつけてやりたい気持ちをなんとか鎮め、目を強く瞑り、呼吸を整え穏やかな口調を取り戻す。

「だから、章さん。こういうものはこんな人の多いところで渡してもらっては困ります。どこで誰が見ているかわからないじゃないですか」

紙袋を自分のバッグにねじ込みながら、和恵は諫《いさ》めるように小声で告げた。

「あ、……ああ。ごめんなさいね、ごめんなさいね。朝からずっとそのことばかり考えていたからね。和恵さんに会えてそらもう舞い上がってしまって。……この後、時間あるのかな?」

和恵は章の腕に、自分の腕を絡ませた。胸の膨らみが肘に当たるようにしてやる。二千万円。やっと持ってこさせた二千万。今、二千万が手に入った。そう思うと、背中の辺りに熱い熱い痺れが走った。

樹が生い茂った影の多い場所だとはいえ、夏の盛りの烈しい陽光が公園に満ちていた。有栖川記念公園という、どこか高貴な印象のあるこの公園に来るのは初めてだったが、今の自分には似つかわしい。鳥の声が聞こえてくる。池のほとりでは見るからに金持ちそうな親子が、楽しそうに笑っていた。

和恵は公園内にベンチを見つけると、そこに座ろうと促した。公園のように視界が開けた場所の方が、尾行されにくいとレミに教えられた。真夏の公園に出かけてくる者はさすがに少ないが、和恵はバッグから日傘を取り出し、調査会社の人間が写真を撮ろうと狙ってきても、顔が隠せるように日傘を傾ける。

「さっきは悪かったね。あんな場所でお金渡しちゃって」

ベンチに座ると、落ち着きのない様子で章がまばたきしている。今度は、和恵も優しげな声で、

「ありがとう。すいません、こんな大金」

としおらしく涙ぐんでみせる。

「いやいや。あれだろう？　裁判も大変みたいだね、小山さんが言ってたから。もしかすると敗訴するかもしれないと。敗訴したらそれこそ和恵さんが大金を支払わないといけなくなるからね」

「ほんとに……困ったわ。こんな大事《おおごと》になるなんて思わなかったですし」

章とはしばらく会わないでいたが、今も変わらず自分に夢中で意のままになることがわかり、余裕が出てきた。バッグの中に二千万円の重みを感じるたびに、気分が高揚してくる。いわゆるハイというやつだ。喉が異様に渇き、章にビールでも買いに行かせたいくらいだった。和恵が言いつけたなら、炎天下を走ってでも、この老人は買ってくるだろう。

「でもこれだけもらえれば、なんとか裁判を乗り切れると思います。ありがとう、章さん」

和恵は章の太腿に手を添え、小さく頭を下げた。目を細めている章の額に、汗が滲んでい

る。

「それで……今日はこれから時間があるの？」

札束の厚みがなくなった章のショルダーバッグは膨らみを無くし、ぺしゃんこになっていた。和恵の気持ちももう、章に対しては何もない。早くこの場から立ち去りたかった。レミはまだこの老人からあるだけの金を吸い取ろうとしているが、正直自分はこの二千万で満足していた。これ以上会うのも面倒だし、レミのことも信用できたものじゃない。章と手を切り、レミとも手を切り、この二千万でこれから余裕のある生活を満喫したかった。手始めに、帰りに何か買っていこう。高価な洋服やバッグや靴を売るブランド店は、道々チェックしてきたのだ。今まで別世界のものだと諦めていた高級店も、もはや通りがかりにガラス越しに覗くだけのものではない。

「今日はないんです。もう行かないと」

「そんな、やっと会えたのに」

強い口調で言われても、鬱陶しいだけだ。つかまれた腕を、乱暴に振り払いたくなる。

「実はちょっと体調が悪くて、今から病院に行くんです。予約も取ってあって、ここを待ち合わせの場所に指定したのは、その病院に近いからなのよ。ちょっとでも長い時間、章さんの顔見たくて……。本当は久しぶりの休日、家で横になっていたいくらい具合が悪いの」

嘘ではなかった。膣からの微量の出血と水みたいなおりものが、もう一週間も続いている。

更年期の症状かと思っていたが、ふと話した同僚の看護師が「子宮癌かもしれないよ」と脅すので、気になり始めた。この公園の近くに、都内では有名な産婦人科病院があることを思い出し、あえてここを待ち合わせ場所にしたことだけは本当の話だ。もしたいそうな病気だったとしたら、有能な医者に診てもらわなくてはいけない。

「そうなのか。それは心配だね。それは……仕方ないね」

「そうよ。もう予約時間の十五分前だから行くわね。章さんも体に気をつけてね」

ぐずぐず言い出しそうな、名残惜しそうな視線をよこしてくる章を断ち切るように、和恵は立ち上がった。暑い……。立ち上がるとあまりの暑さに一瞬めまいがする。歩き去る和恵の後ろ姿を章はまだ見ているだろうと思ったが、振り返らない。

緩やかな坂をゆっくりと歩いた。地図では坂の上に病院がある。章には予約まで十五分と言ったが、本当は三十分以上もあった。

生まれて初めて二千万円を手にした。こんな大金を一度に持つことができるなんて、人生捨てたもんじゃないと、また体の芯が痺れてくる。

「棚からぼた餅ってやつ？　いやいや、労働の対価だよねえ。あたしよくやったよねえ」

四十九年間生きてきて、ようやく運が向いてきたことに、鼓動が早くなる。大金の入ったバッグを脇に強く挟み、和恵は歩く。足に紐をつけて地上に括りつけておかなければ、どこかへ飛んでいってしまいそうだった。

「クラミジアですね。検査結果が出てないのでまだ断定はできませんが、おそらくそうでしょう。子宮体癌、子宮頸癌の可能性はエコーでの所見ではないです」

まだ若い、三十代前半だろうか。整った顔をした女医はそう言ってにこやかに微笑んだ。その笑みは、癌でなくてよかったね、という意味なのだろうか。

「クラミジア？」

まさかの思いで声が裏返る。

「性感染症です。まあパートナーの方にもそうお伝えください。おそらくパートナーの方も感染しておられるでしょうから。とにかく抗生物質を出して――」

挨拶もそこそこに診察室を出ると、和恵は大きな溜め息をついた。ちきしょう。あいつのせいだ。このむかつきを誰かにメールしてやりたいが、相手が思いつかない。

「くそっ。敏夫のやつっ」

夫と十数年ぶりのセックスをしたのは、二週間ほど前のことだ。珍しく早く帰ってきた敏夫が、いきなり和恵に近づきシャツの中に手を入れてきた。「やめてよ。酔っ払いが」拒んだが、敏夫はさらに下卑た笑いを浮かべ、やめなかった。まさぐられているうちに和恵も「まあいいか」という気持ちになった。章と定期的に体の関係を続けているうちに、一度枯れた体がまた、欲しがる体に変わっていた。にやにやと笑いながら強引に行為を続ける敏夫は気味が悪かったが、和恵の体は反応していく。「おまえも恐ろしい女だなあ」と言いながら、敏夫は長い時間をかけて和恵を愛撫した。章のたるんだ皮膚に慣れていたせいか、久しぶりの夫がとても若々しく感じられ、和恵も必死でその体にしがみついていた。

「まだまだ現役だねえ」

終わると、湿ったティッシュを和恵の顔に投げつけ、敏夫は下着もつけずに寝室を出て行った。

「くっそ、あの時だ。敏夫にうつされたんだ……」

章は避妊具を使うから、敏夫であることに間違いない。嫌悪している夫にこんな目に遭わされたと思うと、悔しくてたまらなかった。「死ねばいい、あんな風俗狂い」と心の中で何度繰り返しても、気持ちはおさまらない。

「失礼ですけど、沼田さんじゃないですか？」

小指の爪をかみながら、総合待合室で会計を待っていると、耳元で声がする。顔を上げると、目の前でひかえめな笑顔を見せる若い女がいた。

「憶えておられませんか？　私、久世美園です。一年前まで同じ病棟で働いていました。あ……すぐにやめてしまったんで憶えていただいてないかもしれませんが。その節は、本当にお世話になりました」

和恵はその大きな腹にすぐ目がいった。もう臨月だろうかと思えるくらい、膨らんでいた。

「ああ……音水《おとみず》先生と結婚した。憶えてるわよ」

和恵が言うと、美園は表情を明るくさせて一段と感じよく笑う。

「子宮癌の健診に来たの」

訊かれてもいないのに、そんなことを口にしていた。まさかこんな所で自分を知る者に会うとは思わなかった。憎悪に満ちた和恵の表情を、この女に見られただろうか。

「ああ、そうなんですか。私は見ての通りです」

屈託なく笑うと、美園は突き出した腹をさする。

「ここで産むの？」

この病院の質の高さは都内でトップクラスだが、分娩費もばか高いと聞いている。

「はい。夫の……音水の知り合いがいるもんですから。私は里帰り出産したかったんですけど。あ、私の里は宮崎《みやざき》なんです。それで里帰りするには遠いとかなんとか言われて。しぶしぶです、私的には」

「そう……。音水先生の知り合いがいるなら安心じゃない」

「はい。そうですね。でもやっぱり気は遣いますし、私の両親もここまで出てくるのは大変ですから。両親は生まれたらすぐに抱きたいって言うんですよ、赤ちゃん。一ヶ月後とかじゃなくて、生まれた直後に抱きたいって。それってわがままですよねえ。うちの両親は観光地で小さな土産物屋をやってるんですけど……」

うざい……。休憩室で看護師の誰かが美園の悪口を言っていたことを思い出す。採血や点滴はしょっちゅう失敗するし、導尿は何度教えてもうまくできない。だが性格が穏やかで、誰に対しても優しく対応するせいか患者受けがいいのだ。患者から名指しで感謝の言葉をもらうところも、疎まれる理由だった。

「受付さんに、次の予約を取ってもらってるんです。混んでるみたいでちょっと待つようにって」

訊いてもいないのに、美園はそう言って和恵の隣に腰を下ろした。和恵は瞬時に、美園が身につけている物を盗み見る。膝の上に乗せているライトイエローのバッグはバレンシアガ。花模様の靴はフェラガモのヴァアラ。ピアスとペンダントはヴァンクリーフ&アーペル。休憩室で若い看護師たちがファッション雑誌を回し読みしながら、うるさいくらいに「欲しい欲しい」とわめくから、憶えてしまった。数秒のうちに和恵は美園の持ち物を値踏みして、無言になる。

「今は働いてないんでしょ？」

「はい。せっかく免許をいただいたのに申し訳ないです」

「いいじゃない、音水先生の奥様なんだから」

「いえ、でもまた働きたいんです。音水が開業することになったら一緒にやりたいなって思うんです。夫婦で一緒に働いて頑張って。うちの両親もそうやって土産物屋を地味にやってて、そういうのいいなって」

「ねえ、見て」

放っておくと、ずっと話し続けそうな美園の言葉を遮って、和恵はバッグの中の紙袋を見せた。

「なんですか？」

話を止めた美園は、にこにこしながら和恵のバッグに顔を近づけてくる。和恵は紙袋の口を大きく開いてやった。百万ずつ紙で括られた札束が二十束。しっかりと見えるように大きく口を開いた。

目と口を大きく見開き、驚いた表情を見せる美園を上目遣いに見つめる。美園はコケティッシュな表情もむかつくほどに愛らしい。だが和恵にとってはそんな愛らしさなど鬱陶しいだけだ。

「すっごい、こんな……」

手のひらを口に当て、美園が驚愕の声をあげる。

「下ろしてきたの、さっき銀行で。窓口の子の対応がとろくて失礼極まりなかったから、他の銀行に預け替えるって、怒鳴りつけてやったわ」

もうこれ以上美園の話を聞くのはうんざりだった。

「あの、沼田さん、さっき駅で――」

美園は何か言おうとしたが、和恵はそれを歪んだ表情で遮る。

「私、呼ばれたから。それからあんたさあ、現場には戻らない方がいいって。仕事憶えんの遅いし使えないから、また苛められるよ。知らなかった？　みんなにうざいと思われてたの。やめてくれてせいせいしてんの」

タイミングよく会計に名前を呼ばれ、和恵は勢いよく立ち上がった。紙袋の中の札束が、がさりという音を立てる。会計に呼ばれなくても、もう立ち上がるつもりでいた。泣き出しそうな顔を向け、まだ何か言おうとしている美園の言葉を、聞こえないふりでやり過ごす。会計で支払いをすませ院外処方箋を受け取ると、和恵は美園の方を見ずに出口に向かった。

マンションに戻るとすぐに水道水をくみ、抗生物質のクラビットを飲んだ。二時過ぎだったが星也はおらず、雷輝は学校で、敏夫も仕事に出ていた。誰もいない家の中は空気の入れ替えをした後のような清々《すがすが》しさがある。

下腹の痛みは変わらず続いていたが、それでも和恵の気分は朝の何倍もいい。敏夫にうつされたものだと思うとむかつくが、心配していたほど重篤なものではなかったことや、何より二千万を章から取れたことが満足だった。食パンを焼かずにそのまま口にくわえ、和恵は玄関のドアの鍵を確認しにいく。二箇所の鍵に加えてチェーンまでかけて安心すると、ベッドのある部屋に入った。

「私が病気になんかなるもんかってんだよね。やっと運が向いてきたのに」

食パンを齧《かじ》りながら、バッグから紙袋を取り出した。札束を口に出して数えながら、横一列に並べておく。ひとつの束が百枚だ。それが二十束。百万の厚みが一センチほどと意外にも薄く、それを二十束並べても、頭で思い浮かべるほどの重厚な感じはしない。

「でも二千万だよねぇ」

だがこの金があれば、自分の人生がましになるという確信に、和恵の胸は熱くなった。

他人からは「沼田さんは共働きだからゆとりがあるわよね」などと羨しがられてきた。子供が生まれても仕事はやめずに夜勤をこなし、働きづめでここまできた。実際に和恵の年収は六百万ほどある。敏夫は最低な人間だけれど会社勤めだけは続けており、おそらく年収もそれなりにあるはずだ。敏夫がギャンブルや風俗に狂っていないまともな男でさえあれば、今頃は家の一軒も建っていたに違いない。

「くそっ。なんであんなババ男を引いてしまったんだか」

和恵は絨毯の上に寝転がった。白い天井に向かって敏夫への悪態をついてみたが、その声にもどこか嬉々としたものが滲む。万札に顔を寄せてその匂いを嗅ぐ。新札の匂いが鼻腔を通り抜け、幸せな感覚が脳を満たした。

二千万と添い寝していると、ふと雷輝が小さかった頃のことを思い出す。「ぼく、おおきくなったら、でんしゃのうんてんしゅさんになりたい」まだ四歳くらいの頃だろうか、電車好きだった雷輝が言っていた。「ぼくがうんてんしゅさんになったら、おかあさんをうしろにのせてあげる。だっておかあさんがだいしゅきだから」

札束に頰ずりし抱きかかえながら、そんな昔のことを思い浮かべる。

子育ては失敗だったと思う。敏夫が育児をまったく手伝わなかったので、星也も雷輝も、二十四時間預かってもらえる院内保育所で育った。日勤帯の日は七時過ぎには連れ帰ることができたが、準夜勤の日には、夜中の十二時頃に寝ているところを叩き起こして連れ帰った。深夜勤務だと明朝まで仕事があるので、保育所で眠らせて朝に一緒に帰宅した。深夜勤務の日は特に最悪だった。こっちは寝ていないから家に戻ると眠くてしかたないのだが、子供は保育所で睡眠を取っているので「遊ぼう」「遊ぼう」とじゃれついてくるが、「眠いから寝かせて」と言っても、幼児には通じず、泣いたりぐずったりされているうちに、いつの間にか手を上げている。眠くて朦朧としている時には足で蹴り上げることもあった。星也も雷輝もボールのようにコロコロと転がり、壁に頭をぶつけて泣いていた。それを繰り返しているうちに「お母さん」と寄ってくることがなくなった。心底ほっとした。気がつくと、あんな悪態をつく、くだらない男に成長していた。今ではいくら和恵が蹴り上げても、びくりともしない大男だ。

「それもこれも、あいつのせいでちゅねえ」

和恵は札束に唇を寄せ、チビだった頃の星也と雷輝の顔を思い出しながら、話しかける。

夫は何ひとつ、家のことをしなかった。和恵が夜勤でいない時は、何をしているのか知らないが、どこかで朝まで過ごしそこから出勤していた。休みの日だからといって星也や雷輝を外に連れ出すこともない。今も昔も、敏夫の生活は何ひとつ変わらない。自分の好きなように金や時間を使い、何に責任を持つこともなく生きている。そして数年間に一度、和恵に泣きついてくるのだ。借金が膨れ上がり、どうしようもなくなったといって、和恵のわずかに貯めた金をさらえてしまうのだった。

それでも離婚しないできたのは、「なりすます」ためだ。共働きでゆとりのある暮らしをしている女として見られたかった。生活のためではなく、自己実現のため。社会への使命感で仕事を続ける女として、見られたかった。自分がそこらへんの、甲斐性なし男の嫁たちと同じにはなりたくなかった。

「私がどれだけ苦労してきたか」

札束に添い寝しながら、優しい声で語りかける。下腹部の痛みが、母性を呼び起こす。金さえあれば、もっと違う人生だった。星也もあんなふうにならなかっただろうし、雷輝も優しい思いやりのある人間に育っていただろう。私だって、何度か見かけたことのある章の妻みたいに、穏やかに微笑むことだってできただろう。なんの苦労もしてきませんでした、自分の幸せを疑うこともありませんって顔で。

「ちょっと楽しくなってきましたねぇ。よかったでちゅねぇ。いろいろとおいしいもの食べたり、きれいなお洋服も買いましょうねぇ。旅行も行きまちゅか」

この二千万は私だけのものだ。私のためだけに使うものだ。誰にもやらない。

札束を慌てて重ね、紙袋にしまいこむ。押入れから新聞をまとめる紐を持ってきて、紙袋の上から何重にも巻きつけた。頑丈に縛りあげると菓子の空き缶にしまい、それをさらにスーパーのレジ袋の中に入れた。レジ袋に油性マジックで「毛糸いろいろ編み物用」と書いておく。そして押入れの一番奥にしまいこもうと、襖を開けた。すると、無造作に押し込んであった裁判に関する書類が頭の上に落ちてきて、思わず声をあげる。クリアファイルに入れておいたはずなのにと、舌打ちをする。

レジ袋に包んで隠した札束は、何年も前からそこにあるように目立たず収納できた。和恵はほっとして小さく溜め息をついた。幸福感は続いている。

「まだいけるな」

そんな思いが頭の中にふと浮かんだ。もうこの二千万で、章と手を切ろう。今の今までそう思っていたのに、「まだいける」という台詞が口をつく。限界まで引き出せばいい。レミの歪んだ笑いと声が、頭の中に蘇った。

携帯電話の音が鳴り響き、和恵は体をびくりと震わせた。

「心臓に悪いって」

舌打ちしながら画面を見ると、同僚の竹中みずほからだった。今日の和恵の勤務はみずほと共に深夜帯で九時入りだったが、準夜帯の人手が足りてないから一時間早く来いと師長が言っているとのことだった。

「なにそれ、本気？」

「ですよねぇ、嫌だっつの。ちっとばかし遅れて行きましょうよ」

みずほが電話の向こうで語気を荒くしている。

「ねえ竹中さん。今日さあ、音水美園に偶然会ったよ」

「音水？」

「旧姓は久世。久世美園。去年退職した」

「……ああ、あれか」

よほど嫌いなのか、いきなり声のトーンが落ちる。反比例して和恵ははしゃいだ気分になって話を続けた。

「すごい高級マダムになってたわよぉ。あんたが欲しがってたヴァンクリ、フェラガモ、バレンシアガ、総動員で身につけてたわ」

「まじっすか。死ねって感じ」

みずほの切り返しに、和恵は声をあげて笑ってしまう。

「どこで会ったんですか？」

「えっと……街中で偶然。あ、そうそう妊娠してたよ。でっかいお腹しちゃってさあ」

「やだ。まじ順調じゃないですか。聞きたくなかったなあ、そんな話」

本当に聞きたくなかったようで、みずほの声は暗く小さく尖っていく。和恵は「ごめんごめん」ととりなし、電話を切ろうとした。するとみずほが、

「久世美園の生まれてくる子供、男だったら久世に似て、とろくて使えないいじめられっこ。女なら音水ドクターに似て小太りで、目が糸ミミズみたいに不細工。このどちらかにきまりですよね」

と早口で言った。和恵はひとしきり笑って電話を切る。

ベッドに横たわると、幸福感に包まれた。夜の出勤に向けて少し眠っておこうと目を閉じると、すぐに睡魔が襲ってきた。クーラーが直接体にかかって寒かったので、タオルケットで体を覆うと、和恵は心地よい眠りにおちていった。

二〇〇九年　九月

十五分ほど遅れるからと、聡子から連絡があったので、香織は先に芳川の事務所に来ていた。芳しい香りのする冷茶をいただきながら、ひとり部屋で待つ。電話で話す芳川弁護士の

快活な声が、壁越しに聞こえた。

「遅れてごめんね」

ふいにドアが開いて目をやると、聡子が笑顔で部屋に入ってきた。仕事の途中で抜けてくるとは言っていたが、まさか制服のままでやってくるなんてと、香織は慌てる。

「お母さん、いくらなんでもそんな格好で……」

聡子は、胸に清掃会社のネーム刺繡が施されたエメラルドグリーン色の作業着を着ていた。腰には群青色のウエストポーチを巻いている。作業着と同じ色の帽子も被ったままで赴いた聡子に、思わずたしなめる口調になる。

「お母さんってば、帽子くらい外して来たらよかったのに……。着替える時間も無かったの？」

「そうなのよ。今ね、休憩時間。ほんとは休憩は十二時から一時までなんだけどね、今日は特別にそれを二時から三時に変えてもらって、それでその間に来たの」

顔に浮かぶ汗の粒をタオルで拭き取りながら聡子が話している間にドアが開き、芳川が入ってきた。

「すいません。お忙しいところ来ていただいて。申し訳ないです」

芳川から連絡をもらったのは、三日前のことだった。急なことだが、少し話をしたいことがあると言われ、香織と聡子はパートをやりくりしてやって来た。

「いえ。こちらこそ、いつもお世話になっております」

帽子を被っていたせいで、聡子の頭頂部の髪が地肌に張り付いていた。その平らな頭を、聡子が深々と下げる。

「いきなり本題に入らせてもらいますが、もう少し、証拠を集めたいんです。沼田の主張を覆すための証拠がまだ足りないと思います」

章が現在は別の女性と婚姻していると、沼田側が強く主張してきていることは、芳川から前に聞いていた。章の本命は別の女であって自分ではないのに、聡子の勘違いで訴えられているというものだ。それに加えて、章から入院時すでに「自分は妻と別れて独身だ」と聞かされていたので、自分には落ち度はない。沼田は依然としてそう言い張っているのだという。

「でも、母は入院中に何度も父を見舞ってますし、被告もその姿を知っているのでは……」

黙りこむ聡子を横目で見ながら、香織は首を傾げた。いくらなんでも沼田の主張は通らないだろう。

「そうなんですが、沼田は、病院で奥さんに会ったことはないと断言してるんです。まあ実際に会っていたとしても、そう言ってくるとは思いますが。章さんは、自分が妻に見捨てられた寂しい独り者だと偽り、沼田和恵に近寄ってきた。そんな章さんに同情して、沼田は介護のような気持ちで寄り添っていただけだ。章さんが独身ではなく、妻がいると知っていたら、そんな同情は寄せずにすんだ。自分もまた、章さんに騙された被害者であると言ってきてるんです」

芳川が説明し終えると、聡子が顔を上げ、

「相手の方は……まったく反省などしてないですね」

と呟いた。香織も聡子の言葉に大きく頷く。沼田という女に、反省という気持ちは求めてはいけないのだろう。

「そうですね。そういうことですね」

芳川も諦めた口調になる。

「それで、まあどれくらいの効果があるかはわからないんですが、病院の看護記録を入手できないかと思っているんです」

手元にあるレポート用紙に「看護記録」とボールペンで大きく書きながら、芳川が目に力を込めた。

「看護記録というのは？　カルテとはまた違うんですか」

香織は率直に訊ねる。

「はい。看護記録には、患者の家族構成や主だった連絡先が書かれています。そこにはおそらく聡子さんの名前が書かれているでしょうから、沼田の、章さんを独身だと思っていたという主張を覆す秘策となります。看護記録に書かれていたことを見落としたのだとしたら、沼田の過失ということになりますし」

家族なら病院に開示を求めることができるかもしれないと思うので、やってほしいと芳川が言った。すでに芳川が病院側に頼んでみたが、章本人の要請か裁判所の命令がなければ開示はできないと断られたのだという。

「わかりました」

俯きかげんに話を聞いていた聡子が、目線を上げ、芳川を見つめて頷いた。もうそろそろ職場に戻らなくてはいけないと聡子が申し訳なさそうに切り出すと、芳川は用件はそれだけだと伝えた。

「ごめんね、じゃあお母さん戻るわね。失礼します。本当にありがとうございました」

丁寧なお辞儀をした後、聡子は部屋を出て行った。持ち場に戻るのにここから駅までが徒歩で十分、そこから電車で十五分くらい……。聡子の足だと休憩時間内に間に合わないかもしれない。

「お母さん、ずいぶんとしっかりされましたね」

「ああ……そうですかね。そう……かもしれません」

確かに聡子は別人のように強くなったと思う。ジャージでスーパーに行くのにも抵抗があると言っていた人が、作業着のままで電車に乗ることができるなんて、確かに驚くくらいの変化なのかもしれない。

「しっかりした……というよりも、なりふりかまわずという感じでしょうか。生きていくためには現状で、やっていくしかないですから」

香織は、言葉に詰まった。事務員の女性が、新しい冷茶のおかわりを持ってきてくれる。

「いや、本当に変わられたという印象があります。初めにここへ来られた時は、万引きが見つかった小学生みたいでしたよ。あ、いや失礼な喩えですいません……」

慌てて訂正すると、芳川弁護士は冷茶を一気に飲み干した。「すいません、沢井さんおかわりもらえますか？」

ドアに向かって声をかける。

「すいません。こんなつまらない裁判を長く続けていただいて」

いつもなら次の予定に追われている芳川だが、今日はどこか余裕があるようで、机の上のファイルを片付ける気配がない。そんな様子に、香織も少しだけ緊張が緩む。

「つまらなくないですよ。園原さんにとっても、上村さんにとっても、おそらく一生で一度の大きな事件だと推測します。特に園原さんにしてみれば、全人生を賭けた裁判なんじゃないですか」

言い終わると、芳川はドアの方に目をやった。入り口には盆に冷茶のグラスをのせた「沢井さん」と呼ばれる事務員が立っている。沢井さんは真面目な顔つきで芳川の横顔を見つめている。

芳川はグラスを受け取ると、ゆっくりと口に運んだ。

「本音を言うと、絶対に勝てるという自信はありません。こういうケースの裁判は難しいんです。園原さんはもちろん被害者ですが、違う見方をすれば、章さんと沼田は合意のもとで恋愛関係に陥っていますよね。誰かに傷害を負わす、物を盗る、などといった刑事裁判よりもむしろ、こうした民事は難しいところもあります。人の感情の問題が大きくあって、相手を傷つけるといっても肉体の傷ではなく心の傷なので目に見えにくい。でもぼくはだからこそ、公の場で訴えるという行為に意味があると思います」

「意味、ですか？」

「訴えることで、園原さんがいかに傷つき苦しんだかということが、相手にわかるでしょうから。何もしなければ園原さんの受けた苦しみを、沼田も章さんも見ようとはしません。それに裁判という公の場に出ることで、勝っても負けても園原さんの気持ちに、ひとつの区切りがつくんじゃないでしょうか。自分は精一杯闘った、という。争って勝っても、多く取れて二百万円程度の裁判です。最高レベル額に近くても三百万……。でも泣き寝入りしなかったという気持ちは、お金には換算できないでしょう」

たとえ慰謝料を勝ち取った場合でも、そこから弁護士費用、弁護士への報酬を差し引くと、原告の手に残る金額はわずかなものだと芳川は言った。さらに、裁判の期間は月に一度や二度は法律事務所に足を運ばなくてはならず、裁判所にまで赴くことも考えればかなりの労力と負担になる。

「そうしたプラスマイナスを考え、さしたるプラスが出ないのならばと裁判を起こさないケースはたくさんありますよ」

不倫や浮気の問題で相談に来る人は多数いても、芳川の説明を聞いて、裁判は面倒なわりにはメリットが少ないという結論に至るのだという。

「じゃあうちの母のような人は珍しいんですね。七十前になってこんな依頼をするのは」

「私が依頼を受けた中では最高齢ですね」

「母はきちんと主張したいだけだと思います。人生の終盤に起こった出来事に対して、自分の意見を相手に伝えたいだけなんだと思います。個人的に母がわめきちらしても、相手は何も聞いてくれませんから」

芳川と話しているうちに、感情が昂ぶってくるのがわかった。聡子の気持ちを代弁しているつもりが、自分の胸に湧きあがる感情のまま芳川にぶつけてしまう。冷静になろうとして、一度口をつぐみ視線を芳川からずらすと、香織の言葉に頷いてくれている沢井さんと目が合った。一度も話をしたことのない沢井さんだったが、目を合わせた瞬間は、心が通じたような気持ちになる。

「ぼくもそう思います。これはつまらない裁判ではない。多くの人に見守ってもらいたい裁判です。結婚相手を裏切るという行為はささいなことではない。人生そのものを損なわせるひどい行為なんだってことを、世間一般の人にも認識してほしいと思います。いや、認識しているからこそ、最近は結婚しない若者が増えているのかもしれないですがね。相手の人生に責任を持ちたくないという若者が多いのかもしれない。そう若くもないけれど、ぼくも独身男なので偉そうなことは言えませんが」

芳川は笑いながら、残りの冷茶を飲み干した。

香織は丁寧に礼を述べた後、長居したことを詫び、この足で親慈愛病院に行ってみると芳川に告げた。

白亜の親慈愛病院の建物を眺めながら、香織は緩やかなスロープを上がっていた。スロープを上がりきったところに、病院のエントランスに続く自動ドアがある。章が入院していた頃、数回訪れたことがあるが、その時は桜が咲いていた。

足取りは重かった。看護記録を開示してもらうことを、どのように切り出せばいいのか、誰に申し出ればいいのかわからなかったからだ。ここまで来るバスの中で優子にメールをしてみたが、仕事中なのか返信がなく、心細さは増している。

「やっぱり病棟の師長さんかな……」

名前は憶えていないが、章が入院していた病棟は覚えているので、そこの師長さんに頼めばよいのだろうか。日傘を持ってくるのを忘れてしまい、厳しい日差しが額に汗を滲ませる。

「すいません。ちょっと看護記録開示をお願いしたいのですが……」

エントランスを入ってすぐのところに総合案内所という看板があり、年配の親切そうな女性がいたので、声をかける。

「看護記録の開示、ですか」

にこやかな笑みを消し、怪訝そうに女性は聞き返した。

「はい。父親の入院時の看護記録を見せていただきたいのですが」

「どういった用件で？」

警戒心を露にした表情で女性が訊いてくる。横柄ではないが低い声だ。

「実は……裁判に必要なんです」

露骨に顔色を変えた女性は、

「どうぞ……こちらへ」

と慌てたふうに、場所の移動をすすめた。総合案内所の近くに長椅子があり、そこに腰掛けるように促される。

「裁判ってどういうことなんでしょう？」

尾谷《おたに》と名乗った女性は、口調を柔らかなものに変えた。つい数秒前の硬い表情は消え、取り繕うような笑顔さえ浮かべている。

隠していても仕方がないと思い、香織はこれまでのことを尾谷に話して聞かせた。そして、看護記録を見せて欲しいともう一度頼んでみる。

驚いたり眉間に皺を寄せたりしながら、尾谷は香織の話を聞いていた。その顔には香織への同情が浮かんでいるようにも思えるが、本心はわからない。

「わかりました。今から上の者と話をして参りますので、ここでお待ちいただけますか」

香織が話し終えると、尾谷は神妙な面持ちで頷き、きびきびとした足取りでどこかへ歩いて行った。

尾谷が行ってしまうと、香織はバッグの中からタオル地のハンカチを取り出し、手のひらの汗をぬぐう。病院側にここまで話してよかったのか、香織にはわからない。だが事情をきちんと説明しなければ、協力してもらえないような気もしていた。何も病院を訴えると言っているのではないのだから、こちらの切羽詰まった事情を話せばきっと理解してもらえる。三十分後に尾谷が戻ってくるまではそう考えていた。

尾谷が戻ってきた時、彼女が瞼に薄いブルーのシャドウを施していることに気づいた。香織はさっきよりずいぶん落ち着いている自分に少し安心する。

「お待たせしてすいません。結論から申し上げますと、うちの病院では、看護記録の開示は原則本人にしかしておりません」

尾谷が、険しい顔を香織に向けた。さっきまでのあやふやな口調はまったくなく、同情的に見えた表情も今は消え失せている。香織がここで待っていた三十分間にどのような話し合いがされていたのかが、瞬時に伝わってきた。

「……そうなんですか。でも……原則、ということは例外もあるのですか？」

「例外というのは、ご本人の代理でいらした場合です。ご本人がやむを得ない事情で直接出向いて来られない時は、その代理の方に手続きをしていただけることがあります。ですがその場合はご本人の署名、捺印が必要ですし、こちらからご本人さまに確認もさせていただきます」

この返答にも隙はない。おそらく香織がこうして食い下がることも想定内のことなのだろう。

「一ページだけです。家族構成が記された一ページだけ、見せていただきたいんです。お医者さまや看護師さんが書かれたものではなく、父本人が書いたものなんですが……。それほど重要な内容だとは思わないんですが」

「重要かどうかにかかわらず、規則なんですよ、上村さん。申し訳ありません」

丁寧に頭を下げると、尾谷は初めに見かけた時と同じ笑みを口元に浮かべた。そして自分の持ち場である総合案内所に戻って行った。彼女の伸びた背中にはもうこれ以上の話し合いを拒否する、張り詰めた感じがあった。

家に戻り、綾乃と舞を慌てて保育園まで迎えにいくと、もう六時になろうとしていた。一日中外にいたので疲れてはいたけれど、休んでいる暇はなく、急いで夕食の支度をする。財布の中も冷蔵庫も限りなく空っぽに近く、娘たちの前で大袈裟な溜め息をついた後、

「またチャーハンでいい？」

と二人に訊いてみる。

「いいよ。チャーハン大好き」

と綾乃が言うと、舞も「だいすき」と合わせてくれる。

フライパンで玉葱とベーコンを炒めていると、圭太郎が帰ってきた。

「おかえりなさい。早かったね」

手を動かしながら顔だけで振り返れば、

「ただいま。今日の飯、何？」

顎を上げ、匂いを嗅ぐような仕草をしてくる。

「チャーハンだけど」

と香織が答えると、冴えない表情で手に持っていた鞄を置き、奥の部屋に入って行く。

「えらく早いね」

安物のスウェットに着替えた圭太郎が、のろのろとテーブルの前に座った。最近は家族四人で食卓を囲む日が増えたような気がする。

「今日も残業無し。今不景気だから上から残業すんなって言われてんの。……なんだかな

あ」

自分で買ってきたビールを缶のまま飲みながら、圭太郎が言った。

「パパといっしょにごはんたべるのたのしい」

香織と圭太郎の間に生まれた冷たい空気を包みこむように舞が笑うと、その一言で圭太郎の表情が緩む。

「そうだよね。パパといっしょはたのしいよね」

香織も目を細めて笑い、自分の皿のベーコンをスプーンに乗せて、舞と綾乃の皿に移してやる。すると圭太郎も同じように、自分のベーコンを子供たちに分けてやった。その様子を見て、乾きあがる寸前だった圭太郎への感情が少し潤う。

「ごめんね、こんなごはんで」

香織は言った。

「いや、いいよ。給料日前だし」

香織は圭太郎にグラスを取ってやるために立ち上がった。部屋の電話が鳴ったのは、圭太郎にグラスを渡したその時だった。

「あの、芳川です。お忙しい時間帯に申し訳ありません」

電話の相手が芳川弁護士からだとわかり、緊張が走る。自宅に電話などかかってきたのは、初めてのことだからだ。

「あ……どうも。いつもお世話になっています」

圭太郎と目が合う。重要な相手から電話がかかってきたことを察した圭太郎は頷き、舞にご飯を食べさせてくれる。

「あの、今日、親慈愛病院に行かれましたね」

「はい。行きました。先生がお話ししてくださったように、看護記録の開示を要望したんですけど、断られてしまいました」

「そのことで……ぼくが不注意だったことをお詫びしないといけない」

「不注意って？」

「まあ結論から申し上げますと、沼田和恵が猛烈に怒っているんですよ。相手の弁護士を通して、ぼくの方に申し立てがありました」

「怒っているというのは？」

「上村さんが根も葉もない虚言を、病院の職員に話したことは、自分に対する名誉毀損だと言ってるのです」

「名誉毀損って言われましても……。根も葉もない虚言でもないですし」

「沼田にしたら病院側に隠してきたことを、上村さんからばらされたという気持ちなんでしょう。病院内での立場もあるので、根も葉もない虚言、名誉毀損ということを大声で主張してるんだと思います」

「……芳川さんのおっしゃることはわかりますけど」

「まあ看護記録の開示だけを求められたなら問題はなかったと思うのです。ですがその際に、裁判の内容を詳しく病院の職員に話してしまったことが、沼田を刺激してしまったのだと思います」

「でも、病院の方に事情を知ってもらわないと看護記録も開示してもらえないと思って」

「わかります、わかります。上村さんのお考えは承知しています。まあ、ですが、今後は病院の方にはいろいろ話さないようにしていただきたいんです。これ以上沼田を興奮させないように。名誉毀損で訴えてくるってことも考えられます」

芳川の言っていることは充分わかるのだが、香織は悔しくて、涙が出そうだった。

「そんなことで名誉毀損になるんですか？　私は本当のことを伝えただけだし、病院側の責任を追及しているわけではありませんのに」

病院側に事実を知ってもらいたい気持ちはあるが、迷惑をかけるつもりはないのでこれまで何も話さないできた。今日はただ協力してもらいたいとお願いしに行っただけだ。

「名誉毀損という発言は、沼田の病院側へのアピールなんです。沼田はおそらく、病院側には別のストーリーを創って報告していると思いますよ。それは、彼女自身こそが被害者だという、そんなストーリーの類でしょう」

向こうも必死なのだと、電話口の芳川が、小さく息を吐くのが聞こえてきた。

受話器を置くと、圭太郎が眉をひそめてこちらを見ていた。「何かあったのか」と訊くのでかいつまんで話すと、

「まあそんなもんだろうな」

とあっさり返される。香織が黙ったまま何も話さないでいると、

「名誉毀損なんて、ほんとによくわかんない言葉だよな。誰の名誉だよ。なんの名誉だよって言いたくなるな。香織のお母さんなんて人生壊されたみたいなもんなのにな」

さっきまでの刺々しい感じではなく、優しげな口調だった。

テーブルに戻ると、香織以外の三人のお皿は空っぽだった。冷たくなったチャーハンを口に運ぶと、玉葱の甘みが広がる。

「チャーハン美味しいね」

と口に出せば、こらえていた涙がこぼれた。

二〇〇九年　十月

十月にもなると、うっすらと残っていた夏の影が完全に消え去り、季節の変化をくっきり

と感じ取れる。太陽は暖かそうなのに、玄関で靴を履くと足の裏に九月にはない冷たい感じが伝わってきた。仕事に向かいながら、聡子はこれから快晴に向かうだろう朝の秋空を見上げる。

この季節になると、もう三十年以上も前の記憶になるのに、香織の運動会を思い出す。十月の朝の匂いは、聡子にとってはもう何十年も運動会の日の朝の匂いだった。

孫たちが生まれてからは、保育園の運動会に招待された。競走をするということの意味を、かすかに理解し始めた小さな子供たちの、懸命に走ったり踊ったりする姿は見ているだけで温かな気持ちになれた。

そういえば、今年ももうすぐ保育園の運動会だろう。毎年土曜にあるが、聡子は土曜も仕事を入れていたので、早めに休みを申請しないといけない。

「早いですね、園原さん。おはようございます」

振り向くと、今日一緒にシフトを組んでいる松阪《まつざか》が笑っていた。

「おはようございます。今日はよろしくお願いします」

松阪は七十前後だろうか。どの仕事場でも彼がリーダーを務め、聞いたことはないが清掃業のキャリアはおそらくかなり長いはずだ。厳しい人も多いと聞く清掃業界の中で、聡子の勤めるこの会社の雰囲気がいいのは、リーダーである松阪の人柄によるところが大きい。

「まあ今日はスーパーやし、二人だけの勤務ですから、気楽にいきましょか」

松阪は聡子の隣に並び、抑揚のある関西弁で話しかけてきた。

「Eスタイル」という名のスーパーマーケットは、都内で何店舗か見かけたことがある。大手とまではいかないが、名の知れたスーパーマーケットだった。店舗の広さもそこそこあると思うのだが、スーパーマーケットは多くても二人態勢でというのが基本だった。

「園原さんも、ずいぶん慣れてきはりましたね」

松阪は、布製のエコバッグをぶらりと提げて、ゆったりと歩いている。

「おかげさまで。そろそろ半年になるんです。まだまだみなさんのお荷物ですけど」

「いやいや園原さんは仕事が丁寧やからクレームもないし、正直言うて見かけよりずっとやるなと感心してましたんや」

「見かけより、ですか」

「いやあ失礼。一見おっとりした感じやからね」

清掃の仕事は確かにスピードを求められるが、それ以上に美しい仕上がりを重視される。ただ時間内に仕上げればいいのではなく、その作業の成果をクライアントに実感してもらわなくてはいけない。「こっちはちゃんとやってます」では通用しない難しさがあるのだと松阪は言った。

「うちは下請けやさかい、クライアントからのクレームはまず本社に入るんですわ。ほんでその本社の人間からわれわれにクレーム内容が伝えられるんです。本社の人間は、強い口調でクライアントから注意されることが多いんです。でも自分らが直接掃除したわけやないし、下請けのせいで自分らが注意されたいうてむかついとりますんや。だからわれわれ下請けに対しては、さらにきつい口調でクレームを伝えてくるんですわ」

「そうなんですね……。心に銘じて仕事します」

自分の下手な仕事のせいで誰かが叱られたら大変だと、聡子は気を引き締める。

「ああそんな顔せんでもええよ。園原さんのせいでクレームきたことは一回もないんやから」

緊張した空気を追い払うように、松阪が手のひらをひらひらと動かしても、聡子の気持ちは簡単には緩まなかった。

八時前に到着すると、Eスタイルの裏口はすでに開いていた。細くて暗い通路を通り抜け、園原たちはスーパーのバックヤードに入った。小さな蛍光灯が二箇所にあるだけで、極端に明かりの少ない倉庫には、ダンボールがいくつも重ねられている。

「終了は九時半にということですわ。今からやと一時間半くらいありますなあ。まあ最悪それまでに終わらへん場合は、十五分くらいの延長は可能とのことです。開店は十時ですからね」

店の従業員らしき男性と話をした後、松阪が聡子の側に戻ってきて説明してくれる。着替えはトイレでと言われ、客と従業員が兼用で使用する女子トイレの個室でユニホームに着替えた。

スーパーの清掃は初めてではなかった。ここの何倍もの広さがあるショッピングセンターを受け持ったこともある。だから、Ｅスタイルの規模だというだけで、心は軽かった。モップを使ってフロアを清掃し、後は陳列棚の汚れをタオルで拭き取っていく。トイレ掃除もしなくてはならないが、男子トイレと女子トイレ、二箇所しかないのでいくらも時間はかからないだろう。

ユニホームへの着替えをすますと、聡子はＵＦＯのような形をした大型掃除機を倉庫の隅からフロアに向かって移動させた。

お惣菜売り場の油汚れを落とすのに手間取り、仕事を終えてスーパーを出たのは開店間際のことだった。

「あれは昨日今日ついた汚れじゃありませんな。前の担当、その前の担当がさぼってたんですわ、注意しとかなあきませんな」

聡子と並んで歩きながら、松阪が首を傾げる。

お惣菜のてんぷらや焼き鳥を陳列する棚に、油と埃が合わさったような粘着質の汚れが、数メートルにおよんで付着していた。棚を覆うように薄い布がかけてあるのだが、聡子がその布をあげ棚を拭こうとして発見してしまった。

「いつもは布に覆われてるところですから。気づかなかっただけだと思います。私がかえって余計なことしたかもしれないですね」

汚れは濡れたタオルで拭きとろうとしてもまったく取れず、こびりついたガムをこするヘラで削り取った。

「そういう人のしない場所を掃除することが、次の注文に繋がるんです。特別なことをするんやなくて丁寧にやれば、お客は満足してくれるんですわ」

「はい……」

バス停までのなだらかな下り坂を、聡子は松阪と並びながら、ゆっくりとした足取りで歩いた。初めは松阪が女性の聡子を気遣って遅く歩いてくれているのだと思っていたが、スーパーで一緒に仕事をしているうちに、松阪が左足をわずかにひきずるようにしていることがわかった。注意して見ないとわからないくらいの違和感だったが、歯切れのいい口調とてきぱきと仕事をこなす松阪の印象しかなかったので、胸に留まった。

「園原さんはこれまで何かお仕事されてたんですか」

松阪が訊いてきた。

「いえ……ずっと専業主婦でした。若い頃、結婚するまでの二年間ほどは事務員をしてましたけど……」

「うん、そうやと思ってました」

道路を挟んで向かい側の歩道を、小さな子供たちが列を作って歩いてきた。保育園児なのだろうか、着ている服はそれぞれだが、頭におそろいの黄色の帽子を被っている。ひよこみたいで可愛い。

「……すいません。私、手際が悪いでしょう。ご迷惑かけてます」

松阪の言葉を遠回しの嫌味だと受け取り、聡子は身を縮めるようにして謝った。だが松阪は柔らかい笑みを聡子に向けると、

「いやいや。手がね、えらくきれいやと思ったんですわ」

とおどけたように返してくる。

「手？」

「園原さんの手は、私みたいな手やないですから。前に働いてたとしても、事務とかそういう仕事をしてた人やろなあと思っとったんですわ。私なんて、ほれ」

と目の前に差し出された松阪の手は、ひび割れだらけで、乾燥した麩《ふ》のようだった。

「クリームとか塗った方が……」

皮膚が割れて血が滲む指先を見せられ、言葉に詰まった。途方もない年月を外で働き続けてきた人特有の、柔らかな肉感を感じられない手だった。

「私ね、昔は京都《きょうと》の西陣《にしじん》で織物の仕事しとったんですわ」

聡子が黙っていると、松阪がふいに切り出す。

「西陣ですか」

「知ってはりますか？」

「もちろんです。さほど着物には詳しくありませんけれど。でも松阪さんの話し方、京都の方だと聞くとなるほどと思いました。どこかはんなりしてると思って」

「まあ商売人の話し方ですわ。京都は都でもあったし、人がぎょうさん往来する場所ですやろ。せやし人と人が衝突したとしても、その場でできるだけ角が立たんように、まあるく話しますんや」

それも商売人の笑顔なのか、松阪が目を細めると目尻に人懐こい皺が寄った。

「着物やら帯やらの問屋してましたんや、親の代から受け継いだ。でもそのうちに商売傾いてきよった。着物なんてそうそう買ってもらえるもんやありませんわな、考えてみれば」

京都に加茂川《かもがわ》という川がある。松阪が子供の頃はそれはそれは優雅な川だったという。染物屋で鮮やかに染められた反物が、加茂川のあちこちで流し洗われ、川そのものが絢爛《けんらん》な反物のような光景が見られたのだという。

「今でも京都の西陣は着物の街ですわ。でも私はあかんかった。商売の才能がなかったんや。それで流れ流れて、今はお江戸ですわ」

冗談めかして言う松阪の顔を見つめながら、聡子は無言で頷いた。「流れ流れて」という言葉に込められているものを、自分の人生とそっと重ねる。

「園原さん、あんた泣いたはったやろ？　平和島駅《へいわじま》の現場で」

「……平和島駅、ですか」

聡子は驚いた。松阪の言うように一度だけ、仕事中に涙を流してしまったことがあったからだ。その場に松阪がいたことは知らなかった。まだ松阪という名前すら憶えていない働き始めてすぐの頃だ。

コンクリートの地面にへばりついた古いガムにリムーバーをかけ、ヘラでこそげている時だった。地面に丸く這っていた聡子のわきを中年の男が通り過ぎようとした。だが男は慌てていたのか、聡子の体に足を引っ掛けてしまった。男は前のめりにつまずき、聡子は靴の先で腹を蹴り上げられるような形になって床に転んだ。「ちっ」と舌打ちするいまいましげな男に向かって、聡子は「すいません」と謝ったが、男が行ってしまってもすぐに立ち上がることができなかった。惨めだった。男の足に転がされた自分が、ちっぽけな虫みたいに思えた。土から突然穿《ほじく》りだされた虫……。家庭という安全な場所に隠れていたのに、わけもわからず社会に引き出された無力で無価値な存在……。生きているだけで、娘の家族にも迷惑をかけてしまう自分が、なぜ必死に生きようとしているのかと思うと、ひどく虚しくなったのだ。そのまま床を這いながら乗客の歩行の邪魔にならないところまで移動した。涙が落ちてきて床を汚すので、ベルトに挟んでいた雑巾で拭うのだけれど、涙が止まらず拭い続けなければならなかった。

「あの時……松阪さんがいらしたこと、気づいてなかったです」

「いやいや、あん時は私は違う仕事であの現場通りかかっただけやったんや。前の日にリノリウムの床に強アルカリのワックス使いよった奴がいてねえ。床が剝離したとかでクレームきたから、それ謝りに行ってた帰り。その時に園原さん見かけただけや」

見知った作業着を着ているから見ていただけだと、松阪は首を振る。

「情けないところ、見られてたんですね」

「情けなくなんてないですわ。私、歳取ってからは男やとか女やとか関係なく、とにかく同僚を大事にしたいって思うんですわ。いろんなことあって、七十過ぎても仕事をしてる私とか、六十過ぎて初めての仕事に就く園原さんとかそれなりに大変でしょう。自分を労わるとおんなじに、他人も労わりたいいう思い、それだけですねん」

そんな聡子の第一印象があったので、次に現場で会った時のいきいきとした様子に正直びっくりしたと、松阪は笑った。「別人かと思った」と。

聡子はそんな松阪の言葉に、静かに頷く。松阪の言う通り、今の自分は以前とは違う。なぜ自分が変われたのか……。聡子はふと、そのきっかけについて松阪に聞いてもらいたいような気持ちになった。松阪なら、わかってもらえるような気がしたからだ。でも、聡子が口を開こうとすると同時に、

「園原さん、お子さんは？」

と松阪が話し始める。

「おります。娘がひとり。それで、その娘の子供が二人」

聡子は微笑みながら答えた。綾乃と舞のことを思い出すと、自然と顔が綻ぶ。

「やっぱりや。お孫さんを可愛がっている女の人って強いんですわ。小遣いをやりたいから って頑張ったはります」

「そうですねえ。娘には時々腹の立つこともあるけど、孫に関しては可愛いばかりで。わか ります、孫のために働く女性の気持ちも」

聡子くらいの年齢になると、挨拶代わりに孫の話題が出てくる。孫は何人？　聡子の娘時代は結婚するのは当たり前、と考えられていた時代だ。同年輩には孫を持つ人が多い。

「松阪さんはお孫さんは？」

「いてますよ。嫁はんはもう死んでしもたんやけど、娘と息子がおりますわ。ほんで孫が五人」

会うことはないけれど、毎年正月には孫たちにお年玉を贈るのだと松阪は言う。ポチ袋に新札の一万円を入れる時の幸福感を思うと一年が乗り切れるのだと、松阪は笑顔を見せた。

聡子は「そうですか」とだけ呟き、前方を見つめた。これ以上訊いてしまうと、松阪がなぜ孫に会わないのか……立ち入ったことにまで触れてしまうような気がして、聡子はふと口を閉ざす。

「同僚にはいろんな人がおりますわ」

松阪はそんな聡子の気持ちを察したように、それ以上自分について話すことはなかった。その代わり、清掃の現場の話をしてくれた。彼は清掃の仕事を始めてもう三十年になり、行ってない現場はないというくらいにたくさんを回ったのだという。ゴンドラに乗って働く、あの危険で知られている窓拭きも五十代の半ばまではやっていた。一番嫌いな現場は手術室の後片付けで、血液を拭い取ったり、肉片のようなものが絡みついた手術の器械を水でゆすいだりしていて、何度か吐いたことがある。寺院や山小屋などにある汲み取り便所の掃除もかなりきついが、手術室の方が苦手なのだと松阪は言った。

「いろいろ知っておられて凄いですね」

松阪が、いくつもの山を制覇した登山家のように、聡子の目には映る。この仕事に誇りを持っているのが伝わってきて、松阪の話を聞いているうちに、自分もビルクリーニング技能士という彼の持つ資格を取ってみたいような気にさえなった。

松阪はこの足で食品工場の清掃に向かうと言い、聡子とは逆方向へ進むバスの停留所へ向かった。普段なら聡子も他の現場をはしごすることもあるのだが、今日は用事があり、Eスタイルの仕事のみで帰らせてもらうことになっている。松阪は食品工場で夕方まで仕事をして、いったん事務所に戻り待機して、また夜遅くパチンコ店の清掃に入るシフトになっているのだと教えてくれた。

「今日はいろいろご指導くださりありがとうございました」

それぞれの目指すバス停は、道路を挟んだ別の場所にあったので、横断歩道までくると聡子はそう言って頭を下げた。これまで一人きりやチームで仕事をすることが多く、松阪と二人態勢というのは初めてのことだった。

「いや、こちらこそ。無理はせずに頑張ってくださいね。まだできると自分が思えて体の動くうちは、引退は先ですわ」

布製のエコバッグに手を突っ込むと、松阪は透明のビニール袋に入ったどら焼きを、聡子に手渡した。

「おやつに食べて」

「いや、でも悪いです。松阪さんのおやつなのに……これから深夜までお仕事されるんですから」

聡子が受け取ろうとしないと、

「ええんです。今日は食品工場で販売会があること、今思い出したんですわ」

「販売会？」

「今日行くのは和菓子の工場なんやけど、不定期で失敗作の販売をするんですわ。それがほんまただみたいな値段なんです。花見団子って上からピンク、白、緑でしょう？ 失敗作ってのはピンクの団子が抜けてたり、白の団子が抜けてたり、おもろいんですわ。またいつか食品の現場、園原さんも行くことありますよ」

聡子が腕にかけていたバッグの中に、どら焼きを素早く入れて、松阪は笑顔で去って行った。聡子がその背中に礼を言っている間に、向こうの方からバスが走ってくるのが見えた。

「ほな、また」

松阪は片手を上げ、横断歩道を走って渡っていく。走ると、足のひきずりが目立ち、おぼつかない足取りになる。

バスはぐんぐんと迫ってきて、バス停に向かって必死で駆ける松阪に追いつこうとする。バスと松阪が重なり、その数秒後にバスが松阪を追い抜いてバス停に停まった。

道路を隔ててはいるが、松阪が必死の形相で駆けているのがわかる。だが実際は、若者の早歩きよりも遅いくらいの速度だ。間に合って、間に合って。聡子は胸の中で祈るようにして松阪を応援する。バスから客が数人降りている間が、松阪に残されたチャンスだ。

「やった。間に合った」

バスの中に松阪の姿が見える。松阪がバスに乗れた……それだけで胸が熱くなる。松阪が窓越しに手を振ったので、それに応え、「いってらっしゃい」と声をかけた。滑稽なくらい必死な形相をしていた松阪が、今は悠々とした笑みを浮かべているのがおかしかった。

夕食の材料をアパートの近所のスーパーで買い、レジ袋をさげて部屋に戻ると、香織が来ていた。

「お母さん、おかえり」

香織はカーペットに寝そべっている。二人の幼子を育てながらパートにも出ているのだ、疲れているのだろう。

「ただいま。今日は仕事ないの？」

「一時から五時まで。それまでにちょっと時間があったから本人尋問の練習に付き合おうかと思って」

乱れた髪を手ぐしで整えながら、香織が立ち上がり食卓の椅子に腰を下ろす。

来月の終わりには、いよいよ本人尋問が行われるという。テレビなどでは聞いたことのある言葉だけれど、それが自分自身に関係のあることだという実感が湧かない。本人尋問では沼田和恵と直に対面することとなり、裁判所に出廷しなくてはいけない。そこで聡子は自分の言葉で話し、芳川弁護士の質問や相手側の弁護士の質問に答えなくてはならないらしい。

「お母さんのことだから、練習してないと思って」

「そんなことないわよ。お母さんだってちゃんと……」

言いながら、芳川弁護士が作成してくれた台本を探す。本人尋問の場で芳川弁護士がどのようなことを質問するか、予め教えてもらっている。

「あれ、どこにやったっけ。あの用紙」

「ほら、やっぱりでしょ。お母さんそういうこと苦手だって知ってるもん」

「そういうことって何よ。お母さんもやる時はやりますよ」

そうだ、用紙はクリアファイルに挟んでバッグの中にしまっておいたのだ。バッグから用紙を取り出すと、聡子は食卓の上に置いた。

二枚綴りの用紙にはいくつかの質問事項が書いてあり、その回答は聡子自身の言葉で考え、書き込むことになっている。質問内容は決して難しいものではなく、事実をそのまま伝えればいいのだが、裁判官や沼田和恵の前でうまく答えられるかが心配だった。

「はい。じゃあ行くね。まず一つ目の質問。あなたは今どのような状況におかれていますか」

香織は用紙を見ながら質問を続けた、聡子は時々は口ごもりながらも必死に返答する。答えているうちに感情がざわつくような問いもあったけれど、なんとか最後の質問事項に辿り着くと、

「まあまあちゃんと話せてると思う。お母さん、きちんとした文章で回答作ってあるからむしろびっくりだわね」

と香織が目を見張っている。

「そう？　自分では頭の中こんがらがってるけど」

「ただ本番はカンペなんて読めないから、ある程度頭の中に記憶しておかないといけない

ね」

香織が用紙をテーブルの上に重ねて置いた。本当に、それが一番の問題だ。ただでさえ緊張するタイプなのに、そうした公の場で話すことなど、考えてみれば香織が小学生の頃の保護者懇談会以来ではないだろうか。考えるだけで動悸がしてきた。

「まだ二週間ほど日があるんだから、毎日練習したら大丈夫よね。頑張ってね」

香織があっさり言うので「まるで他人事ね」と返すと、「他人事だもん。私だったらとうてい無理よ」と笑う。香織も聡子同様、人前で話すのが苦手なタイプで、小学生のころなんて、参観日に先生からあてられると顔を真っ赤にして目に涙まで浮かべるほどだった。

「ここでおかしなことを口走ったら、これまで頑張ってきたことが無駄になるものね。香織にも芳川さんにも申し訳ないから……」

「いいの、私のことは」

「そうね、お母さん自身のために、自分の意地で頑張らないと。やるっきゃない、よね」

「そのフレーズは古いけど、頑張って。何歳になっても、どんな苦境であっても、やるっきゃないって立ち上がらなきゃなんない時はあるよね。私もつくづく思う。お母さん見てて思う。へたばってしまったらそこで負けなの。勝訴するしないは別として、やれるだけのことはやってみよう。芳川弁護士に巡り会えたのは、やっぱりお母さんの持つ運なんだよ」

香織は静かに言うと、えくぼを見せて微笑んだ。その笑顔がこれまでずっと聡子を元気づけてくれたことをふと思い出し、胸を衝かれる。

「そうそう。これ松阪さんっていう人からもらったの」

涙が出そうになったので、バッグの中に手を入れてどら焼きを取り出した。「半分ずつ食べようか」

香織に、松阪さんのことを話した。今朝二人でスーパーの仕事をしたことや、彼の身の上話や、彼が全力で走って、タッチの差でバスに間に合ったことなどを順序立てて。つぶ餡《あん》の挟まったどら焼きはとても美味しい。

「私、こし餡の方が好きだけど、このつぶ餡はいい歯ざわりしてる」

うん、うん、と頷きながら、香織はどら焼きを頬ばっている。

「そうねえ。美味しいわ」

「良さそうな人、松阪さんて。歳も近いし、仲良くなっちゃえば、お母さん」

「何言ってるの。大先輩だから気安くは話せないわよ」

「茶のみ友達とか、そういうのいいじゃない。旦那さんと死別した友達のお母さんとか、男友達と温泉旅行に行ったりしてるんだって。お母さんも独身を謳歌したらいいのよ、どうせなんだから。松阪さんって人も独身なんでしょ」

「いやね。そんな心配してくれなくてもいいわよ」

聡子が睨むと、香織は楽しそうに笑い、薬缶の茶をカップに入れてレンジで温めた。

こんなふうにお菓子を食べながら、つまらないことで笑い合えるようになったのだと、聡子は思う。章が失踪してから今月で一年と四ヶ月。沼田和恵に対する裁判も、終結を迎えようとしている。

「お母さんね、この頃はよく思うの」

「何を？」

「こんなことくらいで良かったたって」

「こんなこと？」

「そう……自分たちの身に起きたことが、お父さんが愛人を作って、その愛人に貢いで、全財産がなくなった。それくらいのことで良かったたって」

窓から温かな日差しが部屋の中に差し込んでいて、秋も深まっているというのに、夏がまだいるのかと思えるほどの陽気だった。安普請のアパートだけれどこの日当たりだけは大きな自慢で、聡子が育てている観葉植物たちも緑を濃くしていく。植物が家の中にあると精気がもらえる気がする。植物の精気が老いたこの体にも染み込んでいく。

「何言ってるのよ、お母さん。旦那に失踪され、住む家もなくなって、手元にいくらのお金も残っていない。厚生年金を分割する手続きもお父さんが不在だからできてないし、月々六万円ちょっとの年金とアルバイトで食べていく六十七歳って、世の中ではかなり悲惨な部類に入ると思うわよ、私はね」

「そう……なんだけど。例えば、香織やあなたの家族が病気になったり、お父さんや自分が重い病気になったり、事故にあったりするんじゃなくて良かったたって考えるの」

自分には側に娘がいて、娘の夫や子供たちも優しくしてくれる。優子や弟の信一も力を貸してくれる。沼田和恵という女性に対しては、人生を踏みにじられたような気持ちを今も抱き続け、許すことはできそうもないけれど、でもその憎悪は静かなものに変わっている。自分自身の気持ちを直接、沼田に伝えることができる場を持てるということは、七十を目前にした自分にとっては幸せなことだ。

香織にそう伝えると、「そうね。立ち向かえるということは幸せなことだね。区切りをつけられるもん」とわかってくれた。

パートに行く時間だからと香織が出て行ってしまうと、部屋が急に広くなった。もう一年以上も独り暮らしをし、慣れたつもりでいるのだが、ふとした時に自分以外誰もいないということを実感する。

香織には言わなかったけれど、本当はもうひとつ、松阪のことで思っていることがあった。それは、松阪と並んで歩いていた時に、章を懐しんでいたということだ。こんな風に並んで歩いていたな。歩調もゆっくりと、会話もゆっくりと。どちらかの体に少しずつ故障が出てきて、そのことを互いに認めながら労わりあって最後まで生きていけたなら、どれほど幸せだったろう……。

「若いもんと一緒だと疲れるよ」

いつだったか、夫がそんな愚痴を言っていたことがある。会社の人たちと泊まりがけで釣りに出かけ、帰宅するなりソファに座りこんだ。若者とは歩く速さも違うし、食べたいものも違う。こっちは夜は早く寝て、早朝に起きたいのに、あいつらは宵っ張りで寝坊して出発が遅れる。何もかもペースが違うので疲れが倍増したよ。これなら綾乃と舞と一緒の旅行の方が、スローペースでどんなに快適か。

そう言っていた夫なのに、どうして二十以上も若い女と一緒にいられるのだろう。自分は今でも夫以外の男性なんて考えられないというのに……。自分は気楽だと感じていた夫婦の時間を、夫はそうは思っていなかったのだろうか……。

「だめだわね。この思考回路はストップ」

聡子は首を振って笑ってみたが、「尋問内容」と書かれた用紙が目に入ると、

「お父さん、凄いでしょ。私、本人尋問なんてするのよ。見てみたい？　柄にもない、おまえにできるのかって笑われちゃいそうね」

と呟いてしまう。不安な気持ちを、唇を引き結ぶことで体の奥に押し込める。何度か深呼吸して、さっき香織が寝そべっていたカーペットに正座し、聡子は、寂しさが消えるのをじっと待った。

無音の部屋に携帯電話が鳴った。両肩がびくりと持ち上がり、手でカーペットを押すようにして立ち上がる。

職場の事務員からだった。

「はい。園原でございます」

聡子は気の張った声で応対する。事務員は困った様子で、今日の三時から仕事に出てくれないかと言ってきた。時計を見ると、もうすぐ一時になろうとしている。

「どうかしたのですか」

本人尋問の予行演習をしたかったので、聡子はやんわりと断ろうと思っていた。ところが、三時から入る予定だった二十代の男の子が体調を崩したのだという。

「わかりました。私でよければ行きます」

現場は駅の構内だという。初めての現場なら力不足を理由に断るのだけれど、駅の構内ならもう何度か一人でも任されていた。聡子のアパートからだと一時間くらいはかかるので、すぐに支度をして出なければならない。


バスと電車を乗り継いで駅に着くと、雨が降り出してきた。大粒の雨は瞬く間に烈しくなり、通りを歩く人たちが走り出したり、傘を開いたりと慌てている。聡子も早足で掃除用の物品などがしまってある倉庫で着替えをすませ、三時前には仕事を始められるようにと仕度を整えた。

「お疲れさん。突然呼び出されたんでしょ」

声をかけてきたのは五十代女性の大倉《おおくら》だった。現場の人員は二人だとは聞いていたけれど、もう一人が大倉だとは知らなかった。

「お疲れさまです。大倉さんも突然ですか」

「いいや。あたしは通常。でも比嘉《ひが》が休みやがるからさあ、一人では無理だって手配師に怒鳴ってやったんだよ。ああ、比嘉ってのはあの若いフリーターの男なんだけどさ、体調を崩してってのは嘘だよ絶対」

「嘘、ですか？」

「しょっちゅうなんだよ。さぼり、さぼり。くびにしてやりゃいいんだけど、会社もしないんだよね。あいつ、窓いけるから」

「窓……高層ビルの窓ですか」

「そう。いつ死んでもいいんだって。だから最上階でも平気でいっちまう。そういうのは重宝してるんだよ手配師も。それに甘えてんのかね、真面目に働かなくてさ」

舌打ちをしながら早口で言うと、大倉は「ちょっと行ってくるわ」と指を唇に当て、煙草を吸いに出て行った。

初めて大倉と仕事をした時も彼女は煙草を吸いに行ったが、その時は驚いて「制服で吸える所なんてあるんですか」と不躾に訊ねてしまった。だが彼女はそう気を悪くした風でもなく、トイレに「清掃中」の立て看板をして吸うのだと教えてくれた。大倉は意地の悪い人ではなかったけれど、仕事に対しては荒いところがあって、聡子はそれだけが苦手だ。

「では私は掃除を始めてます」

帽子のつばに手を触れ、頭を下げると、聡子は持ち場に向かった。雨が降りだしているので、モップがけが中心になる。

モップをかけながら、エスカレーター付近の点字ブロックを磨く。絶え間なく往来する乗客の靴の裏に付着した土が、モップをかけた後から床を汚していく。きりのない作業だけれど、それでも誰かがこうして拭っていかなければ汚れはさらにひどくなっていくのだ。

唾やガムを床に吐き捨てる人。家庭ゴミを構内のゴミ箱に捨てていく人。こうして働いていると、世の中にはいろんな人がいることがわかる。聡子が持つ常識など通用しない。ずっと家の中で暮らし、自分の持つ常識の範疇で理解し合える人たちだけとつきあってきた自分の世界の狭さを、突きつけられた。モップを持つ手を止め、無意識に右腕に触れてみる。仕事を始めてまだ数ヶ月しか経っていないというのに、腕にはこれまでになかった筋肉がついていた。力を込めて便器を磨き、洗面台や鏡を拭き取ってきた証だった。

「あの……すいません」

後ろから声をかけられる。

振り返ると、若い女性が困惑の表情をして立っていた。

「ごめんなさい、子供がおもらしをしてしまって……ティッシュで拭き取ったんですが、それでも全部は拭いきれなくて」

小さな幼児を連れた女性は、申し訳なさそうに頭を下げる。母親に手を引かれた男の子は叱られた後なのか、両方の目を濡らしていた。舞と同い歳くらいだろうか。

「いいんですよ。後は私がやっておきますからね。それより、着替えは大丈夫？　ねえ、おズボン濡れたら冷たいよね」

聡子は膝を折ってしゃがみ、目線を男の子に合わせると、「大丈夫よ。おばあさんがきれいにしておくからね」と微笑んだ。涙をこらえ、すまなさそうに頷く様子が可愛らしくて、男の子の頭に手を添えたい気持ちになったが、自分の汚れた手ではどうしようもない。

「本当にすいません。あの……こっちです」

女性の指し示す方にモップを持って近づいていくと、たしかに薄い黄色の水溜りがあった。少量だったので、手持ちのティッシュで懸命に吸い取ったのだろう。

「子供のおもらしなんて当たり前ですよ。ここは私がやっておきますから、あなたはこの子のおズボンを換えてあげて。あっ……着替えはお持ちでいらっしゃる？」

「はい。着替えは持ってきています。ほんとにすいません、汚しっぱなしで。ありがとうございます」

恐縮する女性に手を振ると、聡子は水溜りを新聞紙で拭き取った。拭き取った上にモップをかければ、元通りきれいな床になる。男の子の手を引いた女性が改札を出て、駅ビルの方に向かっていく後ろ姿が見えた。駅ビルの中にはベビーベッドが設置された子連れ専用の清潔なトイレがあるので、そこで着替えるのがいい。

駅を通過する人たちはみな忙しく、自分たち清掃員のことなどは目に入っていない。けれど、自分たちは欠かせない存在なのだと、自負している。こうして困った誰かに声をかけられることがあると、その気持ちが強くなった。

優子に仕事を紹介してもらった時は、自分に務まるはずがないと決めつけていた。それでも、やらなければ生活していけないのだからと、踏み出した。年齢や経験の無さや専業主婦として守られて生きてきた優越感——そうした複雑な思いから立ち上る不安と卑屈な思いが、仕事を積み重ねていくうちに和らいでいった。自信とまではいかないが、やれることをしていこうという決意は生まれた。働いているからといって、老い先への不安がなくなったわけではない。病気になって体が動かなくなる日はそう遠くないうちにやってくる。でもそんな不安は誰もが抱いていることなのだと聡子は開き直る。みんな何かしらの不安を持ちながら、自分のできることをして生きているのだ。夫任せにしてきた人生を、安穏とした人生を突然に失い、聡子は自分のことを不幸せだったと思う。不幸せがどのようなものかと訊かれても、きちんと答えられないのだけれど、苦しみが不幸せなのであれば、聡子はこの一年と数ヶ月間、そして今も、苦しんでいる。

でも最近ふと考えることがある。もしかすると、苦しみの量というのは、誰にも一定なのではないだろうかと。幼い頃に母親を失った優子の苦しみ、若くして妻を失った信一の苦しみ、高齢の両親が離婚した香織の苦しみ……。苦しみのない人生などなくて、貧困や病気や介護や孤独や不妊や育児……人には言わないけれど、人の前では笑っているけれど、その人にしかわからない苦しみが存在する。自分はその苦しみがこれまで少なかったのかもしれない。だから今少し、その苦しみがやってきたような気がする。

でも、幸せの量は一定ではないのだと確信している。幸せは自分しだいで増やせるものだと聡子は気づいた。

「不幸せの量はみんな同じ。幸せの量はその人それぞれ」

明るい節をつけ、聡子は口に出す。気持ちが軽くなる。仕事上がりは五時だから、それまで懸命にモップをかけよう。水滴に滑って転んで怪我をする人が出ないことが、今日の自分の目標だ。

聡子の横を老夫婦が通り過ぎていく。ゆったりとした歩みだった。自身の足取りもおぼつかないのに、夫は妻のことを人の流れから庇うようにして。聡子はしばらく二人を眺めていたが、慌てて視線をモップの先に移し、床を拭いた。

二〇〇九年　十一月

本人尋問は一時四十分からだった。横浜地方裁判所へは一緒に行くつもりで、聡子は香織と駅で待ち合わせることにしていたが、腕時計を見るとまだ十二時を過ぎたばかりだ。香織との待ち合わせは十二時半だったので、早く着きすぎてしまった。

京浜《けいひん》東北線を関内《かんない》駅で降り、そこから見える風景はこんな時であっても懐かしい。山下《やました》公園や海洋会館……幼い香織を連れて何度訪れたかわからない。もう三十年以上も前のことだが、愛らしい娘の笑い声が耳の奥にまだ残っている。

もちろん景観はずいぶんと変わっている。それでも記憶に残る佇まいもあり、海から吹いてくる風を感じていると、聡子は自分が裁判所へ向かう身であることをしばらく忘れられた。

「お待たせ。早かったのね」

緊張した面持ちの香織が、向こうから歩いてきた。自分が着いてからまだ十分程度しか経っていないので、香織もまたずいぶんと早く到着している。

「お互い早く着いちゃったのね。ありがとう、わざわざ。ごくろうさま」

聡子は、パートを早退して来てくれた香織に向かって微笑んだ。

「優ちゃんは直接裁判所だったっけ?」

香織が訊いてきた。

「そうなの。なんか悪いわねぇ」

「おばさんは大丈夫よ、香織もいるし」と伝えたのに、優子は「絶対に行くよ」と断じて譲らなかった。仕事を早退して来るから、直前に到着すると言っている。

「優ちゃんもいろいろ協力してくれてここまできたんだから、やっぱり気になるのよね。優ちゃんにとっても区切りなのよ」

私にとっても区切りだし……と香織が強い目をして頷いている。香織の着ているアイボリーの上下のスーツは見慣れたもので、綾乃の入園式に一緒に選びにいったものだ。

「お母さん、緊張してる?」

裁判所に向かって歩きながら、香織が顔を覗き込んでくる。

「そりゃあ緊張はしてるけど、これで終わりでしょ、一応は。月に一度の文書のやりとりをずっとやってきて、長い長い時間をかけてやっとここまで到り着いたんだと思うとやっぱりほっとするわ」

芳川弁護士のもとに毎月通い続け、沼田和恵サイドが提出してくる書類に、落胆や憤慨を繰り返し、心を乱されてきた。聡子は自分の身に起きたことを沼田に理解してもらいたかっただけだった。沼田に内容証明というものを送った時にすぐさま謝罪とまではいかなくても反省の言葉や話し合いがあったなら、これほどの闘いはしなくてもよかったのだと今も思っている。

沼田が事実無根だと言い張るのであれば、自分は真っ向からそれは間違いだと主張するしかない。

「五日前のリハーサル通りにやれば問題ないからね」

香織が聡子の背に掌を当てた。芳川弁護士の事務所で本人尋問の練習をした時は、自分でも驚くくらいにスムーズに言葉が口をついた。真実を述べるだけだから。本当の気持ちだから。芳川弁護士の前で、聡子はその場にいない沼田和恵に聞かせる気持ちで、冷静に自分の状況を語っていった。

「そういえば、懐かしい……このスーツ」

横浜地裁が見えてきた辺りで、ふいに香織が呟く。聡子の鼓動は早くなっている。

「これってさ、私が高校卒業の時に買ったやつだよね」

「そうよ。良く憶えてるわね」

「うん。ここに白いバラみたいなコサージュつけてたね。それで私と優ちゃんの卒業式ハシゴしてて、どこかで走って落としたんだよね、コサージュ」

そうだった。香織と優子の卒業式が重なってしまい、聡子は先に香織のに出てから、途中で優子の高校に向かったのだ。章が車で送ってくれたのだが、そのどこかの道でコサージュを失くしてしまった。

「ピンが甘かったのね、きっと」

細かいことをよく憶えているなと感心しながら、コサージュがないことに気づいた時の、心もとなさを思い返す。

「私、あのバラのコサージュ好きだったの。だからお母さんからコサージュ失くしたって聞いた時は私、バチが当たったんだって思った」

「バチ？　なんの」

「私、意地悪だったから。優ちゃんの卒業式に、なんでお母さんが出席するんだって。優ちゃんの式には信一おじさんが出席するんだからいいじゃないって。お母さんが私の卒業式を抜けて行くことに、腹を立てて……。だからその罰で、私がいつか貰おうと思ってたコサージュがなくなった」

「何言ってるのよ。ピンが緩かったのよ。それにお母さんはあのコサージュ、あんまり気に入ってなかったのよ」

「横浜地方裁判所」と表札のかかる立派な建物を見上げると、体が震えた。門を入れば、血圧が一気に低下するようなふらつきを感じた。

「大丈夫？」

香織が聡子の肘をぎゅうと摑む。十一月の晴天が見上げた先に広がっている。

「ありがと……芳川さんとの約束、何時だっけ」

「一時よ。一時に弁護士待合室。まだ時間があるから何か温かいものでも飲んでいこ」

香織もまた緊張しているのか、いつもより硬い声と表情で辺りを見回していた。聡子のくすんだ紺色のスーツからは、自宅にあった衣装タンスのナフタリンの匂いが漂ってくる。花嫁道具だった衣装タンスは、家が潰されたのと同時に、もうなくなってしまった。

「がんばらないとね」

自分に言い聞かせるようにして聡子は言う。「ここまで来たんだから頑張らないと。絶対に引き下がれないわよね」

香織と一緒にトイレに入った。用を足したかったわけではなく、鏡に映る自分自身の姿を見ておきたかった。

磨き抜かれ、汚れひとつない鏡に映る自分の顔。六十をいくつも過ぎ、しわが増え、頰の膨らみもなくなった。だが最近短く揃えた髪は、香織と優子の勧めできれいなこげ茶色に染めている。

「お母さん、六十七には見えないよね。どう見ても十歳は若い」

「そうかしら」

くすんだ紺色のスーツは時代遅れの古い物だけれど、聡子の体には馴染んでいた。顔のパーツのどの部分ももう美しくはないけれど、正直に生きてきた鏡の中の自分がじっと、見つめている。

「そろそろいきましょうか」

口紅を塗り直していた香織に向かって微笑めば、気持ちが落ち着いてきた。初めて会う沼田和恵という人物に、萎んだ老女だとは思われたくない。私は今、自分の足で立って生きているのだ。今の生活に負けていないことを、見せたかった。


芳川弁護士と共に、法廷に入った。まだ誰も来ておらず、聡子は香織と並んで傍聴席の椅子に腰掛ける。

「あの一番上の高い位置に裁判官が座られます。そしてぼくがあそこに立って質問します。園原さんはあの場所でお答えください」

芳川弁護士の説明を、聡子は黙って聞いていた。足がすくみ、手が震えてくるのがわかった。

「聡子おばさんっ」

右隣にふわりと温かな空気を感じると、優子が腰かけてきた。今着いたばかりなのか、息を切らしている。

「優ちゃん」

聡子が呟くと、優子は笑顔で頷く。黒いパンツスーツは優子の細身の体に似合っていた。右に優子が、左には香織が座り、聡子を挟んでくれている。幼かった娘たちは成長し、心強い無二の存在として自分を守ってくれていることに、聡子は目頭が熱くなる。

黒い衣装をまとった裁判官と書記官が現れるのと同時くらいに、さっき聡子たちが入廷した扉から一人の男性が入ってきた。男性の後ろに女が一人。これが、沼田和恵……。聡子は憚ることなく、沼田の顔を凝視した。

髪を後ろに束ねた沼田は、生気のない表情で、同じ列の一番端の席に腰掛けた。紺色のスカートにアイボリーのシンプルなジャケットという軽装だった。束ねた髪の額や頭頂、うなじには白髪が見られた。少しでも若々しく見られたいと、一昨日に毛染めをして一張羅のスーツでやってきた自分とは対照に、沼田はすぐそこのスーパーに買い物に行くようないでたちだったことが、彼女の余裕にも感じられ、聡子は気を引き締める。

（お母さんの方がずっときれい）

香織がメモに書いて、そっと聡子に見せてくる。沼田のことを言っているのだろう。お母さんの方がずっときれい――。お父さんはなんであんな女に夢中になったのかしら。香織の目がそう語りかけていた。香織にとって沼田は自分より歳上の中年女に見えるだろう。だけれど七十を前にした聡子の目に、四十代後半の沼田はまだまだなまめかしい女性に映った。おそらく章にとっても……。

数分の間漂っていた静寂の後、本人尋問が始まることが芳川弁護士から告げられる。初めに証言台に立つのは聡子ではなく、沼田だったので、聡子はその姿をじっと見つめた。

正面の高い位置に裁判官、そのすぐ下の席に書記官がパソコンを開いて座っている。当たり前のことなのかもしれないが、二人とも無表情で、それが威圧的に感じられた。

沼田の立つ位置は、部屋全体の中央で、書記官のすぐ下の辺りだった。沼田を挟んで向かって左手に芳川弁護士、右手に城山という沼田サイドの弁護士が立っている。

張り詰めた雰囲気の中、

「本当のことを話すと宣誓してください」

と書記官から声がかかり、沼田和恵が文書に書かれた宣誓文を読み上げる。小さな声だったが、彼女の憤懣が伝わってくる。

「あなたは親慈愛病院で看護師をされていますね。そこに患者として、園原章が来たということですね」

城山弁護士からの質問に、沼田が答えていく。聡子と芳川があらかじめ予行演習をしていたように、彼女たちもおそらく打ち合わせてあるのだろう、よどみない口ぶりで沼田が答えていく。この場所に呼ばれたことが不本意でたまらない。彼女の言葉の端々に、そんな思いが滲んでいた。

「園原さんと私は本当にただの患者と看護師の関係で、言われているようなおつきあいは一切ありません。だから本当にこのような訴えをされて驚いております」

裁判官と書記官は、黙って沼田の訴えを聞いていた。彼女の証言だけを耳にしたなら、自分がこの裁判に何も関係のない者であれば、沼田の言っていることが真実だと思うかもしれない。

裁判で勝訴するには、とにかく証拠が必要なんです、と常々芳川弁護士が口にしていることを思い出す。宣誓をしているとはいえ、法廷で真実のみが語られるかというと、もちろんそうではない。だから、虚偽の発言を打ち崩すために「証拠」が必要なのだと。

「園原さんは七十代半ばですよ。私が恋愛感情を抱くというのは不自然じゃないですかねぇ。もちろん私は看護師という職業柄、患者さまひとりひとりに愛情を持って接していますよ。その対応を園原さんが誤解されたということはあるかもしれません。それにしても、私と園原さんが男女の仲にあったというのは、私にとって失礼な話だと思いますけど」

沼田は鼻先を上に向けるように言葉を切ると、一瞬だけ凶暴な顔をした。膝の上に置いている聡子の手は、裁判が始まってからずっと震えていたけれど、沼田に対する気持ちは萎縮などしていない。自分が語るべき言葉を頭の中で反芻した。

城山弁護士による尋問が終わり、芳川が一歩前に出ていく。

「原告代理人、芳川から質問します」

芳川の声が室内に響く。芳川は、沼田の顔を凝視している。

「沼田和恵さん。あなたと園原章さんは単なる看護師と患者の関係だとおっしゃいましたが、病院外で会ったことはないんですか」

「ありません」

「甲三号証を示します。この写真はあなたと園原章さんではありませんか。この場所は病院外ですよね。ずいぶん親しげにされているように見えますが」

「……今まで忘れてました。偶然会ったことはあるかもしれないですねぇ。私だって仕事以外では普通に街を出歩きますし。その時にばったり患者と会うことだってありますよ。そうしたら親しげに立ち話をすることだって」

「そうですか。見たところ、この場所はどこかのホテルだと思われますが、あなたはホテルで偶然に会ったというのですね。どういう状況でしたか？」

「さあ。それも……よく憶えてません。偶然会ったこともすっかり忘れていたくらいですし、状況といわれても思い出せませんね」

「日付けを見ると、お会いになられてまだ一年も経っていませんが、もう忘れたのですか」

「ええ。毎日忙しくしてますし。本当に忘れました」

「それでは沼田さん、甲二号証を示します。これは園原章さんの日記ですが、この中にあなたの名前がたくさん書かれています。あなたへの手紙もありました。章さんが『好きです、愛してます』『あの日の旅行は楽しかった』『今度はどこに行きますか』などと記しています。

この内容からみれば恋愛関係にあったと読み取れるのですが、どうですか」

「それは、園原さんが勝手に書いたものでしょう？　多いんですよ、老人の妄想。認知症やアルツハイマーなんていうのは、ある日突然に起こるもんじゃあないんですよ。その何年も前から予兆みたいな感じで、始まっているんです。園原さんの私に対する一方的な気持ちっていうのはあったかもしれないし、それを妄想として書くことってありますよねぇ。そんなことまで証拠にされたんじゃ、どうしようもないです」

「旅行に行ったこともない？」

「看護師として、旅行の付き添いはしました。でもそれは仕事としてです。介護旅行です」

沼田は一貫して態度を崩さず、芳川の質問に否定的な返答をしていった。城山は表情ひとつ変えず、そのやりとりを眺めている。初めから、こういうように返答していくという、綿密な打ち合わせがなされているのだろう。

それでも芳川は淡々と質問を続けていく。追い込むような口調ではないが、こちらの知り得た事実について沼田を追及していった。

すべての質問を終えて、会釈して席に戻った芳川の表情を、聡子は見つめていた。芳川の質問がことごとく否定され、もしかすると裁判官には何も届かなかったのではないかと心配になる。恐ろしかったけれど裁判官の表情を見てみると、無表情の静かな佇まいは静止画のようで、果たして沼田の言葉だけが届いたのではないかと不安が募る。

「看護記録にはなんと書いてありましたか」

芳川が席に戻ると、裁判官がおもむろに口を開いた。低い澄んだ声に、聡子は壇上を見上げる。

「看護記録？」

沼田はふてくされたような表情で首を傾げると、城山の方をちらりと見やった。

「看護記録には家族関係を記す欄がありますね。看護師であれば、そうした家族関係を把握すると思いますよ。園原章さんのキーパーソンとして、園原聡子さんの名前は書いてありませんでしたか」

「……忘れました。いちいち憶えてないですよ。日常の業務も忙しいし、一人で何十人もの患者を抱えてるんですから。見てたとしても重要なことじゃなかったら忘れます。それに私は園原さん本人から直接、自分は独身だと聞かされてましたし、独居の寂しい老人だから憐れに思って私も親切にしていたふしがありますし」

「でもあなたは、看護記録を確認しなかった」

「ええ。そうです」

裁判官は頷くと、無表情に戻った。沼田はまた傍聴席の一番端に戻り、座った。沼田の家族らしき人はだれも来ていなかった。病院の関係者もおらず、彼女はただ一人きりだった。心細くないのかと聡子は思ったけれど、でも長い間現場で勤めてきた人だから、気持ちが強いのだろう。気持ちの弱い自分は、香織や優子への気持ちを強さに変えて、証言台に立とうと決めた。

証言台に立つと、両膝が震えてきた。血圧が一気に上昇した時のように頭の中が熱くなってくる。宣誓文を読み上げる時に、用紙を持つ手がひどく震えているのがわかり、声も上ずっていた。恐ろしい場所に来てしまった後悔と、ここで踏ん張らないでどうするという自分を叱咤する気持ちが混ざり合い、動悸が早くなってくる。

「あなたが今回、この裁判を起こされた理由を簡単に述べてください」

芳川がゆっくりとした口調で問いかけてくる。何度も練習した言葉が聡子の口から自然に流れ出てくると、張り詰めていた思いがゆっくりと解けていく。香織と優子に視線をやると、強い目が「頑張れ」と告げてきた。そうだ、今ここで私が真実を伝えなければ、もう二度と、話せる機会は訪れない。自分の身に起こった悔しくて苦しく、誰に言うこともできない辛さを聞いてもらえる場はここだけなのだ。しっかりしなくては。聡子は震える指先を包むように、両手を握り締めた。

「園原さんに質問します。あなたが初めて園原章さんと沼田和恵さんとの関係をお知りになったのは、いつ頃ですか」

「はい、それは――」

自分の身に起こった事実だけを、聡子は語っていった。視線の先は芳川でもなく、裁判官でもなく、沼田でも誰でもなかった。自分の内側を見つめていた。頭の中にある記憶を偽りなく語っていくことはそう難しいことではない。上手く語る必要はないのだ。誠実に、正直に語ればいい。そう励ます自分の声が聞こえてくる。

確かに私にも悪いところがたくさんあったと思う。夫に対して、長年連れ添ったという甘えや惰性があって、だから夫は他の女に気持ちを奪われたのだと、それは身に沁みている。夫と別れてから、二人でした会話をよく思い出してみた。娘のこと、孫のこと、老朽した家の修理のこと、病気のこと、保険のこと、墓のこと……。心を彩るような話題を、私は持っていなかった。

長く専業主婦をしてきたせいか、自分の周りのものだけで世界は完結し、満足もしてきた。定年まで働き、気がつけば何も知らない年老いた妻が隣にいただけ……夫はそんな風に絶望していたのかもしれない。でも私は、夫の絶望にも、気がつかないでいた。

ただ、私は信じていたのだ。最後まで夫と寄り添って生きていくことを、一度たりとも疑ったことなどなかった。「お父さんのことは私が一生面倒みるからね」そんな風に口に出したこともあったけれど、本気でそう思っていたのだ。

もっと楽しい話題をすればよかったのだろうか。二人で旅行に出ていけばよかったのだろうか。明るい未来について語ればよかったのかもしれない。私はたしかに、静かな終わりを見据えていた。二人で生きてきた、とてつもなく長い時間の終わりの形に捉われていたのかもしれない。それは、今、夫に対して申し訳なく思っている。

それでも、私は夫を愛していた。自分の生きてきた時間を愛するように、共に生きてきてくれた夫を愛していたのだ。

沼田を好きになったのは、夫だ。一方的に夢中になって、残された人生の時間すべてをかけたのだろう。

でも、どうして夫を受け入れたのかと、私は、沼田という人に問いかけたい。沼田は章の想いを「年老いた男の妄想だ」と表したけれど、本当にその通りなのだろう。若い女性から見れば、気味の悪い、眉をひそめるような熱い想い。だから、夫を止めてほしかった。そのまま笑いとばしてほしかった。あなたはお金だけを奪ったつもりでいるのかもしれない。でも私が奪われたのはお金だけではなく、私が信じてきた夫と、夫との時間です。一人娘の香織もまた、家族の崩壊を経験したのです。微塵となった我が家が元に戻り、夫が渡したお金がたとえ返ってきたとしても、私たち家族が元に戻ることはないでしょう。あなたは好きでもない男の家庭を壊したのです。絆を。地道に生き積み重ねてきた、大切な人生を……。

芳川の質問に冷静に答えながら、聡子はそんなことを心の中で想っていた。だがこみ上げる熱い気持ちは胸の中だけに留めておいた。

「最後に言いたいことがあれば、簡潔に述べてください」

事実関係のやりとりを淡々と続けてきた聡子に、芳川が促す。感情を抑え込みながら冷静に答えてきた聡子にとって、芳川からの最後の質問だった。「最後の質問では少しは感情的になってもかまわないですよ」事前に、芳川にはそう言われていた。「自分の悔しい思いをやっぱり伝えないと」と。

一年以上も苦しんできたのだ。言いたいことは溢れるほどだ。だが聡子は多くの思いを胸の中に沈め、

「私は、自分のこれまでの平穏な暮らしに思い上がっていたのだと思います。そのことを今深く反省しています。ですがあなたもまた、ご自分のやったことで生活を奪われ、苦しんでいる人間がいるということをわかってください。あなたはまだ若い。でも私や、私の夫は、反省した後、立ち直る時間すら少ないのです。このまま立ち直れないまま、死んでいくかもしれない人間がいることを、知ってください。不倫なんて誰もがやっていることだと、軽んじないでください。そのことで息ができないくらい苦しい思いをし、涙を流している人がいることを知ってください。私はあなたに深く反省してほしいのです」

とだけ言った。それだけ伝わればいいと願って。

芳川からの尋問時間の二十分が終わると、城山が聡子に質問を投げかけてきた。問われたことにただ正直に答えるだけなので何の細工もいらず、聡子はきちんと回答できた。

「石巻ハル江さんという女性を知っておられますか。今、園原章さんはその女性と再婚し、暮らしているようです。あなたが園原章さんの不倫相手を誤解されているということはあり

ませんか。石巻ハル江が真実の不倫相手であるのに、自分勝手に沼田和恵だと思い込んでいらっしゃるという」

「いえ、そうした誤解はありません。石巻という方はまったく存じておりません。私が元夫の不倫相手として存じているのは沼田和恵さんひとりです」

城山の最後の質問は、石巻という女性に関するものだった。聡子はためらうことなく、答える。

裁判官が自分の主張をどのように受け取ったかはわからない。だが、自分自身、嘘偽りのない言葉で話したし、もう悔いはない。そう思い息をつくと衝動的にこみあげるものがあり、聡子は、手に握り締めていたハンカチで鼻と口を強く押さえた。


「お疲れさまでした」

の声で、聡子は現実に呼び戻される。さきほど待ち合わせた弁護士待合室で、聡子は香織と優子とともに、自動販売機のコーヒーを飲んでいた。

「どうでしたか?」

優子が緊張した面持ちで、芳川弁護士の表情を窺う。

「そうですね。園原さんの主張はしっかりと伝えられたと思います」

「でも……沼田和恵は何もかもを否定してましたよね。あの……肉体関係もなかったし、父は離婚しているとも聞いていたとか。それに石巻とかいう人の名前も出てきてたし……」

香織は不安そうだった。だが聡子も同じことを考えていたので、体ごと芳川の方を向いて、彼が何と返してくるのかを、息を詰めて待つ。

「被告が否定してくることはある程度、予想できてます。準備書面の段階で、こちらの主張をすべて否定してきていたし、本人尋問でも過失を認めることはないだろうと、想定はしてました。ただ……」

「ただ?」

優子が先を急かすようにして、芳川の言葉に重ねる。

「ただ、裁判官は看護記録のことを言ってましたね。看護記録を確認していなかったのかと、被告に質問していた。それで、被告は見ていないと答えましたよね、見ていたとしても忘れている、と。それは過失とみなされる。通常は病棟の看護師であれば、患者の家族構成を知っておくことは当然だからです。看護記録も確認しないで沼田の言う、独居老人で憐れに思ったという言葉も、どこかおかしいと裁判官は考えるはずです」

芳川の言葉に、聡子たちはみんなで頷く。

「でも……こういう裁判って難しいですね」

聡子は誰に聞かせるでもなく呟く。自分にしても、沼田にしても、自分の正当さを主張していた。それを第三者の、これまでの人生でなんの関わりもない裁判官が聞いて、判決を下すのだ。嘘発見器でもない限り、どちらが正しいことを言っているのかなんて、わかりはしないのだから……。

「芳川先生が、これまでとにかく証拠を出さないとって言ってらした意味がとてもよくわかりました。主張だけ聞いていても、よくわからないですものね。私も、相手側の言い分を聞いていたら、この人は本当に何も知らなかったんじゃないかしら、主人を可哀相に思って親切にしてくださっただけではないのかしらと思ったかもしれません。実際に私が家やお金を失った当事者でなければ、もしかすると同情的にもなっていたかもしれません」

「お母さんっ」

香織が隣からそっと咎める。「何暢気なこと言ってるのよ」

「本当に、園原さんのおっしゃる通りなんです。裁判は、難しいです。ぼくだって場合によっては、加害者の弁護をすることがあります。仕事ですから。それで時には勝訴することがあります。そんな時は心が痛みます。勝訴した後に、明らかに悪いことをしただろう人間が嫌な顔をして笑っていたりするのを見るとね、たまらない気持ちになるんですよ。被害者の方に申し訳ないような……。でも実際は私だって、第三者です。人の善悪、虚偽と真実、そういうものを見抜く力はありません。話しているうちにこの人の言ってることは本当だろうなとか、善人なんだろうなとか感じるだけです。でもそれが、例えばものすごく演技のうまい、俳優みたいな相手だったらわからないですよ。私はすぐにテレビドラマで泣くタイプですから」

「じゃあ女性にも騙されちゃいますね」

優子がその場の雰囲気を和ますように、笑ってみせる。

「はい。沢井さんに……あっ、うちの事務員なんですがね、よく叱られるんですよ。DVを受けているとか、浮気されているので離婚したい、などと女性が相談にこられるんですけど、私はその手の話を鵜呑みにしてしまって。でも事務の女性から見ると、違うらしいんです」

「違うって？」

浮かべていた笑顔を消して、優子が訊ねる。

「今の女性は本当のことを言っていないですよ、安易に引き受けちゃったら後が大変ですよ、なんて叱られるんです。それがけっこう当たってまして、本当に後で面倒なことになったりするんです」

弁護士の名前を借りて、誰かを脅してやりたい、ひっかきまわしてやりたいと考える人たちがこの世には案外多く存在しているのだと芳川は声を潜めた。

「いろいろ大変なんですね」

聡子は心から同情をこめて、溜め息を吐く。

「はい。まあ」

芳川は苦笑いしていたが、つと表情を引き締め、

「でもとにかく、ぼくたちはホイッスルを吹きました。許しがたい不正に対して、真実をもって警笛を鳴らしたのです」

と競技を終えてジャッジを待つスポーツ選手のように背中を張った。

「ホイッスル……」

聡子は芳川の言葉を繰り返す。

「そうです。あとは裁きを待ちましょう」

力強く言い放つと、芳川は自分自身の言葉に、強く頷いた。

聡子の耳の奥で、ピーッという笛の音が大きく響く。晴れた芝のグラウンドで、審判が迷いもためらいもなく空に向かって吹く、明るい音だった。

「今後のことですが、今日の本人尋問について追加の意見などがあれば裁判所に提出できますが、特に何もなければ判決を待ちます。判決は、二ヶ月後の一月三十日になります」

「二ヶ月後……ですか。ずいぶん先ですね」

香織が手帳をめくりながら首を傾げる。聡子も、もっと早く判決がでるものだと思っていた。

「また何かあればこちらからご連絡します」

芳川のその一言を合図に、聡子たちは顔を見合わせて席を立った。芳川に対して口々に礼を言う三人に、彼は丁寧に頭を下げた。

裁判所を出ると、明るい空があった。朝から縮こまっていた体が、ふと軽くなる。裁判官の前で、自分は思っていることを話すことができた。沼田和恵に、無念を伝えることができた。香織や優子の前で、闘う姿をみせることができた。この闘いは無駄じゃなかったと、聡子は大声を張り上げたくなる。

「お母さん、お疲れさま。私、感動しちゃった」

香織が、聡子の肩に手を回してくる。

「結果はどうであれ、ここまできたことが凄いよ。尊敬するわ、おばさん」

優子も笑っている。

ありがとう。私、芳川先生に助けてもらいながら、ホイッスルを吹きました。世間知らずの何もできないおばあさんだけど、間違いに対してホイッスルを吹くことができました――聡子は二人にそう伝えようと口を開けたが、言葉にならない。心が泣いているのだということに気づく。声を出すと、みっともなく涙を流して泣いてしまいそうだった。突然口をつぐんだことに驚いたのか、小さな子供みたいな水っぽい視線を向けてくる愛しい娘たちに、聡子はただにっこりと頷いてみせた。

二〇〇九年　十二月

沼田和恵は、ファミリーレストランで続けて三本、煙草を吸った。小山レミに電話をかけてからもう一時間以上は経っていて、

「約束してたっけぇ？　まじ、今日だっけ、笑える。今すぐ行くから。いつものファミレスにいろよ」

一言も謝らずに電話を切ったレミとはその後、メールを送っても電話をかけても連絡が取れない。

裁判が終わってひと月近くは過ぎたものの、まだ苛立ちは続いていて、時おり爆発しそうになる。今この場所でも、ウエイトレスの立ち振舞い、喋り止まない子連れの母親たち、携帯電話を耳に挟んで食事をしている会社勤め風の男、そういった周りにいるすべてに毒づきながら、和恵は来るかどうかもわからないレミを待っていた。

ひと月前の本人尋問で裁判所に出向くまでは、裁判なんて余裕だと思っていた。「やってません」「知りません」と一貫して言えばいい。そうレミに聞いていたから、その通りにし

たのだが、決して自分に優利なように裁判が進んでいたとはとても思えなかった。園原聡子の切実な訴えがあまりに正論で、和恵は被害者面したババアの顔を殴りつけてやりたいと思った。

あの年老いた女に、おまえの旦那がどれほど私と愉しんだのか、と口汚く教えてやりたくてたまらなかった。上品ぶったあの口調と佇まいを、引き剝がしてやるのは簡単だ。裁判でのことを誰かに話したくてレミにすぐに連絡を取ったけれど、しばらく忙しくて会えないと軽くあしらわれ、やっと取り付けた約束が今日だったのに。一大事を誰にも話さず、ひと月もの間ひとりで抱えてきたことがかなりのストレスだ。唯一、章には裁判のことを話したが、このジジイのせいで自分がこんな目に遭っていると思うと腹立ちが勝り、電話を途中で切ってしまう方が多かった。章から謝られたり電話口でおろおろとなだめられたりすると、凶暴な衝動が湧いてくるのだ。

「なに。裁判勝ったってか」

突然現れたかと思うと、レミは甲高い声で大笑いしながら目の前に座った。

「ああ……久しぶり」

考え事をしていた和恵は、虚を衝かれてレミを見る。ラメ入りのスパッツに超ミニスカート、フェイクファーのコートといった相変わらずの派手な格好で、周囲の景色から浮いている。レミは大声でウエイトレスを呼び止めると、「ビール持ってきて」と叱りつけるように言った。ウエイトレスの反抗的な視線が、和恵にも向けられる。バイトでやってるのになんでこんな客に偉そうに言われなきゃいけないのだと、その目が語る。

「で、勝ったって？」

さっきと同じ質問を、レミは繰り返した。

「まだ。判決は来月」

「だってあんた、この前の電話で裁判終わったって言ってなかったっけ」

「裁判は終わったけど、判決はまだ二ヶ月先だって」

「来月のいつ？」

「三十日」

ウエイトレスがふてくされた表情で運んできた生ビールを大きく一口飲み込むと、

「なにそれ。まだだいぶ先じゃん。しかも三十日ってあたしの誕生日。ウケる」

と、レミははしゃいだ。

「あんたの誕生日なんて、どうでもいい」

「まあいいや。で、どんな感じよお」

レミに聞かれるままに、和恵は裁判での様子を淡々と話した。自分がこの話を誰かに聞かせたかったのだと、改めて感じる。悔しさや、時おり感じた怖さを、和恵はレミに語っていく。頷くことも相槌もなく、レミはにやにやとした不真面目な表情で一応は聞いているが、視線は和恵の顔に留まっておらず、出入りする客やメニューなどを行き来していた。

「で、やばいの？　負けるの？　負けたらいくら払うのよ」

和恵の話を最後まで聞くことが面倒になったのか、レミは話の腰を折る形で質問を被せてきた。彼女にとっては裁判の内容よりもどれだけの金が動くのか、それだけが知りたいことなのかもしれない。黄緑色に塗られた爪には、金銀赤色の小さな光り物がちりばめられている。和恵が彼女の爪に視線を落とした瞬間にすかさず、「クリスマスカラー」と目から十センチのところに爪を近づけられ、思わず顔を歪めてしまう。

「まだ勝つか負けるかわからないけど。まあ負けたところで二百くらいだと思う」

「二百？　二百万ってこと？　安いもんじゃん、あんたがこれまでにあのモーロクから引き出した額に較べたら」

「モーロク？」

「モーロクジジイのモーロク。そんなのわかんないの？　ばかじゃん」

唇を歪め、レミは「おいしい商売してんじゃん、和恵」と笑った。

レミに言われると、深刻になっていた自分がばかばかしく思え、気分も軽くなった。そうだ、別に負けたとしたって大した損害ではない。二百万くらいあのババアにくれてやったところで、自分はもう二千万以上の金を手にしているのだ。

「あたしもさ、和恵に協力してるよ。和恵との手引きをあたしがやってるから、あのモーロクはおとなしくしてるんだよ。家族に寝返らずに和恵側についてるのはあたしの努力のおかげだってこと、忘れないでよね」

恩着せがましくレミが言う。

「わかってるって」

和恵は答えるが、内心では、レミも自分のおかげで章から金を引き出せているのだから感謝しろよと思った。

「で、これからどういう流れになるわけ？　あたしもいつ誰から裁判起こされるかわかんないから教えといてよ、先輩」

レミがふざけた口調で訊いてくる。本当に、なんでこんないいかげんな人間が裁かれずに、自分があんなふうに尋問を受けなくてはいけないのか、不公平感が募りむかつく。だがそんなことは顔に出せない。

「まあ来月判決が出るでしょ。それでもし負けたら、控訴するかしないかを決めるんだって」

「控訴？　誰がするのさ。あんた？　ババア？　勝った側も負けた側も控訴ができるってわけ？」

「そう。判決に不服なら」

「面倒っち」

和恵も、城山からそう聞いた時には「なんて面倒なんだ」とげんなりした。

「まあさっきも言ったけどさあ。あんた別に勝とうが負けようがいいじゃん。まだ搾り取れるだけあのモーロクから金取ったらいいじゃん。モーロクが生きてるうちにさあ」

「でも負けるのは、癪《しゃく》」

私はあなたに深く反省してほしいのです――。園原聡子はそう語った。ドラマのヒロインみたいに胸を張って堂々と言い放った姿が繰り返し思い出され、そのたびに「だれが負けるものか」と嚙み付きたいような気持ちになる。章から取れるだけの金を取りつくし、それで裁判にも勝訴する。そうしてあの女に言ってやりたい。「あんたの人生は負けて終わりだな」と。

レミはもう裁判の話に飽きたのか、今付き合っている男の話を始めた。どうせろくでもない男なのだろうと思ったが、話を聞いてやらないと不機嫌になるので、見たくもない写メまで見て「イケメンじゃん」と言ってやる。稼ぎのないうだつの上がらないちゃらちゃらした男ばかりが、どうしてレミに集まってくるのか。レミといると自分の方がよほどまともで幸せに思えてくる。自分が騙しているのは今のところ章だけで、複数の人間を陥れて金を吸い上げているレミが無罪ならば、自分が有罪になりようもなかった。

「レミといると元気出るわ」

黄緑色に光る爪で携帯をいじっているレミは、上目遣いに目を合わせると、

「だろ。よく言われる」

とそれが得意顔なのかまた唇を歪めた。

「最近会ってないんだって？　モーロクと」

レミがさして興味もなさそうに訊くので、

「ぜんっぜん」

と答える。

「裁判中だからやばいし。まあうざいし」

「まだ金持ってるっしょ」

「もうないんじゃない」

先日二千万もらったことは、レミには当然話していない。和恵が儲けすぎると、今後はそれをやっかんでくるのがこの女だ。

「まだいけるって。とことんまで吸いつくせって」

「でもあのジジイにも生活があるでしょ」

「生活？　んなの、なんとでもなるって。まともに働いてきたんだから年金あるだろ。それでだめなら生活保護だよ。日本っていい国だよねえ。生活保護さまさまって」

レミは早口でまくしたてると、「もう行くわ」と席を立った。彼氏から呼び出しがあったのだという。

「また結果教えてよ」

レミが立ち上がると、腰のチェーンベルトがじゃらりと音を立てた。

支払いを終えてファミレスの外に出れば、寒さが身に沁みた。十二月も半ばを過ぎたのだから当たり前なのだろうが、気分も塞ぎそうになる。いつもならこの時期はバーゲンのことで頭がいっぱいだし、ボーナスも出ているから愉快に過ごせているのだが、今年はそんな気にもならない。それもこれも、あの園原聡子のせいだと思うと、下腹からまた黒くて熱い怒りがこみ上げてくる。

「むかつく」

口に出して呟いてみる。レミが能天気に新しい彼氏と楽しくやっていることも不快だった。自分だけがこんな目に遭っているというのが、たまらない。

「雨でも降りゃいいのに」

灰色の空を見上げた。園原聡子は今、清掃の仕事をして生計を立てているのだという。それが本当か怪しいものだが、もし事実だとしたら今も外で仕事をしているかもしれない。冷たい雨が、あの老いた女をずぶ濡れにすればいいのに。城山弁護士に訊くのを忘れていた。もし園原聡子が死んでしまえば、この裁判は決着を迎えずに終わりになるのだろうか。だとしたら長引かせるのも手だな。なんせ園原聡子は六十七歳なのだ。自分よりも二十近くも歳上なのだ。裁判が長く続いているうちに気力が失せるということもあるに違いない。そう考えると少しだけ、気分が上がった。

家に戻ると、食欲を刺激する濃い匂いが漂ってきた。台所で星也がカップ麺を作っている。

「またそれ？　今スーパー寄ってきたのに」

和恵は帰り道の途中で買ってきた食材を、星也の目の前に掲げた。星也は一瞥すると、

「おれの飯はいらねえって前から言ってるだろ。そのぶん金寄こせって。早く金の用意しとけよ、これ食ったらすぐ出てくから」

と舌打ちする。このところ和恵の作った食事はほとんど食べず、自分の好きなインスタント食品をコンビニで買ってきては食べている。朝も昼も夜もインスタント食品か外食で済ましているせいか、腹回りにでっぷりと脂肪がつき、トレーナーの上からでもわかるくらいだ。

「出掛けるってどこに？」

うんざりしながら和恵は訊いた。同世代の友人たちは仕事を持って働いているはずだ。平日の昼間から、どこへ出掛けるというのだろうか。

「関係ねえだろ。ほら、金」

「金？　なんでおまえにやらなきゃいけないのよ」

「ボーナスだよ。出たんだろ？　息子へのクリスマスプレゼントだよ、ほら」

和恵の喉元に差し込むように、威圧的に手のひらを出して星也が金をせびる。大柄の星也

にすごまれると、息子ながら身がすくむような気持ちになり、和恵は、

「なんだよ。その態度は」

と言いながらも財布を手にとってしまう。一万円札を一枚抜き出すと、星也に財布ごと奪われ、入っている札をすべて抜かれてしまった。諭吉だけではなく英世も。

「なにすんだよっ」

思わず金切り声が出た。

「有り金全部持ってかれたら、家のもの買えないでしょうが」

「銀行行って下ろしてくりゃいいだろ」

「そういう問題じゃないでしょ。あたしが稼いだ金を、働かないあんたがなんで使うのかって問題でしょうが」

「うざい。黙れ」

星也は恐ろしいほどの目つきで睨みつけると、そのまま背を向けて家を出て行った。カップ麺の中身は、まだ半分くらい残っている。

星也が家を出ていくと、自分の部屋から雷輝が出てきた。家にいるとは思っていなかったので、黒い影がのっそりと台所に入ってきた時、「ひゃあ」という声が漏れ、身が縮んだ。

「あんた……いたの。学校は？」

いかにも今起きたという様子であくびをしている雷輝に訊いた。

「早退」

「なんで？　具合でも悪かったの」

「関係ねえし」

いろいろ問い詰めて雷輝にまで怒鳴られたのではたまらないと思い、それ以上は訊かなかった。フリーター、ニート、パラサイト……そんな洒落た言い方では覆いきれない星也の地に落ちた現状に較べるとまだ、雷輝の方が数段ましだった。「息子は高校生」と、人に言えるだけ。雷輝は高校を卒業したら進学しようとする気持ちもあり、和恵にとったら家庭の中の唯一の希望だった。雷輝の学費を稼ぐためだと思えば、まだ働く気力は残っている。この子だけは星也のように、社会の落伍者にしてはいけない。

「今日塾は行くのよね？」

「わかんね。その時間になってみないと。行きたくなかったら行かねえし、まあ適当。今日飯なに？」

「オムライスにしようかと」

「ふうん。早く作れよ」

フライパンにバターを落とすと、いい匂いがしてきた。振り返ると、雷輝はテーブルの前に座ってDSをしていた。必死の形相で、でも静かに指を動かしている姿を見て、雷輝と自分だけの二人家族だったらよかったのにとつくづく思う。穏やかな母子家庭に憧れる。星也も旦那もどこかへ行ってくれたらどんなにせいせいするか……。

出来たての湯気があがるオムライスを皿に乗せて出してやると、雷輝はゲーム機から目と左手を離さないまま器用に食べ始めた。自分のぶんのオムライスも作って、和恵も椅子に座る。ゲームの電子音だけが、食卓に響いている。

「星也にいくらやったの？」

ゲームに負けたのか、大袈裟にわめき悪態をついた後、雷輝が上目遣いに睨んできた。食べ残してあるオムライスをスプーンでかき集めて口に入れている。スプーンが皿を打つカチャカチャという音が耳障りだ。

「いくらって？」

「さっき金渡してたじゃん」

「……一万くらい。クリスマスプレゼントとして」

「おれもくれよ。それとクリスマスプレゼント、新しく出たスマホにして」

「高いんでしょ？」

「八万くらいじゃねえの。現金でくれたらいいし。おれ自分で買いにいくから」

「そんな高いの買えない。あんたの塾代だってばかになんないんだから」

さっきの星也と同じように、手のひらを差し出してくる雷輝は疎ましい。どうしてうちの男たちはみな、自分から金をせびるのだろう。母親がどんな思いをして毎日働いているのか、知ってるのだろうか。汚物や嘔吐物の掃除、膿の臭いがする体の清拭《せいしき》、痰の吸引、遺体の後始末……どの仕事ひとつをとっても、できやしないだろう。だがそれを言うときまって「それがおまえの選んだ仕事だろうがっ」と嫌な顔で言い返される。

「おやじと星也が話してたぞ。おばはんからはいくらでも金が取れるって。おばはんは今、金持ちの愛人がいるからって」

雷輝が薄い唇を三日月に吊り上げ、和恵をじっと見つめてくる。

「なによ。それ」

「だから、二人で話してたんだって。おれは何も知らないよ。聞いてただけ」

和恵はすべての動作を止めて、立ち尽くしていた。星也と敏夫がそんな話をしていた……？

「ま。おれはどうでもいいけどね、そんなことは。ただスマホが欲しいだけぇ」

立ち上がると、

「コーラ買ってある？」

と、雷輝は冷蔵庫を開けて訊いてくる。和恵が何も答えないでいると、

「ないじゃん。買っとけって言っておいただろ」

と不機嫌な声を出した。それでも和恵が何も話さないと、舌打ちをしてダイニングから出て自分の部屋に戻った。和恵は近くにあった椅子に座った。動悸がおさまるまで、息を吸い、

吐き出すを繰り返した。なんでばれたんだろう……。

思えば、敏夫の様子がおかしかった。いつもは和恵のことにまったく無関心で、無視をするのではなく見えていないのではないかというような態度なのに、この前、性交を求めてきた。その時の敏夫の目つきは、珍しいものを見るような、気味の悪いものを見るような、そんな類のものだった。性悪のあいつのことだ。和恵に愛人がいることを知って、むしろおもしろがっていたのだろう。夫婦の間にはもう愛も情もない。敏夫は五十がらみの女の情欲に、ただ興味を持ったに違いない。他の男と寝てる妻を試してみたかったに違いない。和恵はいつしか獣のように唸っていた。それでこっちは性病をうつされたのだ。

「くそっ」

辱められた。自分がばかにしているはずの亭主にばかにされ、和恵の内から抑えようのない怒りが湧いてくる。

「さすがにもう……張りはないなぁ」

和恵の上に乗っかった敏夫の、含み笑いが思い出される。あの男は確かめていたのだ。和恵にまだ女としての価値があるかどうかを。そして自分が価値無しと判断した妻に愛人がいることを、心底笑っていたのだろう。

「なんであんな男と一緒にいるんだろう」

自分が惨めでたまらなかった。あんなクソみたいな男とずっと夫婦をやっている、貧乏くじを引いてしまった自分が可哀相でならなかった。

「ああ……まじ離婚したいっ」

和恵は思い切り叫んだ。雷輝の部屋にまで届く声だった。これまでも百回以上考えたことだったが、どうして自分は実行せずにいたのだろう。ばかばかしい。もっと早く離婚していればよかったのだ。慰謝料も養育費も請求しないのであれば、敏夫はきっとすぐに離婚に応じるに違いない。

「離婚だ、離婚」

和恵はすっきりとした気持ちだった。離婚すれば星也も捨てられる。もう充分に成人した星也を養う義務はなく、次は星也の部屋のないマンションを借りればいい。星也には「一人で生きていきなさい」と、説教めいた口調で言えばいい。きっとその場で暴れ、罵倒されるだろうが、その一回限り我慢すればいいだけだ。星也が敏夫との暮らしを選ぶラッキーだってあるかもしれない。

このマンションの名義を敏夫にしておいてよかった。これからまだ三十年近くもローンが残っているのだ、給料の大部分を遊びに費やす敏夫が、一人で払えるわけもなく、いずれ手放すことになるだろう。そう思えばこのマンションから出ていくことも、さほど悔しくはない。もともと章から絞り取った金をローンの支払いに当てこんで買ったマンションだった。

良い考えばかりが頭の中に浮かんできて、嬉しくなる。何より自分には金がある。これからだってまだ章から金を取れるはずだ。興奮していると、下腹が痛くなってきた。クラミジアがまだ治りきっていないのだろうか。尿道の辺りがしゅくと沁みるように痛み、和恵は股間に手をやった。

自分の離婚は、園原聡子を攻撃する材料になるだろうかと、ふと思う。園原聡子が言いがかりをつけたせいで、うちも夫婦仲がおかしくなり離婚に至った。城山弁護士に、そういう文書を書いてもらおうか。そうしたらきっと裁判官の同情を買うに違いない。

頭の中に、園原聡子が裁判で敗訴して泣いている姿が浮かんできた。冬枯れした花が萎れるように、あの女が打ちのめされている姿だった。

「反省してほしいのです」

またあの言葉が思い出され、和恵は目を剝き虚空を睨みつけた。

だが放心していた和恵を現実に引き戻したのは、ある一つの疑問だった。敏夫が、なぜ和恵に愛人がいることを知っているかということだ。当てずっぽうに言ったのだろうか。そうではないような気がした。

これまで和恵を罵ったり、息子たち相手に悪口を言ったりすることは数え切れないほどあったけれど、「和恵に愛人がいる」ということを口にしたことはなかったはずだ。金持ちの愛人がいるから、いくらでも金がとれる……。敏夫は星也相手にそう言った。そしてあの突然の行為――。

和恵は自分の部屋に向かって駆け出し、押入れの引き戸を開けた。押入れの一番奥深くの、まったく光の届かない場所に置かれた菓子の空き箱を鷲づかみに取り出すと、中身を探る。裁判に関わる書類はすべて、この空き箱の中に入れて隠していた。捨ててしまおうかと何度も思ったけれど、後で城山に必要だと言われた時に困るからと、残してある。敏夫はこの書類を見つけたのだろうか……。そういえば思い当たる節があった。いつだったか、空き箱に入れてあったはずの書類が、外に出ていたではないか。クリアファイルに挟んだ書類を押入れに放り出しておいたのは、自分ではなかった……。

「袋っ」

見えない力に首を絞められたような気持ちになって、和恵は叫ぶ。裁判の書類なんかどうでもいい、袋だ。

押入れの中に上半身を突っ込み、二千万の入った白いスーパーのレジ袋を探した。袋が開かないように口をガムテープでしっかり貼り付けてあるはずの、スーパーのレジ袋を……。押入れの中の狭いスペースで、和恵は這いずり回る。記憶していた場所に袋がなかったので、地面の匂いを嗅いで歩く犬のように、目線を低くして隅々まで探した。

「……ない、ない、ないぃぃっ」

押入れの物を、次々に床に落としていく。さほどの荷物がないので、押入れが空っぽになるのに三分ほどしか、かからなかった。

「ぎゃあっ」

悲鳴を上げていた。まさかという気持ちが、やっぱりという気持ちにとり変わっていく。

それと同時に、もしかしたら自分は金を銀行に預けに行ったのではないかと思えてきた。大金なので家に置いていたら危ないと懸念し、いくつかの銀行に振り分けて預金したのではなかったのか。日々忙しい自分のことだ、うっかり忘れているだけで、ちゃっかりと隠していたんだったっけか。

「そうかもしれない。いや、そうだった。私、預金しに行ったんじゃん」

混乱する頭で、和恵がそう思い込もうとすると、手のひらに何かが付着した。ぎょっとして手で触れてみると、粘着性のあるものだった。

押入れの外に手を伸ばし、明るい所で見てみると、ガムテープだった。袋の口を止めていたはずのガムテープだ。剝がされて、押入れの中で半分丸まりながら捨てられている。

「ううう っ……」

嗚咽が漏れる。敏夫が嬉々とした顔でレジ袋を抱える姿が脳裏に浮かび、虫唾《むしず》が走った。

二〇一〇年　一月

朝の十時から三時間以上、レジに立ち続けている香織は、心底冷え切っていた。仕事は三時までなので、あと二時間、頑張らなくてはいけない。一月、二月の間だけは足元に小さな電気ストーブを置いてもらえるが、さほどは温まらず、この時間帯にレジに出ている香織を含めた三人のパートはみな、寒そうな顔をしている。今日は冷凍食品が四割引になる日なので、買い求める客が多く、冷たい商品をカゴからカゴに移しているうちに指先までかじかんでくる。

もう芳川からの連絡はきたのだろうか。

客が途切れた間に、指先に息を吹きかけながら、香織は壁に掛かる時計に目をやる。

今日、一月三十日は裁判の判決が出る日だった。判決日には香織も聡子も当然裁判所に出向くものだと思っていたのだが、芳川から、

「裁判所まで来られなくともいいですよ。判決については主文が読み上げられるだけですし、わざわざ出向かれることはないです。こちらの方からお伝えしますよ。結果はパソコンに送

らせてもらいます」

と言われたので、そんなものかと連絡を待つことにしたのだ。判決は午後一時に言い渡されると聞いていたが、それまで家でやきもきしているのは苦しいので、香織はあえて仕事を入れた。聡子も同じ気持ちなのか、判決当日も休まず働くと言っていた。

お母さんも今頃気にしているだろうな。香織は心の中で呟く。今日の勤務はどこだったろう。冷えるから屋内だといいのになと、太陽がまったく出ていない窓の外の灰色の空気を見て思う。

もう一時を過ぎているから、もしかしたら芳川からのメールが自宅のパソコンに届いているかもしれないと思いながら、香織は客をさばいていった。

三時を過ぎ、仕事を終えてスーパーの裏出口から外に出ると、雪が降っていた。どうりで寒いはずだ。傘を持たない香織は、ダウンジャケットのフードを被り、マフラーを鼻の上にまで巻きつける。

勤務が終わって更衣室ですぐに携帯の履歴を確認したが、芳川からはメールも電話も届いていなかった。

香織や聡子にとっては人生を賭けた裁判だけれど、芳川にとっては仕事の一つであり、事務の人にとってもそうだろう。だからそんなにすぐには連絡はこない、焦り過ぎてはいけないと思いつつ、はやり立つ気持ちを抑えきれないでいた。

『香織ちゃん、判決どうなった？　芳川弁護士から連絡来ましたか？　また連絡ください』

受信メールを確認していると、優子からのメールを見つける。ここにも焦っている人がいると、香織は頬が緩む。

『芳川さんからの連絡はまだきてないです。でもここまできたらデーンと構えて待とうよ。なるようにしかならない。連絡きたらすぐにメールするから。仕事早退してうちまで来たりしたらダメだよ（笑）』

余裕めいたメールを作成すると、香織は優子に送信した。本当は自分だって、今すぐ芳川法律事務所に電話をかけたい気持ちだった。

『わかった。メールありがと。連絡待ってる。そうそう早退もしてられないっす（笑）』

すぐさま優子からの返信がきた。携帯をすぐ側に置きながら仕事をしている優子の姿が目に浮かんだ。

もしかすると、聡子には連絡がきているのかもしれないとふと思った。だが、聡子は仕事中は携帯を持てないと常々言っていたし、メールも打てないので、芳川との連絡は取れていないような気もする。

今にも駆け出しそうな早足で香織が歩いていると、

「香織」

と声をかけられた。聞きなれた男の声に、足を止めて周囲を見る。

「パパ？」

振り返った先に、圭太郎が立っていた。紺色のダウンジャケットのポケットに、両手をつっこんでいる。ダウンジャケットは香織と揃いのもので、香織が白、圭太郎が紺色。仲良しのペアルックを気取って購入したわけではなく、量販店のダウンジャケットが特価だったので、同じものを選んだだけだった。ちなみに綾乃のも、その店で買った。

「どうしたの」

今日も仕事早く帰ってきたの？　という言葉は喉の奥に押し留める。

「今日は月一回の夜勤の日だって。前に言ったろ」

「そうだったっけ。あ、でもどうしたの？　買い物？」

圭太郎が香織の職場に来るなど初めてのことだ。

「迎えに来たんだ。……雪が降ってたから」

「へっ」

香織はあっけにとられながらも、ポケットに入れた彼の右手の、手首の辺りにひっかかっている傘を見た。圭太郎に笑みはなく、ふてくされたような表情をしていたが、この人は照れるとこういう顔になるということを久しぶりに思い出す。

「ありがと」

素直な気持ちで、香織は言えた。

　少しだけ嬉しそうな顔をすると、圭太郎は傘を開く。透明のビニール傘が頭上を覆ったので、香織は頭を覆っていたフードを外した。

「いや実はさ、早く伝えようと思って」

歩き始めると、圭太郎が香織の顔を覗いてきた。一つの傘に二人で入るなんて何年ぶりだろうか。子供たちが生まれる前はこんなふうに歩くこともあったかもしれないが、もう遠い記憶になってしまった。歩調を合わすのが案外難しく、香織は圭太郎の腕に手を添えて歩く。

「伝えるって何を?」

「芳川弁護士からメールがきてたからさ。パソコンに」

「ほんと?」

「おお。おまえの携帯にも送られてるかもしれないとは思ったけど、もし届いてなかったら早く知りたいだろ? 判決が今日だってずっと気にしてたから」

圭太郎がポケットから手を抜くと、その手に折りたたまれた白い紙があった。パソコンのメールを印刷して持ってきてくれたのだという。

「ほら、判決内容のお知らせって書いてあるだろ」

こわごわと開いた用紙に書かれていることを、香織は声に出して読み上げる。

「上村香織様。本日午後一時に園原聡子様の損害賠償請求事件の判決が以下のように出ました。主文のみお知らせいたします。一、被告は原告に対し、金四一五万円及びこれに対する平成二十年九月一日から支払い済みまで、年五分の割合による金員を支払え。二、原告のその余の請求を棄却する。三、訴訟費用は十分し、八割を被告、その余を原告の負担にする。四、——」

読み上げているうちに指先が震えてきた。頭の中が痺れる感じと、胸が熱くなる感じが同時にやってきた。

「これって、勝ったってことよね」

香織は圭太郎を見上げて訊いた。声が上ずっているのがわかる。

「だよな。おれも何度も何度も読み返したよ。でも原告っていうのが香織のお母さんだから、そうだよなあ。やったなあ」

圭太郎が嬉しそうに笑って言うので、香織は前歯で下唇を嚙み締め、泣きそうになるのをこらえる。

「やったなあ、お母さん」

圭太郎が繰り返す。この人がこんなふうに喜んでくれるとは思わなかった。香織は圭太郎の腰に両手を回してきつく抱きしめた。

「ありがとう……」

圭太郎を見上げれば、傘を持たない方の手が香織の頭の上に載せられる。

「頑張ったからだな。お母さんと香織がよく闘ったからだよ。すごいな。おれ、正直勝てるなんて思わなかった。万が一勝ったとしても二十万とか三十万とか、そんな気休めにもならない金額を受け取るくらいだって思ってた」

香織の頭を手のひらで擦りながら、圭太郎がさらに笑顔になる。破顔した彼の目尻の皺を、香織は見つめた。

優子にメールすると、すぐさま返信がきた。

『やったあ！　本当に嬉しい（涙）おばさんの訴えが報われたことが、何より嬉しく感謝の気持ちでいっぱいです。今すぐおばさんと香織ちゃんと抱き合って歓声を上げたい気持ち。仕事終わったら香織ちゃんの家に行きます。いやいや、やっぱ早退か（笑）』

彼女のメールにあるように、本当に三人で抱き合いたいような気持ちになった。優子がいなくては、世間知らずの聡子と自分だけでは動けなかったことがたくさんある。「ありがとう」を伝えたかった。

「今日は祝杯だなあ。お母さんを労わって。おれは仕事で出席できないけど、綾乃や舞もいれて女五人のパーティーで盛り上がってよ」

圭太郎は、自分の財布から千円札を三枚抜き出した後、それをまた財布に戻して、今度は五千円札を一枚抜き出すと、

「これおれから。パーティー代の足しにしてよ」

と香織の前に差し出した。

「いいわよ。こんなに。家で作るんだからそんなにいらないよ」

月に二万しか渡していない小遣いの中からの五千円だ。

「いやいや。おれの敬意だと思ってよ」

「敬意?」

「おれ、ほんとは香織やお母さんが自分たちだけで裁判なんかやり通せないって思ってたんだよな。どうせおれんとこに面倒なことが回ってくるんだろなって。パートだけで手一杯だったのに、裁判なんて大変なこと、最後までできるわけないって」

「だから……いつも苛々してたの? だめな女と結婚したなって」

「そうは言ってないけど……。でもおれは香織を、見くびってたのかもな」

言いにくそうに口にし、圭太郎が目を伏せた。香織が、彼の言葉に対して怒るかもしれないと思ったからだろう。だが香織は少しも腹が立たなかった。その通りだったからだ。これまでずっと、人に頼ることしか考えていなかった。聡子が本気で一人で生きようとしていると感じた時、母を高く見上げるような思いになったからだ。

「ありがとう」

「なんだよ、気持ち悪いな。怒らないのかよ」

「じゃ、この五千円で思いきり贅沢しちゃおうっと。シャンパンとか買っちゃうかな。ドンペリだっけ？　あの高いやつ」

「五千円じゃ買えないよ」

おれの飯もちょっと残しといて。そう告げると、圭太郎は夜勤に出る支度を始めた。出勤する夫を、香織は玄関先まで見送った。そういえばこういう見送りを、結婚当初は毎日のようにしていたなと思い出す。「いってきます」という夫の笑顔に、「いってらっしゃい。頑張ってね」と手を振る。

圭太郎が仕事に出てしまうと、はしゃいでいた空気が凪いだ。静寂の中で、香織はさっきの判決文を読み返す。何度読んでも文面は変わらない。判決文の後には、芳川弁護士がこんなふうに書いてくれていた。「こちらの要求額である五百万円には届きませんでしたが、今回勝ち得た慰謝料は、相場を上回る額だと思います。婚姻期間が長かったことや、高齢で離婚された園原さんに対して、扶養的要素の濃い金額算定だといえます。でも、やはり、裁判官が園原さんの主張を聴き、被告の行為に悪質なものを感じての判断が加味されてのことではないでしょうか」

溜め息をつくと、涙が出てきた。

聡子や自分の苦しみを、あの無表情な裁判官は公平な裁きで理解してくれたのだと思うと、たまらない気持ちになる。お金をもらったからといって、聡子が丁寧に築いてきた人生の時間を失った代償になるわけではない。香織自身の家族の思い出が元に戻るわけではない。両親が元通りになるわけではない。でも、何もせずに不幸に潰されるよりはずっといい。突然の不幸に襲われた聡子が、ぺしゃんこのままで死ぬわけにはいかないと、自尊心を賭けて闘った裁判だ。その裁判で勝訴を得たということは、これからの人生で大きな意味があるのではないかと香織は思う。

でもやはり大きく変わってしまった聡子の生活を思うと、心は塞いだ。自分はもう家を出て姓も変わり、家庭を持っている。だから聡子と同じようには苦しみを感じられないだろう。自分と聡子は親子ではあるけれど、一番大切なものはもう違うのだ。聡子が一番大切なのは自分が築いてきた家庭であるだろうし、香織が一番大切なのは、聡子が属していない今の家庭なのだから。

なんでこんなことになってしまったのだろう。何度も考えた疑問が、幸福な気分であるはずの今また浮かんできた。一人っ子で甘えん坊の自分を優しく育ててくれた両親は、これからもずっとそのままだと思っていた。ささやかな喧嘩はしてもさほど衝突することなく過ごしてきた両親と、共に過ごす残された時間を、楽しみにしていたのだ。穏やかな時間に降りかかった沼田和恵の悪意が、香織の思い描いていたすべてを壊してしまった。そう思うと、聡子への謝罪が四百十五万円というのは安すぎるなとも思えた。

高揚したり冷静になったりを繰り返していると、明るい音が携帯電話から出た。ティンカーベルが魔法の棒を振る時のような可愛らしい音は、メール着信の合図だ。

『香織、今からそっちに向かいます！　綾乃ちゃんと舞ちゃんを保育園から連れ帰っておいてよ。そしてみんなでおばさんを迎えに行こうよ。こっちは早々に仕事終わらせることに成功しました（笑）』

メールは優子からだった。迎えに行くって……お母さんの現場がどこかわかってんのかなあ。呆れながら自然と笑顔になる。優子の勢いや明るさが、これまでどれほど助けになったか。やっぱりこの人には勝てないなあと悔しく思いながらも、香織はやっぱり優子が大好きだった。

清掃会社の事務所から出てくる聡子は、白のダウンジャケットを着ていた。街灯の下に照らしだされた母は、長時間働いた後の疲労した感じが顔にも体にも染み入っている。

「おばあちゃん」

聡子の姿を見ると、舞が一番に声をかけた。手を振っている。俯きかげんに歩いていた聡子は驚いたように顔を上げ、香織たちを見つけると、嬉しそうな顔をして手を上げた。

「どうしたの？　びっくりするじゃない」

舞と綾乃の頭に交互に手をのせながら、聡子が首を傾ける。

「優ちゃんが迎えに行こうって」

香織は優子に目をやりながら、わざと何でもないように返した。だが、

「きょうはパーティーなんだよ、おばあちゃん。早くやりたいから、優子ちゃんが、みんなでおばあちゃんを迎えに行こうって。ケーキもあるんだって」

と綾乃がその場で跳びはねるのを見て、

「あ……」

聡子が口元に手を押し当てた。なんのパーティーかということに気づいた様子だった。

「大丈夫だったの？」

「そうよお母さん。勝訴したのよ。完全なる勝利だったのよ。ね、優ちゃん」

「うん。本当によかった。すごいよ、おばさんっ。おめでとう」

優子は両手を握り締めてガッツポーズを作ると、力いっぱい頭上に突き上げた。綾乃も舞も意味はわからず、

「やったね、おばあちゃん。おめでとう」

と調子を合わせる。

「嘘……ほんとに？」

聡子はその場で立ち止まり、口元を震わせ、搾り出すような声で「よかった……」と一言だけ呟いた。

「……おばあちゃん、なんで泣いてるの？」

舞が心配そうに聡子の顔を指差し、のぞきこむ。聡子は指の腹で目を押さえると、

「泣いてないよぉ。美味しいケーキ楽しみねえ」

と舞と綾乃を見て必死に笑顔を作る。

「私、ミニクーパーで来てるの。近くのコインパークに置いてるんだ」

聡子の勤務が何時に終わるのか、いつ事務所に戻るのかを事務所に問い合わせてくれたのは優子だった。聡子を驚かせるために事務所の前で待ち伏せしようと提案したのも、優子だ。

「四百十五万円だって」

歩きながら、香織は聡子にだけ聞こえる声で囁いた。

「えっ？　なにが」

「だから、慰謝料よ。沼田和恵がお母さんに支払う金額」

「……ほんと？」

「本当よ。芳川さん言ってらしたじゃない、こういう裁判だと最高額で三百万円くらいだって。だから充分だと思う。裁判官にお母さんの主張が届いたってことよね」

「お母さんの主張……」

呟く声とともに、聡子の白い息が漏れる。聡子はそれ以上何も言わなかった。

それまで歩いていた舞が「抱っこ」と両手を伸ばしてきたので、香織はそっと抱き上げる。まだ六時になるかならないかなのに、辺りは真っ暗で、体の芯は冷えていく。

「早くケーキ食べたいなあ」

綾乃の明るい声が、冬の夜に灯る。

「ねえ食べたいね」

香織の腕の中の舞が、さらに明るい声で応えた。

「よし。じゃあ急いで帰ってパーティーにしよう」

優子の声は冷たい夜気を跳ね返すくらいの熱があった。空に大きな白い月が煌々と浮かんでいた。

二〇一〇年　二月

和恵は、もう二十分近く城山を待っていた。アポを入れておいて二十分も待たせるなんてどういうことだと、腹の中で何度となく怒鳴っている自分がいた。忙しい身なら少々遅れても許されると思っているのか。この事務所にとったら金を払っている自分はお客様じゃないのか。大切な客をこんなに待たすなんて。苛々を抑えるために煙草を吸おうと火をつけてふかし始めたところに、

「申し訳ありません。この事務所は禁煙なんです」

と小奇麗な身なりをした若い女の事務員がやってきた。申し訳ないなんて言ってるくせに、感情がこもっていない。

和恵は無言で立ち上がると、事務所を後にする。禁煙というのなら、外に出るしかない。怒って帰ったと事務員から城山に報告されたらまずいと思ったけれど、バッグを椅子の上に残してきている。あの事務員がよほどのバカでなければ、城山が来たら、和恵を呼びにくるはずだ。

苛ついて外へ飛び出したものの、あまりの寒さに、煙草を吸い終えるとすぐに事務所の中に戻った。口の中に苦い味が広がり唾を吐き出したくなったので、玄関の側にある化粧室に駆け込む。掃除の行き届いた化粧室の洗面台の前で、搾り取るように口の中の唾を集め、思い切り吐いてやる。

「どういうことなんですか」

城山がソファに腰掛けると同時に、和恵は切り出した。

城山から敗訴の連絡を受けたのは、先月三十日のことだ。敗訴を告げられたこと自体もショックだったが、そのことについて城山が悪びれてなかったことに、腹が立った。高い金額を支払って弁護をさせているのに、四百十五万という大金を請求されることになったのは、弁護士の腕が悪いということではないか。どれだけそのことをなじってやろうかと思ったが、この先弁護士を変えるのも面倒だし、怒らせてもまずいと言葉を飲み込んだのだ。

「どういうこと、と申しますと」

城山が、低い声で訊ね返してきた。にこりともしない細い目は不機嫌そうで、和恵を煽《あお》る。

「敗訴。しかも四百十五万の慰謝料を支払えってどういうことなんですか。そんな大金、ありえませんよね」

本当は、敗訴を告げられた日に城山に食ってかかりたかった。だがしばらくスケジュールがいっぱいで、一番早くアポを取れるのは二月に入ってからだと告げられた。そんなに待てるわけがないと和恵は食い下がったが、おそらくさっきの事務員だろう電話の向こうの女の声が、「予定が詰まっていて無理だ」と事務的に返答してきた。

「とにかく、城山弁護士に代わりなさいよ」

和恵はそれでも、電話を切らなかったのだ。

病院だって、いくら予約がいっぱいだからといって、検査や手術予定にまったく隙間がないわけではない。著名人だとか、偉い人間の知り合いだとか、よくわからないコネだとかで、もうどこにも入りきらないはずの予約の中にごり押しで入ってくる患者はいる。「無理だ」と断られるのは一般の人間であって、自分のように緊急事態の客なら隙間に入れてくれたっていいじゃないかと和恵は憤った。

しかし「城山は出かけている」の一点張りで、結局今日の約束が最速となったのだ。

「このまま私に四百十五万もの大金を払えということですか。そもそも、なんでこんな負け方するんですか」

だが城山を怒らせてはこちらの損だと思い、和恵はしおらしい声を出す。なんとかしてこの弁護士の同情を引けないだろうか。

「敗訴の理由は、お渡しした文書にある通りです。園原章を独身と信じていたというあなたの主張は、あなたのご年齢や社会経験からすると、章の話を真に受けたことに過失があるとみなされています。さらに看護記録を確認していないとあなたが言ったこと、これは致命的でした。看護師が入院患者の記録に目を通さないことなんてあり得ませんからね」

「じゃ、じゃあ石巻ハル江のことは？　章の再婚を裁判官は何とも思わなかったの？」

「効果なかったようですね。原告が石巻を知らないと言った言葉を、裁判官は信用したみたいです。もしこの判決を受け入れられないというのであれば、控訴ができますが。判決から十四日以内であれば、判決に不服があるとして控訴をすることが可能です。どうされますか。控訴されますか」

表情のない城山の顔からは、この男の考えていることがまったく読み取れない。淡々と機械的に話すので、自分の感情の持って行き場がない。この男には依存することも、反発することもできない。

「控訴しなければどうなるんですか」

「判決を承諾することになります」

「控訴したらどうなるんですか」

「判決を覆《くつがえ》すことは難しいでしょうが、慰謝料の減額はもしかするとあり得るかもしれません」

「じゃあ控訴します」

和恵は即答する。

「でも控訴しても、減額されない場合もありますよ」

感情の滲まない声でそう告げると、城山は「損害賠償請求事件」と書かれたファイルを指先で捲り始めた。

「控訴して減額されることもあるんですよね」

「まあ場合によってはです」

「じゃあ控訴します。しなかったらまるまる四百十五万でしょ。そんなの払いたくないし。それなら控訴するしかないじゃないですかっ」

不満に満ちた声を城山にぶつけた。だがそんなことをしても城山はまったく動じていない。ちっ、このハズレ弁護士。和恵は胸の中で毒づいていたが、こいつに頼る以外は今は手段がないので、愛想笑いを浮かべた。

「じゃあ控訴ということで。あと、強制執行停止の申し立てもしておきましょうか」

城山が上目遣いに訊いてくる。

「強制執行停止の申し立て？」

「この前の判決の中に仮執行宣言を付す、という一文があったと思います」

憶えていないので和恵は首を傾げる。

「その仮執行宣言というのは、慰謝料をきちんと支払ってもらえるように、原告側があなたの預金だの貯金だの病院で受け取る給料だのを仮に差し押さえすることが可能だということです」

「そんなことされたら私困るじゃないっ」

悲鳴のような情けない声が口から漏れた。

「強制執行停止の申し立てが裁判所に受理されれば、そうした差し押さえを控訴判決が出るまで停止できます。だから控訴を考えた時にはまずそうした申し立てをするのが一般的です」

「じゃあしてください。一般的なら普通はするでしょ」

「ただですね、その申し立てには供託金が必要です」

「供託金って？」

「まあ裁判上の保証供託というのは、当事者の訴訟行為や裁判上の処分によって相手に生じる損害を担保するためのものです。今回の場合、こちらは原告の強制執行を停止させるわけですから、そのことによって原告が不利益を被らないようにということです。まあ担保ですね、裁判所に納める」

城山の説明はさっぱりわからなかった。外国語を聞く程度の軽さで、和恵の頭の中を滑っていく。

「いくらくらいかかるんですか？」

うんちくはいい。大事なのは金がいくら必要かということと、その金が確実に自分のもとに返ってくるかということだ。

「そうですね。今回の件だと二百五十万前後ですか」

「でも担保だから後で戻ってくるんでしょ」

城山の目を見据えて訊いた。コインロッカーの百円玉みたいなものか。返金制のロッカーは百円を入れて鍵をかけ、鍵を開けた時にまた戻ってくる。どうせただなのだとしたら。鍵をかけた方が絶対に得だと常々思っている。

和恵の迫力に呆れたのか、城山は一呼吸置いた後で、

「ええ。まあ」

と歯切れ悪く答える。

「ですがこの供託金は……」

城山がまだ何か言葉を繋ごうとしたが、

「じゃあそうしてください。控訴と強制執行停止をやってください」

理解しがたい説明をこれ以上聞くのが不快で、和恵は城山の話を切った。専門用語を並べたてられても理解できないのなら、時間の無駄だ。和恵は手術前の医師の説明に苛立つ患者の気持ちはこれだな、と思いながら席を立つ準備を始める。

すると城山の方が先に立ち上がり、

「わかりました」

と呟いた。そして、控訴から五十日後くらいまでには原告に控訴理由書を送らなければならないので、後日その打ち合わせをしようと口早に言った後、

「では今日はこれで。弁護士費用の加算につきましては、明日にでも請求書をメールにて送付します」

と軽く会釈して部屋を出て行った。この能無し弁護士がっ。和恵はスーツの後ろ姿に向かって、心の中で毒づく。


法律事務所を出るとすぐに、和恵は携帯を取り出し、章に電話をかけた。裁判中なので会うことはよくないとわかっているが、連絡を取らずにはいられない。自分が怒りをぶつけられる相手は章しかおらず、今さっき城山から取られた、誠意の無い冷たい態度の責任は、章にあると思った。

電話をかけると、ワンコールで章が出てくる。今日は休みなので会おうと、数日前に和恵

の方から連絡を取っていた。

「もしもし。私ですが」

声のトーンが上がらないまま、和恵は話す。

「ああ和恵さん。用事終わった？　いまどこ？　私はもう外に出ていつでも向かえる状態ですけど」

上ずった章の声は喜びが滲んでいる。こっちがこれだけ苦労してるのにと、和恵は舌打ちしそうになるのをぐっと堪える。

電話をしながら歩いていると、前と後ろに小さな子供を乗せたママチャリとぶつかりそうになった。まだ若い母親を睨みつければ、母親が慌てて自転車から降りる。

「じゃあいつものホテルでいいかな。部屋を取って待ってますから」

和恵が数秒黙っていたことを、思い悩む沈黙と捉えたのか、章が甘さを交えた慰めるような声を出してきた。

「タクシーで来たらいいよ」

そう言う章の言葉に無言で電話を切ると、和恵はタクシーを探す。初めからタクシー以外で出向くつもりなどない。足の悪い老人を乗せて来たタクシーがちょうど目の前に停まり、老人が降りてしまうのを待って、和恵はタクシーに乗り込んだ。車内は暖房が利きすぎだった。

久しぶりに会う章は、以前より数キロ痩せたかに見えた。顔色も悪く、肌艶もくすんでいる。水分が抜け切った蜜柑のように萎んだ老人は、和恵が常日頃接している患者のように弱々しい。

「元気だったかい？」

よろよろとした足取りで章が近づいてくると、思わず体を引いてしまった。皮膚のシミが、腐りかけのバナナに浮かぶ斑点のようだ。

「元気でもないですよ。裁判が大変で」

素っけなく返し、和恵は備え付けの小さな冷蔵庫を開ける。急にアルコールが飲みたくなった。普段は飲まないウイスキーを取り出してグラスに注ぐ。氷を入れなくても充分に冷たく、章も止めようとはしない。喉にウイスキーを流し込むと、体内の血液の温度が上昇してくるのがわかる。喉が熱くなり、胸が熱くなり、背中のほうまで熱さが広がっていく。

「和恵さんばかりに辛い思いをさせて本当に申し訳ない」

章が両目に涙を浮かべ、和恵の両肩を摑んでくる。その手から逃れるようにして、和恵は体を引いた。

「どうしたらいいのか、何でも言ってほしい。私にできることはなんでもしていきたいと思っているから」

「電話でも言いましたけど、私、裁判負けました。園原聡子さんに四百十五万支払えって。通常、不倫裁判で愛人が妻に支払う慰謝料は百万から二百万なんですよ。それが私は四百十五万です。なんですか、私そんなに悪いことしました？」

声がだんだん大きくなっていくことに気づきながらも、和恵はそれを止めることはできなかった。

裁判所で行われた本人尋問の時も、自分は惨めだった。職場には「雷輝の高校の面談があるので」と休みを申請し、家族には仕事にいくふりをして家を出て来た。城山は初めからやる気のない風情で、自分がどれほど力説しても顔色ひとつ変えることなく事務的に受け答えする。敏夫は和恵の窮地を知りながら二千万もの金を持ち逃げし、何を言ってくるわけでもなく、息子たちには不潔なものでも見るような目で蔑まれ……。自分をそそのかした張本人のレミは、和恵の境遇をせせら笑っている。誰一人味方のないまま、自分はたった一人であの席に立ったのだ。

「園原さんのせいよ。私がこんなになってしまったのは、あなたのせい」

四百十五万は当然章に出させるにしても、それだけでは全然足りない。敏夫と離婚した後も悠々自適に暮らせるくらいの金を、貰っておかなくてはならない。あといくら出せるのか、それが訊きたい。

「私、悔しいのっ」

ウイスキーが体に回り、演技なのか本気なのか自分でもわからなくなってきた。「悔しい」「悔しい」と繰り返しているうちに、涙が浮かんで溢れ出した。涙が出てくると、嗚咽が聞こえてきた。章が泣いてるのかと一瞬思ったが、自分の口から低く長引く声が漏れている。

「ごめんなさい。ごめんなさい。ぼくが……こんなことできるような器もないのにあなたを好きになってしまったから悪かったんです。すべてぼくのせいです」

章が自分の体を抱きしめてくるのがわかる。乾いたロープを巻きつけられたような感触だった。

頭が良いわけでも、運動ができるわけでも、容姿が目立つわけでもなかった少女時代。クラスメイトや先生に特に好かれることもなく、和恵はただそこにいる存在だった。クラス内でいじめが始まれば、いじめの首謀者に嫌われないよう、気に入られるよう振舞った。孤独だったわけではない。和恵と似たような何の取り柄もない、かといって性格が良いわけでもない、表では地味な裏では陰湿な仲間とつるんで、そこそこ楽しかったことを思い出す。

和恵を心底好きになってくれた人間は、ずっといなかった。両親ですら和恵のことをただそこに居る存在としか見ていなかったのではないだろうか。食べていくことだけに必死で、子供の気持ちを考える余裕のない人たちだったから、それは仕方がないことなのかもしれない。

「なんで私がこんな惨めな場所にいなきゃいけないの。悔しい。悔しい……」

和恵は、章に訴える。結婚しても全然幸せではなかった。息子たちが生まれ、他の母親と同じように幸福感に満たされ、将来を夢見たこともあった。でもそれはほんの短い期間だけだった。子供が生まれてもろくに生活費を入れない夫のせいで、幸福感は生活費を稼ぐために働く忙しさにかき消され、将来の夢は、思い通りに育たない子供たちが潰してしまった。子供を愛おしいと感じる気持ちですら、家に帰ってこなくなった夫を思うと危なげな感情に変わっていき、逆に子供に辛く当たるようになってしまった。

「章さんにもっと早く出会っていればよかった……」

章の胸に埋めていた顔を上げて、和恵は言った。本心だった。あんなひどい亭夫にしがみついていたせいで、こんな人生になってしまった。それでも、一人で生きていく自信はなかったのだ。もっと早く、誰かがこうして真剣に自分を愛してくれたのなら、私は人生を変えられたに違いない。章をこれほどまでに虜《とりこ》にした自分の女としての魅力に、気づかなかったことが悔やまれる。

和恵の言葉が響いたのか、章の手に熱が込もる。唇を近づけてくるが、酔いが回っているおかげでそれほど苦もなく受け入れられた。

体を撫で擦られると、下半身が痺れた。誰でもよかったのだ、自分は誰かに抱きしめられたいと欲していたのだ、もう何十年も優しく扱われることに飢えていたのだ。

和恵が積極的に動くと、章もまた力を増してくる。

「和恵さん、できるかぎりのことはしますから」

できるかぎりというのは、いくらくらいの金額だろうかと和恵は考える。あとどれくらい章の預金高が残っているのかとダイレクトに聞いてみたかったが、それはいけないと頭の中で舌を出す。敏夫に二千万持っていかれた悔しさをふと思い出し、章の背中に回した腕に力を込めた。

二〇一〇年　三月

今からやってくる依頼人のために、沢井涼子はエアコンの設定を三度、上げた。三月に入ったとはいえまだまだ冬の寒さは続いていて、仕事中も膝にショールを掛けなければ体が冷え切る。芳川は「雪でも降りそうな空ですね」と言いながら、ダウンジャケットを着たままパソコンに向かっている。

「園原さん、四時でしたよね」

壁に掛かった時計を見ながら芳川が訊いてきた。

「はい。四時です」

机の上に立ててあるカレンダーを確認して、涼子は答える。卓上カレンダーには日々の予定を書き込んでいた。

聡子から慌てた声で電話がかかってきたのは、昨日の夜七時を過ぎてのことだった。裁判所に提出する急ぎの書類があり、普段はほとんどしない残業を昨日はしており、ようやくパソコンを閉じて家に戻る支度をしている最中に電話が鳴った。営業時間の六時は過ぎていたし、芳川は外出していたので、電話には出ないでおこうかと思ったのだが、ナンバーディスプレイに浮かび上がった電話番号には覚えがあった。

「あ、園原さんだ」

涼子は留守電を解除にして受話器を取った。

「はい。芳川法律事務所です」

いつものように電話に出ると、

「すいません。遅い時間に」

と恐縮するか細い声が耳に届く。

「すいません、芳川弁護士はいらっしゃいますか」

「申し訳ございません。芳川はただいま外出しております。私は事務の沢井と申しますが、私でよければご伝言など承りますが」

すいませんと口に出すたびにお辞儀をしているような気配に、涼子はより一層丁寧な対応を心がける。

「あ……事務の方ですか。あの、今さっき郵便局で特別送達という封書を受け取りました。あ、横浜地方裁判所から届いたものです。私、仕事に出ておりまして、不在伝票がポストに入っていたんです。見ると裁判所からだってわかりましたものですから、慌てて郵便局に受け取りに行ってきました。あの、夜間とか休日に受け取れる窓口です。それで開けてみますと強制執行停止決定申立書というのと、強制執行停止決定という二通の書類が入ってました。よく読んでもあまり意味がわからなかったのですが、控訴と書かれてたものですから……」

聡子の動転する様子が、電話越しに伝わってくる。事務所で芳川と話す時には決して口数の多い婦人ではないのだが、とにかく自分に詳しく説明しなくてはと気負っている感じが痛々しい。

「園原さん、大丈夫です。その通知はこちらも存じております。芳川が充分に目を通した後にご連絡を差し上げなければと思っておりました。ご連絡が遅くなり失礼しました」

「ああ、芳川さんのところにも届いてるんですか。ご存知なら……よかった」

電話の背後から、車のクラクションや救急車のサイレンまでもがかすかに聞こえてくる。

「園原さん、今外におられるのですか」

「はい。郵便局からの帰り道です。家に着くまで待てなかったんです、封筒を開けるのを。それで開けて郵便局の窓口の前で中身を読んで、そしてこうしてお電話差し上げています」

「そうでしたか。お寒いですね。明日、お時間おありですか？　ご足労ですが、こちらに来て頂けたら芳川から詳しくご説明させていただきます」

「明日、いいんですか」

「もちろんです。明日はお仕事でしょうか」

カレンダーを見ながら、涼子は訊いた。初めから、聡子がどのような答えをしても、彼女の希望する時間帯にアポイントを取り入れようと決めていた。他の用事の時間を変更してでも。自分勝手な事務員だけれど。

「すいません。仕事が三時までですので、夕方四時以降くらいだと助かります」

「早い方がいいですか？　遅いと暗くなりますし」

「いえ、どちらでも大丈夫です。芳川さんのご都合の良い方で」

一度家に戻ってから出てくるよりも、仕事が終わったその足で事務所に寄る方が聡子が楽ではないかと涼子は思い、

「では、四時でいかがですか」

と訊いてみる。四時半に銀行の融資係がやってくる予定だが、どうせいつもの営業だと思う。芳川も乗り気ではないくせに断れず、「話だけでも聞いてください」と押し切られてい

るのだ。銀行さんにはまた別の日に来てもらうことにしよう。

「四時、大丈夫です。ありがとうございます」

「じゃあ四時にお待ちしてます。……今から歩いてお帰りですか」

「はい」

「遠いんですか、郵便局から園原さんのお宅まで」

「いえ。二十分くらいでしょうか」

「どうぞ、気をつけてお帰りくださいね」

受話器を置くと、夜の寒さに身を縮めて歩く聡子の姿が目に浮かんだ。

自分が車を運転しているのであれば、家まで送ってやりたい気持ちになる。でも自分は車を持っていないし、維持できる経済力もない。車を所有する多くの人たちは、車を持たない者の移動の大変さを知らないのだろう。

「四時、園原聡子さん、と」

涼子はカレンダーに書き込んだ。そして銀行の融資係の名刺を探し、携帯電話に直接かけ、明日の予定のキャンセルをお願いした。融資係はいつもの爽やかな声で「わかりました」と応え、涼子の気持ちを軽くしてくれる。

「すいません。園原です」

入り口のドアが開き、聡子が現れる。髪に水滴がついていたので窓の外を見ると、雪が降っていた。

「お待ちしておりました」

芳川が椅子から立ち上がり、頭を下げる。

「外、寒そうですね」

涼子はタオルを手に聡子に声をかけた。近づくと、水を含んだ部分のコートの色が変わっている。聡子の全身から、冷気が立ち上がってくる。

「ええ。三月とはいえ寒いですね。なんか冷たさで麻痺してしまって、口もうまく動かないくらいです」

手のひらを擦り合わせて、聡子が微笑む。脱いだコートを、涼子はハンガーにかけて暖房の風が強く当たる場所を選んで吊るした。

「さっそくですが、強制執行停止決定中立書と強制執行停止決定、二通の文書についてご説明します」

ソファの向かい側に腰を下ろすと、芳川がゆっくりと話し始めた。聡子はバッグの中から茶封筒を取り出し、中から二通を抜き取る。かじかんだ指が上手く動かず、折り畳んである用紙を開くのに時間を要した。

「まず、順を追ってご説明します。この前の判決で、園原さんが四百十五万円の支払いを沼田和恵氏から受けることになりました。この金額の内訳は、三百八十万円が精神的苦痛に対する慰謝料、三十五万円は弁護士費用としてです。この判決に対して、沼田和恵は控訴することにしたわけです。控訴というのは、ご存知かもしれませんが、判決に納得ができないので、もう一度審査し直してほしいとの訴えです。その際に、園原さんには仮執行宣言を付しています。これはどういうことかといいますと、四百十五万円を払い受けるための強制執行ができるということです。沼田和恵が支払いを拒むのであれば、給料の差し押さえ、財産の差し押さえができるというものです。ですが沼田サイドは裁判所に申し立てて、こうした強制執行を、控訴審の判決まで停止させるように申し立ててきました。これが強制執行停止決定申立書の内容です。そして裁判所はこの申し立てを認めた。強制執行停止決定が、その認めた旨を記したものです」

できるだけ明瞭に、丁寧に、芳川が話していく。聡子は理解できているのか、険しい表情で用紙を見つめている。

「あの……控訴ということは、沼田和恵は自分の非を認めていないということですよね」

「非を認めていないかどうか、心情的なことまではわかりませんが、とにかく、四百十五万円は払えない、払いたくないと思っていることは確かです。四百十五万円も支払ったなら、生活基盤が破壊されると沼田は訴えているわけです」

「芳川さんのご説明、よくわかりました。ありがとうございます。控訴され、これからまた一から闘わなくてはならないわけですね」

隠しきれない疲労を滲ませながらも、聡子の受け答えはしっかりしたものだった。落胆を必死で自身の中に押し留め、外に漏らすまいとしているのが伝わってくる。

「まあ沼田サイドがどのような控訴理由を持ち出してくるのかはわかりませんが、一からではないです。園原さん。我々は一度勝訴しているのです。裁判官が園原さん側の訴えをきちんと聞いて、判決を出したわけです。そう簡単には覆りませんよ」

「そうでしょうか」

「長い裁判を終えて、また控訴審の判決を待たなくてはならない苦しいお気持ち、ぼくにもよくわかっているつもりです。ですが裁判はこうしたことがよくあるものです。また気を取り直して頑張りましょう」

事件が終結しなかったことは非常に残念だけれど、良い情報もありますと芳川は言い添えた。それは、今回、強制執行停止を行うために沼田和恵が供託金を納めているということだった。もし控訴審で勝訴したなら、この供託金から慰謝料を回収することができるので、相手の出し渋りは回避できる。

「そうなんですね」

聡子が小さく頷く。こうした時の芳川の誠意のある気迫が、涼子は好きだった。目の前の折れてしまいそうな心をなんとかして支えようとする気持ち。この事務所で何度も目にしてきたものだが、これが決してその場限りの励ましでないことを、自分は知っている。芳川は依頼者を励ましながら、自分をまた奮い立たせ、困難なケースに臨んだ。どんな状況でも依頼を投げ出さず、依頼者を見捨てない姿勢が彼にはあった。

「園原さん、がっかりされたと思います。長く頑張ってこられたから。だから少し休んでください。裁判のことはいったん忘れて、休んでください。ぼくは休みませんから。しばらくぼくに任せていったん休憩して、また元気が出たら頑張りましょう。もうすぐ春も来ますし」

「……そうですね。ちょっと休ませてもらって……。春になったらまた頑張ろっかな」

聡子は目に涙を溜めて微笑んだ。化粧気のない目尻と頬に、幾本もの皺が寄る。「ありがとうございました。じゃあ、またご連絡いただけたらと思います」

立ち上がった聡子に向かって、涼子は、

「もう一杯」

と声をかける。「今、ちょうど雪が烈しいみたいです。もう一杯、温かいお茶を飲んでいかれたらどうですか」

せめて雪が小降りになるまでここにいて下さい、と引き留めた。聡子は笑顔で座り直し、頭を下げる。

「ありがとうございます。でも心配しないで下さい。どうしてかしら、先生にお会いすると私、気持ちがカチリと切り替わるんですよ。テレビのチャンネルを替えるみたいに……」

言葉通り気持ちを切り替えたのか、聡子は柔らかな表情を見せた。そして、「私……お恥ずかしい話ですけれど、この年齢になって初めて、真剣に仕事をしています。学校を出てからの数年は、ほんとにもう腰かけ程度の仕事で……。でも今は生活がかかってますから、それはもう必死です……」と切り出す。ゆったりと静かな口調だった。

「ある雪の降っていた日のことなんですけど……。私はスーパーでの清掃をしていました。そうしたら店長さんが、掃除はいいのでカゴを拭いてくださいと言ってきたんです。買い物カゴです。お客さんが買った商品をカートに乗せてガレージまで運びますでしょう。そしたらカートとカゴは外の置き場に置いて帰られるんです。雪がね、一気に積もるんですよ、カゴの中に。それをタオルで拭き取って、店の中のカゴ置き場に積み上げるのがその日が終わるまでの私の持ち場でした。手がかじかんで冷たくて。灰色の空を見上げると、細かな雪がまっすぐに私の顔に落ちてきて……。その時に思ったんですよ。私は人生の最後に気づかされたのかもしれないって。これまで何ひとつ人様のためになるように意識的に動いてこなかったなあと。夫と娘、弟や姪っ子……身内のことばかり考えて生きてきたんだなあと。こうしてカゴに積もった雪を拭き取ることも人様の役に立っている、仕事というのは人様の役に立つんですね。私はずっとそういう気持ちが、なかったのかもしれなかったわって」

膝の上に重ねられた聡子の手を、不躾に見つめる自分に気がついて、涼子は慌てて視線を逸らす。乾燥した指先には切り傷にも見えるひび割れがたくさんあり、血が滲んでいた。この女性の手はこんなに荒れていただろうか……。聡子の今の暮らしを物語るような手や指に、昔の自分を重ねていた。夫に愛人がいることを知り、幼い良平を連れて家を飛び出した頃の、生きることで精一杯の日々。

「でも園原さんは、真面目に生きてこられたじゃないですか。誰にも迷惑をかけずに」

「そう……でも私は自分の周りにいる人たちの幸せだけを祈って生きていたんです。自分を含めた小さな範囲だけの自分勝手な幸福を……。その報いを、この年齢になって受けているのかしらと時々思うんですよ、弱気な発言で申し訳ないですが……。あ、ごめんなさいね。こんな長話を聞いてもらって、ありがとうございます」

手のひらを合わせ拝むように礼を言うと、聡子は静かに立ち上がった。罰なんかではない。そんなふうにこの事態を受け取らないで欲しい。園原さんが……いや私たちが夫やその愛人から罰を受けなくてはならない理由などどこにもなく、ただ得体の知れない悪意に不幸にも出合ってしまっただけなのだ。真面目に懸命に生きていても、自分の欲望を満たすことしか考えない悪人たちが開けた黒い穴に、前触れもなくすとんと落ちてしまうことだってあるのだ。私たちに落ち度がなかったとしても……。涼子はそう言いたくて、聡子の目を見つめたけれど言葉にならず、雪の中に出て行く小さな背中を、ただ黙って送り出した。

「園原さん、大丈夫ですかね」

流しで湯のみ茶碗を洗いながら、涼子は言った。芳川はパソコンに向かって仕事を始めている。

「そうですね。勝訴のあとに控訴されると、誰しも落胆しますからね」

「園原さん、気丈に振舞ってらっしゃったけど……。控訴理由はなんですか」

「さあ……おそらく特に目新しい主張はないと思いますよ。四百十五万円を支払いたくない、それだけの気持ちでしょう、沼田は」

「反省なんてまったくないですね、沼田」

「そりゃそうです。反省するような人間なら、初めからこんな老人を狙うような悪質なことはしない。不貞行為ではなく、詐欺で訴えてもいいくらいだ。ただ残念なのは園原さんの元の旦那が沼田とのことを恋愛だと信じきっていることでしょう。だとしたら詐欺という線は難しい」

男女のことは複雑だと、芳川は大袈裟に首を振る。

「園原さんにもどこかで元の旦那を庇うような気持ちがあるの、ぼくにはわかるんですよ。沼田がきちんと謝罪して旦那が自分の元に戻ってきてくれれば、『金はもういい』というような思いが伝わってくるんですよ」

「それは……私にも伝わってますよ。あの人が求めているのは、お金とかそういうんじゃなくて、やっぱり以前の穏やかな暮らしなんです。園原さんという女性は家庭を大切に守り積み上げてきた人です。その暮らしを、沼田はあっけなく潰した。仕上がった美しい絵画を踏みつけるようなやり方です。沼田の仕打ちは金銭的な問題だけで解決できるようなことではありません。亡くなった人間への償いがお金ではできないのと同じです」

人が全力で築きあげてきたものを汚し踏みつけることに快感を見出す人間は、少なからずいる。何十枚もの修練を重ねてようやく書き上げた会心の習字に墨汁を垂らすような、誰より長い時間をかけて完成させた絵画を土足で踏みつけるような。そのような仕打ちは金で償えるものではない。涼子は芳川に、自分も聡子と同じで、沼田和恵に誠実な反省を求めたいのだと言った。

「それはちょっと違うな、沢井さん。ぼくは、園原さんがむしろ割り切ってくれればいいのにって思いますよ。できるだけの慰謝料を沼田から取ってやるというのを目的にしてね。ある種の奴らには金で償わせることがとても効果的なんです。真心なんて屁だと思っている奴らは大勢います。金を払わなくてすむのであれば謝罪をいくらでもする。そして腹の中で相手をばかにして鼻で笑っている。そういう奴らにとっては自分の金が減ることが一番のダメージで、金を支払う痛みが今後同じ過ちを繰り返さない薬になる場合があるんです」

聡子が求めているのは沼田の反省、改心であることは一年以上接してきて明らかだった。だがそれは絶対に無理だという確信が、こうした裁判に携わってきた涼子にもあり、芳川の言葉に頷くより他なかった。

「ここのところ、他の案件もそんなのばかりですもんね。心の苦しみを訴えるようなものばかり……」

聡子の件以外に抱えている案件も、男女関係のことが多く、涼子も疲労気味だった。自分に非があるにもかかわらず、より有利な離婚をするための相談や、結婚詐欺にあったという男性も。どれもかつてはそれなりに愛した相手とのトラブルで、相談者の感情は複雑だった。

「もう辛いなあ、愛憎トラブルは。胃が軋みますよ」

「このごろの仕事内容は、ますます先生を結婚から遠ざけますね」

冗談めかして言うと、芳川が苦笑いして視線を落とした。

「先生、私もうそろそろ帰りますが、新規の方の資料、家に持ち帰って整理してきていいですか」

終業時刻の五時半はとっくに過ぎていたが、涼子は聡子の面会が終わるまでは事務所に残っていたかった。

「あ……ほんとですね、もうこんな時間か。どうぞ帰ってください。新規って？」

「ほら、仕事中、フォークリフトに乗っていて事故に遭われた……」

「ああ。一昨日相談に来られた」

依頼者は、夫が勤務中の事故で半身不随になってしまったという五十がらみの女性だった。

事故に遭ったのはもう半年前のことだといい、保険会社からの給付についての相談だった。保険会社と契約者とのトラブルが持ち込まれるケースは珍しくない。

「そんな、家に持ち帰ってまで急ぐこともないんじゃないですか」

「でも、明日は日曜ですし」

「じゃあ月曜日でも」

芳川が気遣って言ってくれているのはわかったけれど、依頼者の深刻な表情を思い出すと、月曜には事実関係をまとめたものを芳川に見せておきたかった。

「あの女の人、高校二年と中学一年の娘さんがいらっしゃるって言ってました」

「そう……だったかな。家族構成まで頭に入ってないなあ」

「高校生の娘さんは、来年受験じゃないですか。だから保険会社と早いうちに和解して、保険給付がスムーズにいったら助かると思うんです。娘さんが受験できる大学も増えるかもしれない。年内には解決したいから、早く書類を作って裁判所に持っていかないと」

法律事務所を回るのは、うちで三軒目だと聞いていた。そして相談に来たその日のうちに「こちらでお願いしたい」と頼んできたのだ。

「じゃあ無理のない程度でやってください」

「よかった。ありがとうございます、先生」

コピーした書類を自宅に持ち帰るため、クリアファイルに挟んでいると、

「沢井さんは」

　と芳川が話を続ける。

「はい？」

「沢井さんはどうしてそんなに真面目なのかなって。どうして他人のことをそれほど真剣に思いやれるのかなと、時々不思議に思います。いや、これは褒め言葉ですが」

　自分の机の前で立ったまま、芳川が訊いてきた。こうして話す彼が時々学生のように、先生に質問する生徒のように見えてしまうのは、歳下だからだろうか。涼子は笑った。

「真面目にやることが一番の近道だなって思うからです。私みたいな不器用な人間は特に。いえ、器用な人でもやっぱり、そうかもしれません」

　自分は人生において、一度大きな失敗をしている。息子から、父親を奪ってしまった。優しい人はそれを「沢井涼子のせいではない」と言ってくれるかもしれない。けれどやっぱり、良平にとっては大きな喪失だったと思う。その、暗くぽっかり空いてしまった穴を、自分はなんとか塞ぎたい。そのためには毎日を真面目に積み上げることが一番確実なのだ。

「先生、遊園地の入場券売り場に長蛇の列ができているとしますよね。遊園地に到着して早々にそんな混雑だと、落胆するじゃないですか。早く入って乗り物に乗りたいのに。先生だったらどうしますか？　早く園内に入れるいい方法を探しますか？　別の入り口があるんじゃないかって調べたりしますか？　気の短い人だったら、もう今日はよそうなんて引き返しちゃうかもしれませんよね。私は、そんな時はすぐに最後尾に並びます。それが一番の近道で自分に合ってると思うからです。私はこれからもずっとそういうふうに生きていきたいなって思ってるんです。じゃ、また月曜日。失礼します」

涼子は会釈して出入り口のドアに向かった。その時、

「待ってください」

と芳川が思い出したように、引き出しを開ける。

何かが引き出しの中で引っかかる音がするので、

「あ。何か引っかかってますよ。無理して引いたらだめですよ。長い物差しでも差し込んで、ひっかかっている物を取ってからじゃないと」

子供のように必死で引き出しを抜こうとする芳川に、涼子は言った。涼子の言葉が聞こえているのかいないのか焦った様子で二、三度引き出しを動かすと、幸運なことにするりと引き出しが動いた。

「ああ、よかった。じゃあ、失礼します」

涼子がほっとしてドアに向き直ると、

「あのこれ……」

と芳川が引き出しの中から小さな紙包みを取り出した。

「バレンタインのお返しですが……」

芳川の小さな声に、思わず卓上カレンダーの日付に目をやると、三月十四日だった。ホワイトデーなんて、すっかり忘れていた。でも毎年、こうして芳川はお返ししてくれる。律儀な人だ。

「ああ。すいません。じゃあ遠慮なく」

たった二人きりの小さな事務所だが、世間の職場のように、涼子は恒例行事としてバレンタインにチョコを贈っていた。一時、ほんの数ヶ月だけ一緒に働いていた若い事務の女の子が「それくらいはやりましょうよ。上司とのコミュニケーションとして」と始めた行事だったけれど、彼女が結婚退職した後もなんとなく涼子ひとりで続けていた。今年は時間に余裕がなかったので、スーパーの特設売り場に並んでいたサッカーボール型のチョコを二つ買い、一つは良平に、もう一つを芳川に渡した。良平は目の前で口に入れて頬を丸く膨らませ笑わせてくれたのだが、芳川が食べたかどうかはわからない。

「いつもすいません。ちゃんとお返しをいただいて。せっかくだし、開けさせてもらおうかな」

芳川は律儀にもそうした行事につきあってくれるので、良い上司だと思う。お返しにはいつも涼子と良平二人ぶんのお菓子をくれたりする。

涼子は、郵便物の封筒ほどの大きさをした包みを開け、驚いた。箱の中で精巧な細工が施されたキーホルダーが光っていたからだ。金色の枠にはめ込まれたいくつものクリスタルの粒が、天井の小さな電球に反射して光を放っている。

「なんですか、これ」

驚きすぎて大きな声が出た。

「沢井さん、前に欲しいって言ってましたよね」

「いつですか？　私そんなこと言ってませんよ」

「ほら、廃品回収で新聞を出すからって紐でまとめてて、その中にどこかのデパートの広告があって、その広告を食い入るように見ていたじゃないですか。その時に欲しいなあって」

憶えている。たまたま見たチラシにこんな感じのキーホルダーがあった。クリスマス前のチラシだったと思う。

「欲しいなんて口にしてません。ただ、こんなキーホルダーを家の鍵に付けたら、ボロアパートのドアを開ける時に気分が上がりますねって言っただけですよ。食い入るようになんて見てないです」

涼子は思わずむきになって、芳川を見つめる。

「すいません。欲しいんだと思って」

「……でもやっぱり素敵です、可愛い。きらきらしてるし」

困惑顔で目線を下げる芳川に気づき、つまらない意地を張ったと反省する。

「でも……これはいただけないです」

たしかに芳川は毎年、自分の贈るチョコよりはるかに高そうなお返しをくれるのだが、今回はいきすぎている。十倍返しならぬ、二十倍、いやもしかしたら三十倍、五十倍近い返しになるのではないのか。この光り方は只者ではない。

「だめですか?」

「はい。高価すぎます。あのサッカーボールのチョコ、七百円くらいです。レシートお持ちですか? レシートを持っていくとこのキーホルダー、返品できると思います。こういうのは、本命チョコのお返しにするものですよ」

「……そうですか」

芳川は涼子が差し出した箱を受け取ると、小さく頷き、自分の机の上に箱を置いた。涼子はその動作を見つめながら、自分がおそらく物欲しそうにチラシを見ていたのだろうと反省する。芳川には事務員として充分な給料をもらっているのに、気を遣わせてしまった。

「すいません、先生。お気持ちだけ、受け取っておきます。やっぱりきれいですね、素敵なキーホルダー」

「いえ。これはじゃあ来年用にとっておきます。来年の、沢井さんのチョコのお返しにするってことで」

芳川は言うと、今度は丁寧に引き出しを開け、包みを戻す。涼子はしばらく首を傾げてしまったが、芳川の言葉に含まれる意味に気づき、無言になる。

「あの……では……お先に失礼します」

芳川が涼子の言葉を待つように、まっすぐこちらを見ていたが返す言葉を思いつかず、出入り口のドアを開ける。慌てている自分がいた。

「はい。お疲れさまでした。また月曜日からよろしく」

芳川の明るい声を背中で聞きながら足早に、階段を下りる。

駐車場から自転車を出してきて、ふと窓を見上げた。「芳川法律事務所」と黄色いテープで描かれている例の窓だ。曲がっていた「川」の字は沢井が入所した翌日に貼り替えていたので、今はきれいな「川」だった。

よく見ると、窓の向こう側から芳川がこちらを見ていた。芳川が笑顔で手を振ってくるので、小さく手を振り返す。こんなふうに窓越しに目を合わせるのは初めてのことだった。

二〇一〇年　四月

ビルの窓の向こうに、桜が咲いているのが見えた。聡子は思わず手をとめて、満開のピンク色に見惚れる。

「きれいやねえ」

松阪が隣で同じように手をとめて窓の外に視線を向けている。

「すいません仕事中に……」

聡子が言うと、

「いやいや、早起きは三文の得というやありませんか。われわれ早起きして掃除しているんやから、朝日に照らされた桜を見るくらい、ええやないですか」

と松阪は鷹揚《おうよう》に笑う。

今朝は六時から八時まで、都内の工場のロビー清掃の仕事が入っていた。社員たちが出社するまでの清掃だったが、比較的清潔で、ゴミ箱のゴミ捨てなどの仕事以外、さほど磨かなくてもよさそうだった。

「すっかり春ですね」

薄い作業着一枚でも、体を動かしているとじんわりと汗を掻いている。三月に較べると日差しも格段に明るくて、外を歩いているだけで清々しい。

「園原さんも、この仕事してると四季を感じますやろ」

「ええ。春は花が鮮やかだし、夏は緑が濃くって秋は紅葉。冬は枯れ木がなんとなく寂しくて……」

聡子がありきたりな四季を口にすれば、

「……春は砂埃で雑巾がまっ黒、夏は空き缶が増えて、秋には大量の枯れ葉の後始末。冬には家庭の大掃除で出たゴミがなぜか公共のゴミ箱に捨てられて……。そして一年が終わる、ですわ」

と松阪が笑う。

昨夜はほとんど眠れず、朝からずっと落ち着かなかったが、松阪の軽口を聞いていると気が紛れた。いや違う、紛れると思い込もうとしているだけかもしれない。こうしてモップを握っている手がちょっとした拍子に震えてくる。

聡子は今日、章と会う約束をしていた。

章から連絡がきたのは、三日前のことだった。四十年以上も夫婦をやっていたのに、

「もしもし」

という第一声は、本当に誰のものだかわからなかった。死者からの電話といえば大袈裟かもしれないけれど、それほどに思いもかけない出来事だったのだ。

「おれだ。……久しぶりだな」

悪びれもしない口調で章が言っても、聡子は黙ったままで返す言葉が見つからず、驚くにも声すら出せなかった。

「ちょっと会って話がしたい」

仕事から帰ってきたばかりで、まだ帽子も外していなかった。夕食に食べようと買ってき

たコロッケの入った袋を片手に提げ、聡子は数秒の間言葉をなくしたまま立ち尽くした。

「……何を今さら、話すんですか。あなたの顔も見たくないし話すこともないわ」

やっと出た声は、叫び声だった。もうずっと奥底に閉じ込めていた憤怒が抑えようのない力で外に出ていく。

「あなたよく電話なんて掛けてこられたわね。何考えているのっ。あなたのせいでこちらがどれほど迷惑をかけられているのか、わかっているのっ」

夫婦でいた頃ならありえないくらいの大声で怒鳴りつける。アパートの壁が薄いことなどもう、気遣う余裕などない。

「嫌です。嫌に決まってるでしょう。あなたの顔なんてもう二度と見たくもないし、二度と電話もかけてこないでっ」

電話を切ると、聡子は携帯電話を床に叩きつけた。鈍い音が響いて、壊れたのではないかと慌ててまた拾い上げ、待ち受け画面がまっ黒なのを見て電源のボタンを長押しした。画面がまたゆっくり起動するのを見ていると、涙が出てきた。正座をして床に座ったまま、携帯電話を額に押し付け、聡子は声をあげて泣いた。悔しくて恨めしくて、哀しくて、懐かしくて……涙は何分間も止まらなかった。

「園原さん、モップ終わったら、バキュームいこか」

松阪が大型掃除機を、犬を散歩させるのどかな感じで引いてきた。

「あ……はい」

聡子は急いでモップを部屋の片隅に立てかける。松阪が掃除機をかけやすいように、フロアにある筒型の灰皿や椅子を、隅に寄せておかなくてはならない。掃除機のスイッチが入ると、普通の家庭用掃除機の十倍ほどの機械音が、フロア中に響いた。

章からかかってきた二度目の電話では、冷静に受け答えすることができた。着信の表示を見て気持ちを落ち着けてから電話に出たからかもしれないし、最初の電話を切ってから、自分も話したいことがあると思い直したからかもしれない。

「もしもし、私です」

今度は聡子の方からこう切り出した。

「ああ……おれだけど」

こちらが待つ姿勢でいると逆に、章のためらいが伝わってくる。

「話したいことって何ですか」

「電話ではなく、会って話したいんだが」

聡子は承知した。章はいつでもいいと言ったが、聡子には仕事があったので、早朝と夕方にしかシフトの入っていない日を選んだ。それが今日だった。章は聡子が働いているということを初めて知った様子で「私の仕事のない時間帯にしてもらいたいわ」と告げると、少しだけ口ごもり何か訊きたそうだったが、結局何も言わずに黙ってしまった。

今日は八時にこのビル清掃の仕事が終わったら、企業の食堂を清掃する夕方までは、空き時間になっている。

章は、香織の家の近くにある小さな喫茶店を待ち合わせの場所として伝えてきた。

「わかりました。じゃあ十一時頃にそちらに行きますわ」

その時間ならば仕事を終えた後いったん事務所に戻り、家で着替えをしてからでも充分に間に合う。

「ねえ園原さん、今日花見でもしませんか」

掃除機をかけ終え、いったん隅に寄せた灰皿や椅子を元の位置に戻していると、松阪が声をかけてきた。元にあった場所に物品をきちんと戻しておかないと、社員からクレームがくるので、聡子が作業に集中しているところだった。

「えっ？」

眉間に皺を寄せた形相で、聡子は振り返り松阪に聞き直す。

「今日、夕方の仕事が終わったら出勤の人たちみんなに声かけて花見に行こう思てるんですわ。毎年やってるんです、うちの事務所の近くの公園でね、きれいな桜が咲くんですわ」

松阪の笑顔に頷き、

「夕ご飯持ってってですね」

と聡子は答える。

「早く事務所に戻った奴がスーパーに走ってね、買い出しして。これが案外盛り上がるんですわ」

松阪には、用事を済ませて間に合えば顔を出す、と伝えておいた。


JR鶴見駅で降りると、聡子は慣れた道を歩き自分のアパートに向かう。桜の花があちらこちらで咲いている。あの樹も桜だったのねと、思いもかけない場所がピンクに色づくのを見て気分が明るくなる。もう、一年経ったのだ……。昨年の今頃は裁判の真っ只中で、自分の置かれた状況も把握できてなくて、これからどうやって生きていけばいいのかすらわからなかった。正直に言えば今だって、どう生きていけばいいのかなんて、確信などどこにもない。でも、なんとかなるとは思えるようになってきた。それは、仕事を持つことができたからかもしれない。七十を目前にした身で、一年先にはもう仕事などできないかもしれない。それでも今はこうして居場所があるではないか。聡子の暮らすアパートが見えてきた。あそこが自分の終《つい》の住処《すみか》になるとそう思えるようになったのは、いつ頃のことだろうか。

部屋に戻ると、風呂を沸かした。正方形の湯船は小柄な聡子が足を折りたたんで入っても、窮屈なくらいだ。でも温かな湯に体を沈めると、なんとも気持ちがいい。綾乃や舞もこのままごとみたいな小さな風呂を気に入っていて「おばあちゃんお風呂わかしてよぉ」とアパートに来ると喜んで入っている。

埃にまみれた作業着を洗濯機に放り込むと、聡子は湯船に体を浸した。

「温かいわあ」

心地良さに言葉が漏れる。髪と体を洗い、埃も油もすっかり落としきると、体も心も軽くなる。髪に湯をかけると、昨夜、白髪を染めたばかりだったので、茶色い液体が流れる。

湯船の中で思い切り伸びをした。男の人のように大きく両手を上に伸ばす仕草は、一人住まいをするようになってから覚えたものだ。この伸びをすると不思議と、働いてきた疲れがとれた。この歳になって自分は「男っぽく」なってきたなあと、聡子はおかしくなった。

風呂から上がっても、寒くなかった。だからまた、春なのだなあと嬉しくなる。バスタオルを体に巻きつけ、ドライヤーで髪を乾かす。CMでみるような若い女性のような立ち振舞いも、誰も見ていないのでできる。自分は人の目を気にしないずぼらな人間になったのだろうかと時々心配するけれど、優子なんかは「ずぼらになったんじゃなくて、おばさんは自由になったのよね」と言ってくれるのだ。

ほんの数ヶ月前までは、章に自分の惨めな姿を見せてやりたいと思っていた。突然の裏切りによって、独り取り残された何も持たない老婆の姿を。どれほど非道なことをしたのか、かつての夫に知らしめ反省させたいと切に願っていた。

聡子は自分の持っている洋服の中で一番派手な若草色のスーツを着る。清掃の仕事の面接に行く時に、香織が買ってくれたものだった。パートでこつこつ働いている香織にそんなお金を出させるのはしのびなくて何度も固辞したのだが、「一着くらい勝負服持っとかないと」と買ってくれた。かつて暮らしていた自宅には何着かよそいきの服があったのだけれど、引越しの際に荷物になるからと残してきてしまったのだ。実際にこの服を着ると五歳くらいは若返って見えるような気がしたし、確かに気持ちは十歳くらい若返っている。

「いいわねえ」

鏡の中の自分に向かって、励ました。化粧をして髪を整えると、幸せそうな老婦人が出来上がった。章が何を話したいのか不安もあるけれど、今の自分なら落ち着いて話せそうな気がしていた。

喫茶店近くでバスを降り、聡子はゆっくりと歩いた。約束の時間まで三十分以上あったので聡子の足でも充分間に合うだろう。なぜこんなことをしたのか。妻であった自分のことを考えなかったのか。今どこでどんなふうに暮らしているのか。反省や後悔はあるのか。香織に申し訳ないという気持ちは持っているのか。これからどんなふうに過ごしていくつもりなのか……。紙に箇条書きにしておけばよかったというくらい、章に訊きたいことが次から次へと頭に浮かんできた。どれほど自分が衝撃を受けたか。絶望を味わったか、打ちひしがれたか。そして今も、拭いきれない悲しみが自分の中に満ちている。章に言いたいことが、途切れることなく浮かんできた。

「幽霊と会うみたい……」

この歳まで生きていると、もう会いたくても会えなくなった人たちがたくさんいる。親はもちろん、恩師や昔からの友達、香織を通じて知り合った母親仲間……。鬼籍に入られた方たちをふとした折に懐かしみ「もう一度だけ話をしたいな」と感じることが時々ある。今日こうして章に会うことになり、聡子はそんな、はるか遠い人に再会するような感覚を持った。いっそ死んでくれたらよかったのに……。物騒だとは思いながら、聡子は何度そう章のことを思ったかしれない。そうでなければ、自分が死んでしまうのでもよかった。こんな形で、夫婦という形を終わりにしたくなかった。

喫茶店はミューズという名だった。扉に小さな看板がかかっていて、「ミューズ」とカタカナで書いてある。扉を開けると、カランという昔ながらのベルの音がして、カウンターの中の年配の男が、聡子に目をやった。

「いらっしゃい」

マスターらしき男の声に、聡子は目礼をして店内に目をやる。店の一番奥の二人席に、章が座って聡子を見ていた。

そうだった。この人はこんな顔をしていた。私の夫の顔だ。目が細くてそのぶん鼻が大きく少し鷲鼻で、額は年々広くなって。鼻の右側、頬の高いところにほくろがある……。

聡子は背筋を伸ばし、ゆったりとした足取りで章の待つ席まで歩くと、椅子に座った。

「お久しぶりです」

ハンドバッグを膝の上に置き、聡子は硬い声を出す。

「ああ……久しぶりだな」

章はくぐもった低い声で答え、顎に伸びた白い無精ひげを手のひらでなぞる。

注文を取りにきたマスターにホットコーヒーを頼み、聡子は口を閉ざした。章から何か言ってくるのを待ったが、伏し目がちの章は、何も話そうとはしない。

「呼び出したのはあなたでしょう」

コーヒーに口をつけてひとくち飲んだ後、聡子は切り出した。このままこちらが黙っているると、延々と沈黙が続きそうな気がする。

「裁判、してるんだってな」

小さな低い声だった。

「ええ」

「もうやめてくれないか」

「……なにをですか？」

「だから、裁判をだ。和解してほしい、沼田さんと」

こちらの気分を害さないようにと努めていたが、章の口調には非難めいたものが滲んでいた。体から一気に力が抜ける。緊張で張り詰めていたものが、急に萎んでいく。もしかすると——と、どこかで思っていた自分が憐れで、章の顔から視線をずらした。

「和解というのは？　どういうことですか」

章が上目遣いで、責めるように聡子を見ている。

「沼田和恵さん、控訴しただろう。これからまだ裁判を長引かせるのは沼田さんにとっても、おまえにとっても苦痛なだけじゃないか。もう和解してくれ。四百十五万は、おれがおまえに支払う」

「そんなお金、まだ残ってるんですか。あなたの手持ちはもう、すっかり沼田和恵に搾り取られたんじゃないですか。それに、和解というのはこちら側から言い出すことではないでしょう」

聡子はわざと淡々と語った。夫婦の世間話としか聞こえないような軽い口調で。

「おまえにその気があるのなら、沼田さんの方から和解を提案するように説得するつもりだ。慰謝料は、人に金を借りてでも、支払う。だからこれ以上の裁判はやめてくれ。沼田さんに控訴までさせて、おまえは何をやってるんだ」

何をやってるんだとすごまれて、聡子は乾いた声で笑ってしまう。復縁を懇願されたならどうしようかと、これまでのことを謝罪され、目の前で大泣きでもされたら許してしまいそうだと、そんなことを心のどこかで考えながらここまでやって来た自分が可笑《おか》しかったのだ。

夫は謝罪に来たのではない、自分を責めに来たのだと知り、まだ心のどこかで期待していた自分自身が滑稽すぎて笑えた。

「何を笑ってるんだ」

「だって、可笑しいんだもの」

「やめろ」

「そんな……今さら和解なんてできないですよ。控訴されたなら、受けて立つまでです」

「たとえ高裁でおまえが勝ったとしても、おまえへの慰謝料はおれが払うんだ。沼田さんに出させるわけにはいかないからな。だったらさっさと和解してしまった方が煩わしくないんじゃないか」

「煩わしい？」

「おまえも大変だろう、裁判なんて。沼田さんも職場に知られたら居づらくなる。家族に知られたらもうおしまいだ。思いつきで始めた物騒な裁判なんてやめにしてくれ。この通りだ」

テーブルに両手をつき、章は頭を下げた。マスターがちらりとこちらを見たような気がした。

章のつむじのあたりを見つめ、この人もずいぶん歳を取ったなと思う。黒髪はほとんどもう残っておらず、白髪を地肌に弱々しくなでつけてある。脂分のないかさついた指先がテーブルを強く押さえつけている。眉間に深い皺を刻み、険しい表情をしている章が、かつては満面の笑みを浮かべながら孫を膝に乗せてあやしていた「じいじ」と同一人物とはとうてい思えなかった。この人は、どうしようもなく沼田和恵という二十以上も歳下の女を好きになってしまったのだ。これまでの時間も、娘も孫も、妻をも捨てるほどの恋情で生きているのだと、聡子は冷えた頭で悟った。

「私、この一年八ヶ月の間、ずいぶん苦しい思いをしてきました」

そう話し出すと、章は微かに顔を上げて、黒目を揺らした。

あなたが出て行った時、これって夢なのかなっていうくらい現実感がなくって、事実を把握しなきゃって思えば思うほど、足がなんかこうふわふわしちゃって……。でもあなたはいっこうに帰ってこなくて。もしかするとこのまま、あなたは帰ってこないのかもしれないと思い始めたら、今度は苦しくて辛くて、毎日が地獄でした。

あなたが沼田和恵という女と関係を持っていることを知って、それでその上にずいぶんとお金を渡していることも知って、私たちの自宅がなくなって……何かの間違いでしょって、私、心の中でいつもそう金切り声で叫んでました。だって私、何も悪いことしていないじゃないですか。私、こんなひどい仕打ちに遭わされるくらい、悪い妻でしたか？　毎日三度のご飯の支度をして、お弁当をお父さんと香織のぶん、何十年も作り続けてきました。お洗濯、お掃除、お風呂の掃除、アイロン……下手くそだったかもしれないけれど一生懸命、そう自分なりに一生懸命やってきました。なんの資格も学歴もないし、外で責任のある仕事に就いたこともない私でしたけれど、家族のことを大事に大事に……あなたたちが病気をしたら心臓が痛くなるくらいに心配しました。家族は私のすべてで、家族以外に大切なものなんかなくって。毎日外で働いてくれるお父さんに感謝して、私に似てのんびりとした性格だけれど、明るくて優しい娘に育ってくれた香織にも感謝して、私そうやって生きてきて——そうやって最後まで生きていきたかったんです。

香織が初めて歩いたのは、トイレの前の廊下でしたよ。一歳過ぎてもなかなか歩かなかったから、よろめきながら、壁にぶつかりながら何歩か歩いた時は、お父さんと私、二人で声を上げて手を叩いたじゃないですか。お嫁に行く時は、六畳の和室で、お仏壇の前であの子、私たちに丁寧に頭を下げて「育ててくれてありがとう」ってお礼を言って、お父さん泣いちゃって……。綾乃と舞が生まれたら、あなた、応接セットのソファを全部大型ゴミに出して、ここを遊び場にしようって木馬やらトランポリンやら買ってきて……香織に呆れられるくらい。

家族の誕生会を何度も何度も開いた食堂も、香織のお習字の賞状を飾っていた居間も、コロを育てて看取った裏庭も、私にとっては人生そのものでした。そしてお父さんと一緒に生きてきた時間が、私の生きてきた時間でした。

だから、あなたがあんな形で消えてしまい、いやおうなしに家から出されて家を壊されてしまい、もちろん経済的にも私は生きていけなくなったけれど、過去の時間まで失ったような気がしました。捨てられたのはあなたになのだけれど、なんかもっと大きなものに見捨てられてしまったような気持ちになりましたよ。香織や優ちゃんや信一がいてくれなかったら、私は死んでいたと思います。心は、死んでいたから……。人生を懸けて信じていたものに裏切られた人は、心が死んでしまうんですよ。あなた知ってた？

右の手で、左の手をしっかりと握りしめながら、聡子は話した。感情が漏れ出し、声が大きく言葉が激しくなりそうになるたびに、両手を膝に押し付けて気持ちを抑えた。章は苦い表情をしながらも、聡子が話すのを黙って聞いていた。

「苦しんで苦しんで……。香織や優ちゃんにまで迷惑をかけながら苦しんで……。でも今は、やっと、答えを持ったんです」

聡子はまっすぐな目で章を見据えた。恨み言よりも何よりも、今日、もしかするとこの先は一生会うことはないかもしれないかつての夫に言いたいことがあった。

「答え？」

「はい。私たち夫婦はどうしてこんな最後を迎えたのだろう。何もかも失うとわかっていて、なぜあなたがあの女と関係を持ったのかという疑問に対する答えです」

「だから……なんなんだ」

「……あなた、鳥取砂丘に旅行へ行った時のこと、憶えていますか」

章と別れ、一人で暮らすようになってからなぜか聡子は、二人で行ったこの旅行のことを繰り返し思い出した。特にこれという出来事があったわけではないのだけれど、今となってはとても大切な時間だったと思う。

旅行のことを憶えているのかいないのか、むっつりと黙ったままの章に向かって、聡子はゆっくりと話を繋ぐ。

あれはまだ、二人とも五十代の頃だったろうか。記憶の中の自分たちは、今よりずっと若くて食欲があって。「何かうまいものでも食いに行こうか」という章の言葉で思いつくみたいに旅に出たのだ。

砂丘を見たいと言ったのは、章の方だった。聡子は章がそうしたいのならと、素直についてて行ったのだ。

章が砂時計の話をしたのは、二人で砂丘を歩いている時だった。サンダルの裏を撫でる、砂のさらさらした感触が心地良く、聡子は時折しゃがみこみ、砂を手のひらにすくっては落とすということを、繰り返し楽しんでいた。手のひらにこんもりと盛られた砂が、指を広げて隙間を作るとさらさらと跡形もなく消えてしまうその様子が楽しく、幼児みたいに同じ動作を繰り返しているところに、

「昔、家に砂時計があったんだ」

と章が切り出したのだ。

「砂時計？」

「知らないのか」

「知ってるわよ、砂時計くらい」

章もまた、手のひらに砂を乗せていた。

「小さい頃な、おれは不思議でならなかった。砂時計の砂の落ちる速さが均一には思えなくてな」

「均一って？」

「砂時計ってな、上側に溜まっている砂がまだ多いときは、ほとんど砂が減ってないように見えるじゃないか。でもな、上側の砂があとわずかの量になった時は驚くほどの速さで、砂が下に落下していくように見えるんだ。音も無く、瞬く間にガラスの管をすり抜けて上側の砂が消えてしまう。おれはその、上側の砂がすべて消えてしまう瞬間がとても恐かった。恐いくせにその最後の砂の動きを見るために、何度も何度も砂時計をひっくり返したりしてな」

夫は、普段はそんな心の風景を気に留め、人に話すようなタイプではなかった。だから余計に記憶に残っているのかもしれないが、今でも聡子は砂時計の話をする章の表情を憶えていた。

「人生の残された時間も、そんな感じで終わるのかもしれないなと最近思うんだ」

「何よお父さんったら。変なこと言っちゃって」

その時、聡子はそう軽く返したのだ。

「最後の砂が落ちようとする時、おれはたぶんものすごい速さで滑り落ちてしまうような気がするんだ」

「それって、人生の残り時間を砂に喩えてるの？」

「まあ……そんなとこだ」

章が真剣に話しているのに、聡子はさほど考えずに適当な頷きを返していた。

「おれは、残された時間があとわずかだと気づいてしまうと、慌てふためいて無様な姿を見せてしまうかもしれない」

「なんなのよ、それは。不治の病になっても告知するなってことを言いたいわけ？」

「そういうことじゃないんだ。ただ、砂時計の最後の砂が、ガラス管のくびれた細い部分を通過する時のあの容赦ない感じが、自分の人生の終わりにもあるような気がしてならない」

「私にはよくわからないけれど？」

「うん。そうだろうな。まあとにかく、おれの人生の終わりの時間には、おまえに迷惑をかけてしまうような気がする。それだけだ、言いたかったことは」

両手で掬い上げていた砂を風に乗せて静かに流すと、章は寂し気に笑った。

聡子は深刻な口調でそんなことを言う夫に戸惑い、

「だからって早々に呆けたりしないでくださいよ」

とわざと何でもないことのように聞き流したのだった。

このほんの数分間のシーンのことを、章と別れてから何度思い返したことだろう。

「そんなこと……よく憶えていたな」

聡子が話し終えると、章は不機嫌そうに嘆息した。

「だからなんだ」

「それで、さっき私が言ったことの続きです。私たち夫婦がどうしてこんな最後を迎えてしまったのかという」

この一年と数ヶ月、眠れない夜が続いた。今も時々は眠れずに朝を迎えることがある。眠れない間、真っ暗な部屋の中で目を開けて、自分はいつも考えていた。どうしてこんなことになったのだろうかと。

考えていると無性に寂しくなって涙が出ることもある。無音で流れる涙がしだいに嗚咽に変わっていくことだって。

何度も繰り返し考え、そしていつしか自分なりの答えを持った。答えを見つけた、というよりも体内から滲み出て自然に持っていたという言い方の方がしっくりくるだろう。

「私が出した答えは、それがあなたの老いの形だったということです」

柔らかな微笑みを添えて聡子は言った。

この答えに辿りついた時、聡子は救われたと思った。自分で自分を救った——と。

「老いの……形？」

「砂丘では他にもいろんな話をしたわよね。いつか歳を取って老人になったら、どちらかが突然亡くなるかもしれないし、呆けてしまって相手のことがわからなくなるかもしれないって。何があるかわからないのが老いるということなんだろうって。水平線の向こう側がどうなっているのかわからないのと同じだ、なんてお父さん、珍しくロマンチックなこと言ったりして……。老いは必ず訪れる。強かったはずの自分が病に倒れたり、自分を見失ったり、大事な人を傷つけることがあるかもしれない。最後の瞬間の砂は止めようもないスピードで落ちていくんだもの、どんな事があっても不思議じゃないのよ」

いろんな形でいずれやってくる夫婦の別離だけれど、自分たちの場合はこうした形だったのだ。

「でも、裁判をやめることは絶対にしません。あなたの老いを利用した沼田和恵を、私は許すことができないからです」

何度も泣いて、叫びたいほど悔しくて、人生を呪った時間もたくさんあったけれど、私は一年以上もの間、公の場で闘ってきたのだ。そして私の訴えが認められた。私は負けなかった。

聡子はバッグの中からハンカチを取り出し、両目と鼻の下に強く押し当て涙を吸い取り、そして立ち上がる。

「もう行きますね」

章は俯いたまま、聡子を見ようとはしなかった。

小銭入れのチャックを開けて五百円玉を一枚、テーブルの上に置く。

「サイフォンで淹れていただくコーヒーは、やっぱり味が違いますね。前にあなたに誘われた時、勿体ないなんてひねくれたこと言わないで、素直に頂けばよかったわ」

軽口を叩き、「じゃあ」と頭を下げた。章は聡子の顔を見ないまま、額をテーブルに押し付けた。

店内の照明が暗かったせいか、外に出ると日差しが眩しくて、思わず目を細める。後ろ手に扉を閉めるとベルがリンと鳴った。リンの音を聞くと、聡子の目からまた涙が溢れ出したが、拭わずそのまま歩き始めた。

二〇一〇年　五月

朝食をトーストとコーヒーだけで済ますと、和恵は食器を流しに置いて足早にマンションを出た。玄関のドアに鍵をかける時、わずかに戸惑う自分がいる。この新しいマンションに越してから二ヶ月近くが経ったけれど、以前のマンションのドアとは鍵穴のある場所が違い、無意識に前の位置に鍵を差し込もうとする自分がいる。

敏夫と離婚してから二ヶ月が経った。

敏夫は金を持ち出した後、家に帰ってこなくなり、和恵は敏夫の働く不動産屋に乗り込んだ。さすがに会社にまで乗り込めば、敏夫は和恵の怒りの強さを知り、謝罪して金を返してくると思っていた。あの男にだって体裁というものはあるだろうと。

だが和恵の姿を見つけた敏夫は、他の従業員のいる前で、

「離婚しようぜ」

と平然と言い放った。和恵は反省のかけらもないその姿に愕然としたが、

「ああもちろん、離婚だよ。でもその前に金返せっ。人の金をこそこそと盗みやがって」

と責め立てた。側にいる従業員にも聞こえるよう、わざと大声を出してわめいた。だがあの男は和恵が不倫していたことを材料にしらばっくれてきた。しかも慰謝料を出せと言い出し、具体的な金額を提示してきた。

「何言ってるのさ。あんたがこれまでしてきたこと考えてもみなさいよ。裁判で訴えてやるっ」

風俗狂いについて和恵が責めると、

「証拠はあんのかよ」

としゃくれた顎を突き出し笑った。和恵が黙っているとさらにせせら笑い、

「やっぱおまえはばかだなあ。裁判は証拠だっつの」

と声を荒らげた。

敏夫は和恵が被告となっている裁判の書類をすべてコピーし、手元に持っていた。家のことは何もしないくせに、こういうところだけ抜け目がない嫌らしさを和恵は呪う。弁護士にも何度も相談に行っているようで、自分に条件の良いように離婚を進めていく手はずも整えていた。

「それにだ。あの金なあ、実はほとんどもう残ってねえんだ。あんくらいの金、使おうと思ったらすぐ使えるんだ」

薄汚い笑いを浮かべる敏夫を唖然として見ていたら、側にいたまだ若い男が、

「奥さん知らなかったんですか、沼田さんはえげつない人なんですよぉ」

と口を挟んできた。脂ぎった小太りが、横入りしてくる。

「返せっ。返せ、返せよぉ」

和恵が、店舗内のチラシや張り紙をめちゃくちゃに破りながら叫ぶと、若い男がものすごい力で和恵の腕を引っ張って、店の外に放り出した。

敏夫はその後、一度だけマンションに戻ってきた。

その時はもう、狡猾で薄汚れた夫と争う意欲を失くしていた。敏夫の言う通り、二千万はほとんど使ってしまっているような気がした。嘘にまみれた男だが、それだけは真実のように思えた。

「このマンション、売るわ。まあ売るといっても頭金も入れてねえし、ローンが残るだけだろうけどな。でもまあ売っとこ。おまえとこれ以上一緒に住むのもうざいし」

敏夫が和恵が寝そべっていたソファを蹴る。

「そんなことしたらあんたも住むとこなくなるじゃないの。星也と雷輝と私の住むとこだって探さなきゃなんないじゃん。そんなすぐには探せないじゃん」

和恵が、蔑むような目つきで自分を見ている敏夫に言い返すと、

「おまえってほんっとばか。どうしようもない」

と敏夫は口端を歪め、「星也も雷輝もおまえとは住まないに決まってんじゃん。七十過ぎ

たじいさんとズブズブな母親と、これ以上一緒にいられるわけなかんべ」

と大声で笑った。その高笑いに、和恵の体はびくりと震え、星也と雷輝も部屋から出てきた。

星也はにやにやと嫌な笑い方をしていて、雷輝はむっつりと無表情だった。二人の表情を見てすぐに、敏夫は本当に息子たちにすべてを話したのだと知り、和恵は腹の中が熱くなるほどうろたえた。

「あんたたち、何よ。このおっさんだってこれまでずっと遊び倒してたじゃないよ。あたしのことだけ責めんの？　何、あんたたち、これまで誰に育ててもらったのかわかってんの？　おっさんなわけないでしょうが。私が夜勤もやって稼いで、飯も食わせて、あんたたち養ってきてやったんでしょうが」

金切り声を上げているうちに、和恵は泣きじゃくっていた。三人の男たちが、汚物でも見るような目で自分を見下ろしているのがたまらなかった。私は誰のために働いてきた？　誰の犠牲になってきた？　あんたらは一度だってまともに私にお礼を言ったことがあるのか？　私がジジイを騙して金を巻き上げたおかげで、こんないいマンションを買えたんじゃないの？

「雷輝……雷ちゃん……あんたはどうすんの？　大学受験すんじゃないの？　高校の進路相談にもお母さんが行ってたじゃない。こんなおっさんなんかと暮らしても、あんたまともな大人になんてなれやしないよ。ねえ雷ちゃん、あんたはお母さんと来るでしょ」

和恵は雷輝の手をつかんだ。雷輝の胸に顔をうずめたいような気持ちになったけれど、それはこらえる。醜く太った星也が、口の端を吊り上げて和恵を嘲笑していたが、そんなことは気にならない。星也なんてどうだっていい。敏夫の遺伝子のせいで出来上がった失敗作だ。我慢も努力もできないところも、快楽だけで生きていたいところも、だらしないところも、下品なところも、鼻につく汚らしい体臭まですべて、敏夫似だった。

「ねえ雷ちゃん、あんた言ってたじゃないの。お父さんが嫌いだって。遅くまで酒を飲んで、博打狂いで女狂いで、いっつもお母さんの財布から金を抜き出していくお父さんが大嫌いだって」

懇願するように、和恵は言った。この時和恵は自分の気持ちがくっきりとわかってきた。今まではっきりと口に出したことはなかったけれど、

「お母さんはね、雷ちゃんのためにこれまで頑張ってきたの。働いてきたんだよ。離婚したくてもしないで我慢してきたの全部、雷ちゃんがまともな家の子供だって思われたかったからなんだよぉ」

雷輝を失いたくなかった。今は思春期で荒れてはいるものの、星也と違って雷輝はもともとは優しい子だった。大学生になったら、母親想いのいい息子に戻るのだ。

「離せよ。キモい」

雷輝が和恵の手を振り払う。冷たい声だった。

「雷ちゃん……？」

「星也には五百万やるから家から出ろって言ってある。雷輝はおれと一緒に引越すってさ。安心しろよ、雷輝にはおれがちゃんと新しい母親作ってやっからさ。おめえみたいな年増じゃなくて若くてかわいいやつ」

敏夫が鼻にかかった高い声で笑った。そのヤギの鳴き声にも似た悪声は、和恵の耳にしばらくこびりついて取れなかった。


「せいせいした」

マンション裏の駐車場で車に乗り込むと、和恵は吐き捨てる。これまで乗っていた高級車も敏夫に取られたので、中古車を買い直した。敏夫への慰謝料だの雷輝の進学費用だので和恵の預金はほぼ空っぽになった。

「でもせいせいした」

強がりではなく、和恵は心底そう思っていた。一人だとはいえ仕事はあるし、これからは養う家族もいない。自分ひとりのために生きればいいのだから、こんな楽なことはなかった。食事を作りたくなければ作らなくていい、だれかが入りたいからと浴槽を洗ってふろを沸かす必要もない、子供の不機嫌にびくびくすることもなければ夫の素行に苛立ちを感じることもない。雷輝と離れたらすごくつらいだろうと思っていたが、実際にそうなってみるとさして寂しくもない自分がいた。

「家族なんてたいしたことないねえ」

唇をひしゃげてそういい放つと、本当にそんな気がしてきた。ばかばかしい。誰かのために尽くして暮らす母親業なんて、さっさと廃業できてよかったかもしれない。これからは給料を全部、自分のために使えるのだ。独り暮らしをしてみてもさほど何も感じない自分はきっと、これまでも一人だったのだ。

赤信号の間に煙草に火をつけた。小さな車内はすぐに煙で満ちる。服や髪に臭いがつくことも気にならなかった。

離婚したことを電話でレミに告げると、なぜか大笑いされた。笑われた意味も聞けないままに「ウケる。また『爺転がし』やるときは連絡して」とそそくさと電話を切られた。離婚したことはレミ以外には誰にも伝えていない。旧姓には戻さないつもりなので、病院にもばれないはずだ。

病院の職員駐車場に車を停めて、職員専用の出入り口に向かおうとした時だった。

「沼田さん」

声をかけられ振り向くと、女が立っていた。和恵よりいくつか若いその女を、和恵は知っている。本人尋問の日、園原聡子に付き添っていた女だ。

「沼田和恵さんですね。私、園原聡子の娘で、上村香織といいます」

黒いジャケットにグレーのパンツという地味な服装をした女は、硬い表情でこちらを見ている。ずっとここで待っていたのだろうか。病院の関係者に見られたらと思うと、和恵は嫌な気持ちがした。上村という女を一瞥すると、和恵はその場を通り過ぎようとした。

「控訴審、来月ようやく判決ですね。やっと裁判が終わります」

無視する和恵の背中に向かって、上村が声を張る。和恵が上村に感じるのは、ただただ苛立ちだけだ。この女は、地裁で敗訴した自分の姿を見にきたのだろうか。

「私、沼田さんにひとつだけ言いたいことがあるんです、聞いてください。そうしたらもうあなたとは一生お会いしません」

落ち着いた静かな口調だった。和恵は立ち止まり、女の方を振り返る。

真正面から見ると、女は章によく似ていた。太い眉や切れ長の大きな一重瞼も、母親のものではなく父親のものだった。さぞかし両親に甘やかされて育ったのだろう。和恵とはそう歳が離れていないだろうに、世間に疎そうなユルい雰囲気が、あの母親によく似ている。

「いったん勝訴したからって、調子に乗らないでよね。控訴の判決はこれからだし、たとえ控訴で私が負けたからって、あんたの母親に払う慰謝料、私は一銭も出さないでいいんだから。あんたの父親が泣いて謝って渡してきた金から、出すだけなの。私にとっては本当に迷惑な裁判だっただけ。ダメージ無し」

たたきつけるようにして叫ぶと、和恵は薄ら笑いを浮かべた。自分こそが勝者であるということを、この地味で冴えない女に知らしめてやりたかった。

「裁判は全力を尽くしたので結果がどうであれ、納得しています。ただ私があなたに言いたいのは、私たちはこれから幸せになるということです」

「はっ。何言ってんの？」

「私には娘が二人います。二人ともまだ保育園に通っていて小さいです。でも毎朝きまった時間に起きると、テレビをつけて天気予報を見るんです。なぜだかわかりますか？　母が外で掃除の仕事をしているから、雨や雪や雷がないか、それを心配してテレビの予報を見るんです。朝起きて雨が降っていると娘たちはとても悲しそうにします。寒い冬は特にです。おばあちゃんのことを思って、娘たちは毎日天候を気にしているんですよ。私は、娘たちと夫と一緒に、これから母を大切にしていくつもりです。私たちは母を大切に守りながら、幸せに生きていくつもりです」

これだけが伝えたかったことだと女は言って、和恵に背を向けた。

それだけか。本当にそれだけを言いたくて来たのか。無性に腹が立ち、

「それがなんだって言うの。あんたの娘たちの安手のテレビドラマみたいな話聞いて、あたしが動揺するとでも思ってるの？　つくづくしょぼい思考回路」

尖った言葉で、その背を突いた。

「動揺なんてしなくていいです。あなたには何も伝わらない。純粋な……大事な人を全力で庇いたいという気持ちがわからないのなら、これ以上私もあなたに話すことはありません」

振り向いた女は、和恵を哀れむような表情をしていた。

「で、あんたのオヤジはどうすんの。私に全部貢いじゃって、まもなく無一文。オヤジは見捨てるわけ？　そこにはその純粋な気持ちはないんだ？」

頬の皮がよれるくらいに唇が歪むのが自分でもわかる。女の優等生づらがわずかに崩れるのを見て、和恵は小さく笑う。

「父の選んだことです。では失礼します」

だが女が表情を動かしたのは、ほんのわずかな時間だけだった。自分の言葉が女にダメージを与え切れなかったことに、和恵は舌打ちする。ああもうっ。とにかく何もかも面倒くさくなってくる。どいつもこいつも深刻ぶって騒ぎ立てて。私が何をしたっていうのか。


地下のロッカールームで着替えをすましてナースステーションに入ると、和恵が最後のひとりだった。日勤の看護師たちがいびつな形の円陣を組んで夜勤帯からの申し送り、一日の行動計画などを打ち合わせている。少し遅刻したがベテランの和恵を叱責する者はいないので、のっそりとした動作で円陣に加わる。

「じゃ沼田さん、鹿取《かとり》さんの説得係ね」

ミーティングが終わると、和恵の前に座っていた竹中みずほが振り返った。赤縁の眼鏡をかけた夜勤明けのみずほは、化粧の剝げ落ちたブサイクな顔をしている。

「何それ。聞いてないけど」

自分の方が先輩なのに、みずほの偉そうな態度に、和恵は低い声で言い返す。

「沼田さんいない時に師長が言ってたの。鹿取さん、また手術嫌だって駄々こねてさ。今朝家族も来るから、一緒に説得してくれってさ」

「また？ ばかじゃないの、もう三度目じゃん。もうやめてよお」

「だから説得するんだってつの。はい沼田さん、行ってきて」

「鹿取ヨシ」と書かれた看護記録を自分の手から沼田の手に押し付けると、意地の悪い笑顔で、

「沼田さん老人相手、得意じゃないですか。あっそれって男に限りますかあ、金のそこそこ取れる」

と言ってきた。みずほの言葉を無視すると、沼田はナースステーションを出た。なんで自分にばっかり面倒な仕事が回ってくるのか、本当に苛つく。

鹿取ヨシ、八十歳。明日、胃癌の手術を予定しているが、これまでに二度、手術日直前になって拒否し、手術が延期されている。二度ともに、鹿取のために手術の時間を空けていた消化器外科の執刀医や麻酔医から、自分たち看護師がきつく叱られている。オペに臨む患者

の不安な気持ちを落ち着かせるのも看護師の仕事だろうと怒られたが、鹿取の場合半分呆けてるから手に負えない。

「鹿取さん、おはようございます」

不機嫌な気持ちを押し隠し、和恵は鹿取のベッドサイドに立った。手術したくないならしなきゃいいじゃん、と本音では思っているがそう言うわけにもいかない。手術すると病院側は金が入るし、週刊誌や新聞に発表される手術件数の増加に貢献するという意味でも、上の人間は手術をしたがるからだ。

「手術、嫌なんだって。どうしてぇ?」

幼児に囁くような甘い声で鹿取に訊いてみる。入れ歯を外した口元は風船を括ったような皺が集まっている。そしてその口を開こうとしないのは、意固地になっている時の鹿取の癖だ。大きなため息と苛立ちが和恵の体の中をうねる。

「麻酔でね、眠ってる間に終わるんだよぉ。先生お上手だから痛くもないし、病気治るんですよぉ」

自分の家族だったら、大声で怒鳴ってやるだろう。手術したくないんだったらしなくていいじゃん。死にたきゃ勝手に死ねばいいけど、私に迷惑かけないでよね。面倒な仕事を押し付けられたと、竹中みずほと師長に憎しみが湧く。チームの他の看護師たちは、もう受け持ち患者の朝のバイタルを測り終えた頃だろうか。

「ねえ、鹿取さん。頑張ってみようよ。麻酔かける前にはね、不安になる気持ちを和らげるようなお薬をね、お口から飲むんですよぉ。それ飲んだらね、なあんにも怖くなくなるのぉ」

何を言っても鹿取が表情も変えず下を向きっぱなしなので、和恵はもはや諦め、誰かに引き継ぐことを考えていた。こんな埒《らち》の明かない時間のかかる仕事は、誰か新人にやらすべきなんじゃないか。私は仕事を抱えて忙しいのだから。それより転院させればいいのに。ここで手術するのが嫌ならセカンドでもサードでもいくらでも病院変えて納得いくまで探せばいいのだ。むっつりと俯くちっぽけな老婆の姿を見ていると、残酷な思いが体に満ちる。

「お母さん」

その時、部屋に人が入ってきた。何度か見かけたことのある鹿取の家族だった。二人並んでいるが、確か女の方が実の娘で、男は娘の旦那だったたか。出勤前に立ち寄ったのか、二人ともきちんとした身なりをしている。

「康子《やすこ》ぉ……」

娘を見ると、鹿取は顔を上げ、すがるように叫んだ。

「康子、やっぱり手術は嫌だわ。もう私も歳だし、そんな無理しないでお迎えがきたらそれでいいと思うのよ」

鹿取は娘とその旦那を交互に見つめながら、言った。

「でも手術したら良くなるってお医者さまおっしゃってたじゃないの。やってみようよ、お母さん」

娘はバッグから何通かの手紙を取り出し、鹿取に渡した。孫からお婆ちゃんへの励ましのメッセージだと、娘は微笑んだ。和恵は腕時計で時間を確認しながら、

「じゃあご家族で少し話されますか」

と丁寧に頭を下げる。家族がうまくやってくれ。私はどっちでもいいからと、胸の中で呟く。

「すいません。ご迷惑ばかりおかけして。きちんと話して聞かせますんで」

はいはい、よろしく。こっちにとばっちりこないようにね。和恵は笑みを絶やさないまま病室を出た。

煙草が吸いたい。勤務中は我慢しているのだが、こんなふうに苛つくことがあるとやたらに吸いたくなる。院内は全館禁煙になっているので、駐車場に停めている車に戻って吸うしかないのだけれど、それでもいい。十五分もあれば行って戻ってこられるだろう。鹿取を説得するのに時間がかかったと嘘でもついて、自分が担当になっている清潔ケアの患者を新人にでも回してしまえばいい。

職員用のエレベーターの前で、和恵は立っていた。肩が凝っているのか、首の付け根の辺りに鈍い痛みがあった。次の休みにエステとマッサージにでも行こうか。

「沼田さん、ちょっと……」

エレベーターがようやく到着し、ドアが開こうとした時だった。後ろから佐々木師長に呼び止められる。

「はい？　私これから忘れ物を取りに行こうと思って。ロッカールームに印鑑忘れちゃって。いろいろと書類に捺印しないといけないから困るんで」

「いいからちょっと来て」

「鹿取さんなら、今ご家族が来られてるんですよ。ほら、家族で話し合いされたほうがいいと思って、私席を外したんです。娘さんとその旦那さんがいらして……」

「鹿取さんのことではないのよ。とにかく、私と一緒にちょっと来てください」

強張った佐々木の表情に、沼田の背筋に冷たい線が走る。朗らかさだけが取り柄の佐々木の、こんな切羽詰まった顔は、患者の急変以外では見たことがない。

佐々木は、エレベーターのボタンを「下がる」から「上がる」に押し直すと、沈黙のまま階数を示す数字のランプを見つめていた。こんなふうに佐々木に呼び止められる理由を考えていると、自分の離婚のことだと気づいた。職場の誰にも話していなかったが、どこかからばれたのだろう。今から自分は離婚の真偽と、場合によっては理由を佐々木から詰問されるに違いなかった。人の好いおせっかいなこの女のことだから、和恵の離婚について親身に話を聞いてやろうとでも思っているのかもしれない。

呼び止められた理由がわかると、急に余裕が出てきた。自分より背の低い、佐々木の横顔を見て「老けたな」と観察する。白髪染めしているのだろうが、頭頂やもみあげには白髪が目立ち、やつれた感じになっている。そもそも、佐々木はどうして長年もの間、一度も退職することなく病院勤めなんてやっているのだろう。旦那は医者だと聞いている。子供もいるらしいがみな優秀で、医学部を目指すにも充分な私立の進学校に通っているという話だ。和恵は、裕福でありながら外で働く女が、嫌いだった。

エレベーターに乗り込んでも、佐々木は無言のままだった。いつもはつまらない話題をふってくるのだが、思い詰めたような表情で階数を示すランプを見上げている。

「降ります」

六階に着くと佐々木は小さな声で言い、和恵の方を振り返りもせずに、先を歩いて行った。廊下を歩いているうちに応接室に行くのだなと気づく。六階は人事部のある階だが、人気《ひとけ》もなく薄暗い。十八年前に中途採用でこの病院に来た和恵の面接も、たしか応接室でしたはずだった。

「まだ誰も来ていないわね」

ひとりごとのように呟くと、佐々木は部屋中の窓を開けながら、和恵に腰掛けるように促した。二人がけのソファが向かい合わせで二つあるだけの小さな部屋は、普段は使用されることがないのか、かびと埃の臭いがした。

佐々木は和恵の隣に腰を下ろし、体を斜めに向けてきた。近くに座り親身に話を聞こうとしているのだろうが、その距離が疎ましく、

「師長、前のソファに座ったらどうですか」

と言った。だが佐々木が動こうとはしないので、触れ合った膝頭を引っ込めるようにして、和恵は体を引き、少しでも距離を離そうとする。

「何から話せばいいかしら」

思いつめた表情はそのままで、佐々木が声を潜める。

「沼田さん、あなたご主人と離婚されたそうだけど……」

ほらきた。和恵は口端を持ち上げる。

「そうです。でも特に病院に報告することもないかと思って。……どこから聞かれたんですか」

離婚しようがしまいが放っておいてくれ。配偶者手当などをもらっているわけでもないのだから、病院側が損することはないだろうに。ただ、この話がどこから耳に入ったかだけは聞いておかなくてはいけない。レミ以外には誰にも言ってないはずだった。だがよくわからない裏稼業をしているレミが、この病院の人間と繋がっている可能性はある。

「旦那さんが……ああ、もう元の旦那さんって言った方がいいのかな、その、沼田敏夫さんという方がね、数日前にこの病院に来られたのよ。同僚だという方を連れて」

「あい……旦那が？」

あいつ、と口にしそうになる。「何しに来たんですか」

用事があるのなら、直接私の携帯に電話をかけてきたらいいものを。携帯の番号もメールのアドレスも特に変更していないのだから、わざわざ職場に来るなんて、どこまで嫌な男なのだろうか。

「私、いなかったんですね。旦那が来た時」

「いいえ、そうじゃないの。あなたに用事があったんじゃなくて、院長に会わせろって言われて」

「はあ？」

訳がわからず、和恵が思わず大きな声を出せば、佐々木はさっきから持っていたファイルからおもむろに用紙を取り出してテーブルの上に置いた。和恵と園原聡子の裁判について書かれたものだった。地裁から和恵のもとに届いた資料すべてがコピーされている。

「これ、裁判の資料よね。悪いとは思ったけれど訴状やら答弁書やら……すべて目を通させていただいたわ、判決文も。敗訴だったのね、大変だったわね、あなたも」

佐々木の目の色に同情めいたものを見つけ、和恵は両方の手のひらに顔を伏した。

「本当に……辛いことでした。身に覚えのないことを園原さんの奥様に責め立てられて……確たる証拠もなかったんですけれど、同情票というのですか、裁判官が園原さんの勝訴を決めてしまって……。でも誤解を受けたことも私の看護技術のいたらなさなのかしらと考え、私も反省して、慰謝料のお支払いは致しました。わずかですが子供の進学資金として貯めていたものがありましたので……そのいろいろのことで主人も誤解してしまい、私たち夫婦、だめになってしまったんです」

最後は私も主人も、なんで別れなくてはならないんだろうって泣きながら離婚届に判を押したんです……。涙声で語っているうちに、本当に涙が出てきた。あの敏夫の冷淡な態度、息子たちの残酷な言葉……憎いくらいに腹が立つ。

「そう……大変だったのね」

佐々木のしみじみとした物言いに、和恵は手のひらで顔を覆ったまま無表情になる。なんて単純な女なのだろう。幸せに生きている女というのは、すぐに人の言うことを信じる。お気楽でおめでたい。

「沼田敏夫さん、院長と会われてね、病院に慰謝料を払えっておっしゃってきたの」

「病院に？」

「嫁とこの病院の患者がくっついたのは、病院側の管理が不行き届きだからじゃないかって。もちろんそんな責任は病院側にはないので、お断りしたんだけど」

顔を上げて、佐々木の顔を見つめた。あれだけ自分から金を吸い取っていったくせに、あの男はまだ金を取ろうとしている。

「あなたは園原章さんと、こんな、訴状で言われているような関係は持っていないと言ったわよね」

「はい。信じてください。考えてもみてください、私より二十歳以上も歳上の患者さんですよ。恋愛対象になるわけもないし、病院外で会う機会もないです。この裁判はほとんど、園原聡子さんという方の妄想から始まったようなものなんです。裁判書類に目を通していただいたんですよね、園原章さんは他の女性と再婚されているんですよ。普通に考えれば、園原章さんと不倫関係にあったのは私ではなく、その女性じゃないですか？　おかしいです、この裁判も何もかも。私……死にたいです。本当は何度も何度も死のうとしました。でも病院に迷惑かけることが怖くて、できませんでした」

和恵は、叫ぶように一気にまくしたてた。握り拳を作り、何度も自分の太腿を叩いたので、足がじんわりと痛くなっている。敏夫はなんていうことをしてくれたのだ。本当に卑劣で迷惑な男だ。敏夫に対する殺意で胸が張り裂けそうだった。

「落ち着いて、落ち着いて沼田さん……」

佐々木が動揺しているのが伝わってきたので、和恵はさらに髪を振り乱し、太腿を拳で打った。

ドアが開く音が聞こえ、応接室の中に人が入ってきた。涙に濡れた顔を上げ、和恵はドアのすぐ前に並んで立つ二人の男を見た。一人は人事部長の松山《まつやま》、もう一人は長い丈の白衣を身につけた、理事長だった。

二人の男の姿を目にすると、和恵は泣き叫ぶ気力がふと失せた。さらに面倒なことになっていきそうな嫌な予感が全身に立ち込め、力を入れて泣き叫んでいる場合ではなくなったのだ。

「沼田和恵さんですね」

向かい側のソファに腰掛けると、松山が低い声で訊いてきた。

「はい？」

「単刀直入に申し上げますが、自主退職してもらえないでしょうかね」

松山という男が、さも迷惑そうな声を押し出した。その迫力に負けじと、和恵は睨み返す。

「私、自主退職するような理由はありません」

なんのためにこんな楽しくもない職場で十数年も働いてきたというのだ。給料の良さと退職金以外何もない。夢もない希望もない、和恵みたいな古株の職員が勤め続ける理由は、勤続年数に応じた給料と退職金があるからに他ならない。このおっさんは何を寝ぼけたことを言っているのかと、和恵は呆れ果てる。

「裁判のことかと思います。でもその件は解決しましたし、それを理由に病院を解雇されるのは不当だと思います」

自分以外にも、裁判をしているような職員はいるだろう。目の前の理事長だって叩けば埃は出てくるんじゃないのか。自分だけがやめなくてはいけない理由はどこにもない。

「解雇ではなく、自主退職と言ってるんですが」

松山が続けた。

「同じことですよ。私はやめるつもりないんですから」

和恵は強い口調で答える。「今回の裁判のことは誤解で始まったことだと、今も師長に説明していたところなんです」

きつくなっていく口調を柔らかな弱々しいものに修正しながら、首を振った。

「私も、裁判の資料をすべて鵜呑みにしているわけじゃないんだ」

それまで黙っていた理事長が、突然口を開いた。重厚感のある低音に、心臓がドクと脈打つ。

「鵜呑みにしているわけではないんだがね、気になるところもあってね」

「裁判資料なんて相手の言い分でいくらでも作られるんですから、信じないでください。これを信じられたら私……」

和恵の悲痛な訴えを遮って、理事長は、

「あなたは久世美園さんを、知ってますか」

と訊いてきた。

「久世美園？」

「以前、きみと同じ消化器外科のナースをしていた人だけどね。ドクターの音水くんと結婚した」

久世……あの使えないグズ女のことだった。

「あなたは最近、久世さんと会ったんだってね」

「偶然ですけど」

「そう。その時の話をドクターの音水くんが私にしてきたんですよ。妻から聞いた話だといってね」

沼田和恵さんに、通院している病院で偶然出会った。久しぶりだったので嬉しかったのだが、ちょっと気になることがある。沼田さんが紙袋に入った大金を持っていた。

「何が気になるかというと、大金の入ったその紙袋を、あなたが園原章さんから受け取るところを広尾駅の中で見たというんだ。久世さんは以前消化器病棟にいたから園原章さんの顔を憶えていた。間違いないと言っている。何かおかしなことになっているのではないかと心配して、久世さんは音水くんに相談したんだ」

そんな重要なことを病院側に話しても大丈夫なのかと、音水は妻に確認したのだという。もし妻の勘違いだったら取り返しのつかないことになるし、妻は沼田和恵という人物に一生恨まれることになる。もしかすると、妻が園原章と他の人間を見間違えたのかもしれない。

り回してやる。


「見間違いですよ。私、園原さんにお金なんてもらってませんっ」

すがるような思いで、理事長の目を見つめた。グズ女は私に恨みでもあるのか。充分に幸せなくせに、不幸な私をまだ陥れるつもりなのか。今度会ったら絶対に髪をつかんで引きず

「実際に病院側も、音水くんにそう伝えられてもなかなか動き出せないでいた。確かなことではないし、間違っていれば名誉毀損になりかねない」

「名誉毀損です。本当に……」

和恵は佐々木師長が何か言ってくれるのではないかと思い視線を投げかけたが、師長は俯いたまま顔を上げない。

「そこにあなたの前のご主人がね、久世さんの証言を裏付けるようなことを言ってきたんだ。私がご主人と話していた時だがね、私は病院側ではなく、あなたは園原章さんを訴えるのが筋ではないですかと話したんだ。自分の妻と不倫をしたのだから、夫が妻の愛人を訴えるのは正当だと思ってね。そうしたらご主人は、園原章さんからはもう搾れるだけの金を和恵が取ってると言ってきた。園原にはいくらの金も残ってねえよと、私に凄んできた。もしこの話が作り話だと思うのならボイスレコーダーに録音もしてあるので、後でディスクを差し上げますよ」

理事長がそれだけ言うと、

「自主退職という形なら、次の就職先を見つけるのに心証が良いと思います。ただしここでの退職金はあなたが思うほどの額は出せませんが了承いただきたい」

と松山が繋げる。何か言い返そうと思ったけれど、和恵の全身からは力が抜け、席を立ち歩いて応接室を出るだけで精一杯だった。

壁をつたいながらなんとかエレベーターまでたどり着くと、一気に地下のロッカールームまで降りる。薄暗い灰色のロッカールームの姿鏡に、和恵自身の姿が映っている。生気の失せた顔は、これまで見たことのないくらい老けて煤《すす》けて見えた。

白衣を脱ぐと、シューズと合わせてゴミ箱に投げ入れる。何も考えずゴミ箱に手で押し込むようにしてねじ込むと、誰かが捨てていた弁当の残りとソースが、白衣と和恵の手にべっとりと付いた。腐敗しかけの嫌な臭いが手のひらから漂ってくる。

病院を背に、駐車場に向かいながら、和恵は何の感慨もない自分に気づいた。「解雇」という言葉を聞いてカッとはしたが、本当はもうとっくの昔にこの職場にも仕事にも、未練などなかった。勤続年数に応じてもらえる給料だけが、自分を長くこの場所に繋ぎとめていただけだ。特に仲良くなった同僚もいなければ、心に残る出来事もない。しいて気になることといえば退職金がどれくらい出るのか、それだけだ。

エンジンをかけて車を駐車場から出す。見慣れた守衛が笑顔で挨拶してくるのを、和恵は無視して通り過ぎる。

赤信号で停まり煙草に火をつけていると、コンビニの前で男たちが数人でたむろしているのが見えた。学生ほど若くもなく、かといってまともな大人のようには見えない集団だった。こんな昼間にぶらぶらしているのだから、働いてもいないのだろう。クズ男たち……。呟くと、その中に星也の姿があった。

星也は和恵に気がつくと、一瞥した後すぐに視線を逸らした。敏夫にそっくりの、うす汚いものを見る目だった。だが自分もまた、星也やその仲間たちを同じ目で見ていたはずだ。病院を出た時と同じ、なんの感情も湧かないまま和恵はそのまま、コンビニの前を通り過ぎた。

二〇一二年　六月

池上警察署内の霊安室に続く廊下に、足音が聞こえた。香織はすぐに、その足音が聡子のものだとわかった。

聡子は部屋に入ってくるなりすぐに、横たわる章の遺体に目をやり、そして、

「香織……大丈夫？」

と香織を見た。

「お母さん、私は大丈夫よ」

十五分以上前に対面をすませている香織は、静かに答える。聡子の声も体もわずかに震えているのがわかった。

中川という警察官は、さっき香織にしたのとほぼ同じ質問を聡子に投げかける。聡子は小さいけれどきちんとした声で、質問に答えている。

「お父さん……」

だが中川とのやりとりが終わると、いったん間を置き、聡子は両手で口元を覆い隠した。

「何……どうしたの？　こんなところで会うなんて、いやねえ。ほんとに、もう。誰かと一緒じゃなかったの？　楽しく暮らしているんじゃなかったんですか？」

家で章に話しかけていたのと同じ口調で聡子が話しかけると、くぐもった涙声が霊安室いっぱいに響く。

「……ねえ香織、困ったお父さんね」

聡子が章の手や頬に触れていたので、香織はこの時初めて、父親の亡骸に触れた。冷たかった。冷たさが心に直接届く。

「お父さん……」

その冷たさに触れると、まだわずかに残っていた痛みや恨みまでもがすっと冷えていく。聡子がしているように、手を握った。章の手は何も伝えてこない。

「ご家族がおられてよかった」

二人の様子を無言で見ていた中川が、声をかけてきた。

「ご遺体を引き取っていただけますか？」

と聡子と香織の顔を交互に見ながら、遠慮がちな声で訊いて来る。

「もちろんです」

中川の問いかけにすぐに答えたのは、聡子だった。

「このたびはご連絡いただき、ありがとうございます。たいそうご迷惑をおかけいたしました」

聡子は、丁寧に頭を下げる。両手を太腿に当て、深く腰を折っている。香織も聡子に倣って、心からのお辞儀をした。

夜間用の出入り口を使い、香織は聡子と一緒に警察を出た。警察にいたのはほんの一時間足らずのことなのだろうが、とてつもなく長い時間に感じ、空に浮かぶ白い月を見つけると疲労で涙が滲んだ。

「お母さん、大丈夫？」

さっきから一言も話せず、黙り込んでいる聡子に向かって訊いた。そういえばもうずっと「お母さん、大丈夫」と繰り返している気がする。香織自身が大丈夫じゃないから、聡子に「大丈夫」と言ってもらいたいのだけれど、聡子はこくりと頷くだけだった。

「お葬式……しないとねえ」

タクシーを拾うために大通りに向かって歩いている途中で、聡子が呟いた。

「そう……ねえ。喪主は誰になるのかなあ？」

「誰がって……香織が喪主になるんじゃないかしらねえ。娘だし。私はほら、他人になってるから」

章は、石巻章としてアパートに入居していたのだと、中川が教えてくれた。章が亡くなっているのを通報したのがアパートの大家で、契約書の名前は石巻章だった。だが調べてみると石巻章は同居人であるはずの石巻ハル江とはすでに離婚していた。香織と聡子は、父は誰かと一緒に暮らしているとばかり思っていたので、

「石巻章さん……あ、園原章さんとお呼びしましょうか。園原さんは独り暮らしみたいでした。部屋には園原さん以外の日用品はありませんでしたよ。大家さんは入居時に保証人になっていた小山レミという人物に電話をかけてみたようですが、不通になっていたようです」

と中川に言われた時は耳を疑った。

章の持っていた手帳には園原聡子、上村香織の電話番号が記されていただけで、その二人に連絡がつかなければ、役所に引き取ってもらうしかないと思っていた時に、聡子と連絡がついたのだという。

中川は、香織たちを見て「訳あり」だと気づいたのか、必要以上のことを訊いてくることはなかったし、説明することもなかった。

「どこかで生きていてくれたらそれはそれでよかったのに、こんな形で再会なんてね」

聡子が弱々しく笑う。

「ほんと。びっくりしたね」

章と最後に会ったのはいつだったかと香織は思い、それがすぐに思い出せないことに驚く。裁判をしていたことさえ、はるか昔のことのように感じた。

「あら、まだバスあるみたいよ。バスに乗りましょうよ」

通りにバスが走っているのを見て、聡子が声を上げた。

「いいじゃない、お母さん。こんな時だからタクシー乗ろうよ」

「こんな時でも、バスがあるならバスに乗らなきゃ。もったいないから」

香織が止めるのも聞かず、聡子はバス停のある方へ歩いていく。

時刻表を見ると、バスはあと十五分ほどすれば到着するようで、聡子は「よかったわね」と微笑む。

二人で停留所に置いてあるベンチに腰をかけた。風は生ぬるいけれど暑くはなく、月が相変わらずきれいに出ていた。

聡子は手のひらを頬に当てて、何かを考えるように口をつぐんでいた。

「なんだったんだろう……あの人の人生は」

香織は目を見上げる。

「お父さんの人生……理解に苦しむわね」

呆然としながらも、聡子は答える。

「人生の最後の最後で、訳がわからないことして。訳がわからないまま、勝手に独りで死んでいって」

怒りの滲んだ口調で香織が言うと、聡子は、気が抜けたみたいにふっと笑い、

「実はね……香織には内緒にしてたけど……お母さん二年前に一度お父さんに会ったのよ」

と打ち明けてきた。香織が驚いて絶句していると、裁判で勝訴判決が出た後、沼田が控訴してくると決まった時に、章から連絡があったのだと話を繋ぐ。

「香織の家の近くにある、ミューズっていう喫茶店で会ったの。……お母さん、えらく緊張してね。だってあんなことがあってから初めて顔を合わせるんだもの、あれも言ってやりたい、これも言ってやりたいって心が爆発しそうになりながら約束の場所まで歩いて行ったわよ」

「全然知らなかった……。それで何を喋ったの？　あの人、謝ってきたの？」

「そう……お母さんもね、許してくれって謝ってくるんだろうなって考えてた。それで許してくれって言われたら、罵声を浴びせて、泣き叫んだり叩いたりしてやろうと思ってたの。お母さんほら、そういうことしたことないじゃない？　これまでの結婚生活の中では。だから思いっきりなじってやるんだって決めてました」

「で？　どうだったの」

「それがねえ……お父さんったら、沼田とこれ以上争うなって。彼女をこれ以上傷つけるなって、お母さんをたしなめたのよ」

「なにそれ。ひどいっ」

「ひどいでしょ？　ほんと、何それって感じだったわよ、お母さんも……」

お父さんの気持ちは完全に沼田和恵のものになっていたのだと、当時を思い出しているのか、聡子の言葉が重たくなった。妻である自分や娘やその子供たちや……家族を捨てて後悔もしていないことを悟った時は、やはり悲しかったと。

「それでどうしたの、お母さん？　あの人にそう言われて」

さっき章と対面した時に少しでも胸が疼いた自分のことを後悔した。あの人は本当に最低な仕打ちを、聡子にしたのだ。

「だからお母さん、その時に全部ふっきろうって決めたの。お父さんのやったことすべて、それも自分の人生なんだって受け入れて、自分の意志で改めて別れることにしたの。それまでもやもやしていた後悔やら未練やらなんやらが全部弾けとんだような感じでね……自分で言うのもなんだけど、お母さん、かっこいい別れ方したのよ」

「受け入れた？」

「お父さんのやったことを認めたわけじゃないのよ。でもそれがお父さんの人生の最後の姿なんだから、連れ添ってきた妻としては見守るしかないじゃない」

聡子はからりと言うと、「あのバスかしら」とこちらに向かってくるバスのライトを指差した。半袖からまっすぐに伸びた腕は、七十前の女性とは思えないほど若々しい。「掃除の仕事をしていると筋肉がついてくるのよ」との言葉通り、筋の通った皮膚は張り詰めている。

どんな言葉を章に向かって放ったのかは知らないが、その時の聡子は、本当にかっこよかったのだろうと香織は思った。憎しみや悲しみと向き合った末に、潔い強さを身につけた聡子は、以前の母とは明らかに違った。章もきっとそう思ったに違いない。

今からちょうど二年前、二〇一〇年、六月の三十日。沼田和恵の控訴に対する判決が出た日のことを香織は思い出す。高等裁判所の裁判官は沼田和恵の訴えを何ひとつ受け入れなかった。そして原判決の通りの慰謝料を、聡子は沼田和恵から取ることができた。完全なる勝利だった。

「ありがとうございました……。本当に先生にはなんと申し上げていいのかわからない、感謝しております」

礼を伝えに、菓子折りを持って事務所を訪れた聡子は、芳川弁護士に向かってそう言ったとたん泣き崩れた。体を支えてやらなければならないくらいに、聡子の体から力が抜けていった。それほどまでに嬉しかったのだ、苦しんだのだと、その姿を見た香織もまた、涙が溢れた。

「試合終了のホイッスルが聞こえます。晴れ上がった、高い空まで届く笛の音が、ぼくには聞こえました」

芳川弁護士は本当に嬉しそうにそう笑い、聡子に向かって手を伸ばしてきた。

「お疲れさまでした。素晴らしい闘いでした」

芳川弁護士に固く手を握られた聡子は、誇らし気に顔を上げ、そんな二人を事務員の沢井さんが後方から、優しい目をして見守っていた。

近づいてくるバスのヘッドライトが、二人を照らす。


香織の家に着くと、子供たちはまだ起きていて、帰りを待っていた。「今夜はうちに泊まってね」と香織が言うと、聡子は素直に頷き、ついてきた。今日だけは聡子をひとりきりにしたくなかった。

「おかえりなさい。おかあさん、おばあちゃん」

香織の帰宅を待ちわびていたのか、パジャマ姿の舞が玄関まで走って出てくる。

「遅かったね」という綾乃の声と、

「お疲れさま」

という圭太郎の声は重なって聞こえた。

聡子が「おばあちゃん、泊めてもらっていいかしら」と訊くと、舞が明るい声で、

「おばあちゃんの布団、もうしいてあるんだよ」

と聡子の手をぎゅっと摑む。

「綾乃と舞が迎えに行こう、行こうって言うから大変でしたよ。迎えに行っても邪魔になるだけだからって言い聞かせてたんですけどね、えらく心配しちゃって。いやほんと、ぼくもびっくりしました。お母さん大丈夫ですか？　このたびは大変なことで」

いていた。

と圭太郎が心配そうに早口になる。聡子が圭太郎に丁寧な礼を言うのを、香織は黙って聞

「ねえおばあちゃん、おじいちゃんには会えたの?」

舞が訊いた。

聡子が、

「うん。会えたよ」

と頷くと、舞はまた、

「どうだった? おばあちゃん、おじいちゃんと会うのひさしぶりでしょう。ねえどうだった、おじいちゃん」

と屈託なく続ける。綾乃が「舞、そんなこときかないの」と叱る。聡子はどこか遠くを見る目でぼんやりと立ち尽くしていたが、やがて「懐かしかったのよ」と呟いた。「おばあちゃんね、おじいちゃんに会って懐かしかった。おかえりなさいって伝えたのよ」

聡子はそう言って笑い、舞を膝の上に乗せた。隣に座る綾乃の肩も抱き寄せ、「二人ともシャンプーの香りがするね」と笑った。春と同じ、花の匂いがした。

二〇一二年　七月

たくさんの汗を吸った作業着を、聡子は事務所の更衣室で脱いでいた。今日は五時上がりでいいと言われているのでほっとしていた。夏の現場はやはりきつく、今日は六時間ほどしか働いていないが、それでももう腕が上がらないほどに疲れている。

「お先に失礼します」

事務所に残る人たちに声をかけて、聡子は外に出る。さっきまで降っていた夕立のおかげで気温はぐっと下がっており、仕事を終えた解放感と合わせて、聡子は心地の良さで目を細めた。

駅までの道をのんびりと歩きながら、聡子は一ヶ月前に執り行った章の葬儀のことを思い出す。

式の間中、聡子は不思議でならなかった。もう一生会うこともないと思ってきた章が、こうして当たり前のように家族の顔をして自分たちの輪の中に居ることが不思議だった。

だがその場にいる誰もが、章を責めたりはしなかった。

「困ったおじいちゃんね」

と香織が孫たちに向かってぽつりと言ったくらいだろうか。

遺品整理には聡子と香織、二人で行った。遺品といってもほとんど荷物なんてなかった。食事に関していえば皿が一枚と、箸とコップ。スーパーで惣菜を買ってきてそれを何度かに分けて食べている夫の姿が、とても確かなものとして浮かぶ。料理なんてインスタントのラーメンですら上手くできない人だったのだ。

預貯金も数十万が残っていただけで、保険の類もすべて解約済み。本当に何ひとつ残さず逝ってしまった章に、香織は落胆していたが、聡子は別段何も期待していなかった。ものすごいスピードとエネルギーで最後の生を滑り落ちたのだから、夫が何も遺していなくても不思議はなかった。

でもね、と聡子は夫に語りかける。私はあなたのような最後の命の使い方をしないんだからね……。

今でも、老人の最後の生を搾り尽くした沼田という女には、許しがたい感情が残る。でも、もういい、忘れてしまおう。私はこれから迎える人生の最後の時間を、丁寧に、大切に生きようと思っている。

戸籍で確認すると、章が石巻ハル江と離婚した日付は、二〇一〇年の五月七日になっていた。聡子が章と最後に会った日から、ちょうど一ヶ月後だった。そのことが、聡子の気持ちを軽くする。あなた、本当は戻りたかったんじゃないの？　家族のところに。自分が最後に告げた妻としての想いが、夫の心に少しは届いたのかもしれない。

駅に着くとどこからか、

「おばあちゃんっ」

という声が聞こえた。構内は学生風の人たちが多く、帰宅ラッシュの少し前だったので、どこかのんびりとしている。見ると、舞が駆け出しそうになるのを、綾乃が押さえていた。

「みんなで待ってたんだよ。やっぱり会えた」

聡子の方から歩み寄っていくと、綾乃が恥ずかしそうに口にした。聡子は、二人の前で膝を折り、

「ありがとう。迎えに来てくれて嬉しいわ」

と目線を合わせる。香織は、駅前の寿司屋に寄っているのだと綾乃が教えてくれた。

「あの……おばあちゃん。頭に帽子が……」

綾乃が言いにくそうに指で示すので、慌てて手を髪にやる。エメラルドグリーンの制帽を外し忘れていたのに気づき聡子が笑うと、綾乃も笑い、舞も真似をして笑った。

「ねえおばあちゃん、今日なんの日か知ってる？」

いたずらっぽい目で舞が訊いてくる。

「さあ……なんの日だっけ。七夕は、もう終わったわよね」

「おばあちゃんのお誕生日だよ。七十歳の誕生日だってママが言ってた。だから、お寿司なんだって。おばあちゃん自分のお誕生日、忘れちゃったの?」

驚いてみせると、

「あっ。そうか。そうだった、そうだった。おばあちゃん、ついに七十歳だ」

聡子が両目を見張ると、

「今日は優ちゃんも来るんだよね、お姉ちゃん」

と舞が確かめるように綾乃を見上げた。

「うん。おばあちゃんのお誕生日会するんだって。今日は特別な日にしたいって、ママ、ケーキも買ってた」

嬉しそうに綾乃が話してくれる。

「みんな集まってくれるの? 優ちゃんったら仕事、大丈夫かしら」

聡子が言うと、綾乃が「大丈夫だよ。だって、今日のお誕生日会のこと、もうだいぶん前からみんなで準備してるんだから」と力強く頷く。

香織が白いビニール袋を提げて、足早に戻ってくるのが見えた。片手を上げ、合図してくる。香織は駅の券売機で切符を買い、聡子と綾乃に渡してくれる。そのてきぱきとした仕草を、聡子は笑顔で見つめる。

聡子は、香織たち三人が改札口を抜ける後から、ゆっくりとついていった。「いいのよ」

と断ったのに、作業着が入った聡子の布バッグは、綾乃が持ってくれていた。

ねえお父さん、私、今すごく幸せですよ……。

ホームに続く階段を降りていく途中、目の前に空が広がり、その空に向かって聡子は語りかける。

私、本当に幸せを感じています。

香織は、この数年で見違えるくらいにしっかりとした女性になった。綾乃と舞も、優しい娘に成長している。そして優子も……いつだって前向きで、毎日を一生懸命生きている。

ねえあなた、優ちゃんのお母さんにきちんと伝えておいてくださいね……。「お義姉《ねえ》さん、これからも優子の家族として、ずっといつまでも側にいてやってくださいね……」私、優ちゃんのお母さんに、そう頼まれていたんです。聡子はきちんと役目を果たしていますって、報告しておいてください。これからも私たち家族は、心を繋ぎ合って楽しくやっていくんです。お父さんが羨ましいって思うくらい、たくさん楽しい思い出作るんですから……。

聡子はたくさんのことを心の中で呟きながら、三人よりも少し斜め後ろを歩き、娘と孫たちの後ろ姿を眺めていた。夏の夕暮れと雨上がりの匂いが、ホームに降り立った聡子を包む。

電車の到着を告げるアナウンスが聞こえてくると、綾乃と舞が振り返り、手を伸ばしてくる。

聡子はその小さな手を、そっと握った。

解説

中江有里《なかえゆり》
（女優、作家）

藤岡陽子さんの小説には、湿度を感じる。

目に見えない湿気が物語に充満して、それは登場人物たちの温《ぬく》もりにもなっている。文字に湿度などあるはずないのに、時に瑞々《みずみず》しく、時にじっとりとまとわりつく、不思議な吸着力がある。

湿度とは空気の中にある水分の割合を指すが、自然発生するだけではない。人もまた湿気を発する生物である。

長年同じ湿度を保っていた園原家は、ある日聡子の夫・園原章が出奔したことから湿度が変わった。長年住んでいた家はいつのまにか売却され、聡子は住み慣れた家を出なければならなくなった。章が残したのは、見知らぬ相手へのラブレターと離婚届。娘の上村香織は、思わぬ父の裏切りに戸惑い、聡子は突然の環境変化に怯え、この期《ご》に及んでこんな目に遭わせた章を頼りたいと思ってしまうほど心許《こころもと》ない。やがて姪の優子の力を借りて、聡子は弁護士の芳川を訪ねることになる。

一方園原家を壊した沼田和恵は、じっとりと湿気おびた世界にいる。看護師である和恵は仕事場でも家庭でも不満を抱え、高齢の患者からの看護のお礼代わりの金一封を得るぐらいしか楽しみがない。和恵は入院患者だった章の好意を利用して籠絡し、自らの性的欲求と金銭欲求を満たしていた。しかし和恵に本気になった章が家を出てしまった為、聡子から訴えられる。

和恵が抱える理不尽さは興味深い。働いて家族を支えているのに、まったく感謝されないどころか、家族に蔑まれているようだ。そんな見返りのない生活を送る自分の不幸さを恨み、生活はどんどん荒れていく。章から引き出したお金でマンションを購入するも、家族は何も変わらず、和恵は以前にも増して章のお金に執着していく。

和恵は自分の不幸を嘆いているが、この不幸は周囲と比較したところから生まれたものだ。自分だけが損している、だから人の幸せを奪ってもいい、そんな風に自分のやっていることを正当化していくことで、自分を幸せにしないこの世に復讐しているように見える。実際和恵はそれなりにまじめに働いて、職場でも信頼を勝ち得ているが、彼女なりの努力が実らず腐ってしまったのかもしれない。過剰な湿気はあらゆるものを腐らせていく。一旦腐ったものは、元に戻らない。

もっともバランスの良い湿度の世界は、芳川法律事務所だろう。弁護士の芳川有仁と事務員の沢井涼子、たった二人きりの事務所だが、花見や忘年会といった行事は、芳川と沢井と彼女の息子とともに三人で行う。最も良好なパートナーと思える芳川と沢井のいる事務所は、風通しが良く無駄な湿気がたまらない。

人間関係がこじれる場所は、湿気も滞《とどこお》る。その湿気を発している当人は自分が原因だとは気づかない。園原家の面々、沼田和恵、芳川法律事務所という三組の世界が並列に描かれることで、それぞれの世界の湿気が身体をまとわりついているような感覚を覚えた。

本書で一番不可解なのは、章の行動だろう。章に会いに行った優子と彼女の父で聡子の弟の信一に、章はこうなげかける。

「あんたもあと十年もすればおれの気持ちがわかるよ。いや、あと五年もすればわかる」

「いえ、わからないと思います」

「わかるんだよ。過去や短い未来……そんなもんどうでもよくなってくる日々を送るようになったらな、自分の人生最後の欲求を存分に満たしたくなるんだ。それが人間なんだ」

正直ぞっとした。和恵には従順でおとなしい章がこのセリフを言えてしまうことに。章自身の実感から出ただろう言葉には、長年連れ添った聡子や娘への思いは微塵《みじん》も見当たらない。人はどこか一方への愛情が強すぎると、理性や情を失ってしまうのだろうか。そして同時に考える。短い未来を前にした時、人は欲望を抑えきれなくなるのだろうか。人生最後の欲求とは何だろうか。

すべては章の欲求から始まって、まったく違う三つの世界は少しずつ重なっていく。前掲のセリフで章の気持ちを知ってからも、彼の気持ちを理解しがたい。多分章の気持ちをわかることはない。きっとそれでいいのだ、とも思う。この小説はわからない何かに翻弄《ほんろう》されて初めて見えてくるものがあるのだ。

章の裏切りによって家をなくした聡子は六十代半ばを過ぎて初めて働きに出るようになるが、慣れない仕事や自分の置かれた環境を悲観しているようには見えない。社会に出て、自分がいかに守られた場所にいたか、家族のためだけに生きていたかを振り返り、今生きている時をかみしめている。本書は聡子の自立が一つのテーマとも感じられるが、その成長ぶりは清々《すがすが》しくたくましい。人間はいくつになっても成長するのだ。

娘の香織は、結婚して専業主婦としてぬくぬくと暮らす当てが外れ、家計を支えるためにパートに奔走している。夫との関係がギクシャクしているところも含め、なんとなく和恵の家と似たところがある。懸命に働いても、母ひとりを引き取ることもできない。優子に背を押され弁護士を訪ねる時も、お金の問題が立ちはだかる。何をしても無力感にさいなまれてしまう彼女の気持ちに同情し、こうした状態のまま長年こじれてしまった結果が和恵の現状かもしれない、と想像した。

しかし働き始めた聡子の変化に、香織もまた変わっていく。裏切りや憎しみにとらわれすぎずに生きることは、とてもエネルギーがいるだろう。逆に言えば、そういったマイナスの感情を源にして生きる和恵もいて、世界は回っている。

本書で描かれるのは、父の裏切りとある一家の崩壊であるが、読み進めるうちにはたしてそれだけではない、と気づいた。

人間は生まれたときから欲求に生きている。やがて自己と他者の違いを発見し、社会で生きていくルールを会得していく。大勢の人間が共存する社会では、個人の欲求にだけ従って生きることは不可能だ。

そう考えると、人間はかなり縛られて生きているのだと思う。食べたいものだけを食べて、眠りたいだけ眠り、したいことだけをするのは子ども時代のひとときにだけ許されるもので、あとは勉強や仕事、家庭を築き、子を育て、例えしたくなくても、あるいは勢いで始めたことでもやめられないことは山ほどある。その目的は社会全体の幸せがあって、個人の幸せはその次にあるもの。

家庭を一番小さな社会だとするなら、章も聡子も家庭の幸せを懸命に築こうと努力してきた実直な人々だ。しかし突然その幸せは失われた。家庭の幸せを第一に考えてきた聡子が、独りで暮らしながら自分自身の幸せを考えていく。これまで聡子を守り、縛っていたものが取り払われて、初めて人生の目的が見えてきたとも言えるだろう。

章もまた個人の幸せを求めて、和恵の元へ走ったのだろうが、行く先にある幸せは聡子のそれとは全く違う形であったのが皮肉だ。

長く連れ添っても相手を本当に理解することは難しい。そして自分自身がいつまでも同じ気持ちでいられるとも思わない。配偶者、親、子ども……どんな相手も同じことだ。その事実を踏まえて自分にとって大切な人とどう向き合っていくのか、それは人生を揺るがす選択だ。いろんなものを飲み込んで共にいることも、別れるのも自由だが、自分の人生を選択することは、年を重ねれば重ねるほど無傷でいられないものだと思う。

しかし傷はやがて癒える。残るのは、自分で選んだ道。前を向いて歩く人の耳に高らかなホイッスルが鳴っているようだ。

二〇一二年十二月　光文社刊

光文社文庫

ホイッスル

著者　藤《ふじ》岡《おか》陽《よう》子《こ》

2016年11月20日　初版1刷発行
2024年12月20日　3刷発行

発行者　三宅貴久
印刷　堀内印刷
製本　ナショナル製本

発行所　株式会社　光文社
〒112-8011　東京都文京区音羽1-16-6
電話　(03)5395-8149　編集部
8116　書籍販売部
8125　制作部

落丁本・乱丁本は制作部にご連絡くだされば、お取替えいたします。

ISBN978-4-334-77379-3　Printed in Japan

組版　萩原印刷

殺人現場は雲の上　新装版　東野圭吾
ブルータスの心臓　新装版　東野圭吾
回廊亭殺人事件　新装版　東野圭吾
美しき凶器　新装版　東野圭吾
ゲームの名は誘拐　東野圭吾
ダイイング・アイ　東野圭吾
あの頃の誰か　東野圭吾
カッコウの卵は誰のもの　東野圭吾
虚ろな十字架　東野圭吾
素敵な日本人　東野圭吾
ブラック・ショーマンと名もなき町の殺人　東野圭吾
夢はトリノをかけめぐる　東野圭吾
サイレント・ブルー　樋口明雄
愛と名誉のためでなく　樋口明雄
黒い手帳　久生十蘭
肌色の月　久生十蘭
リアル・シンデレラ　姫野カオルコ
ケーキ嫌い　姫野カオルコ
潮首岬に郭公の鳴く　平石貴樹
スノーバウンド@札幌連続殺人　平石貴樹
立待岬の鷗が見ていた　平石貴樹
独白するユニバーサル横メルカトル　平山夢明
ミサイルマン　平山夢明
八月のくず　平山夢明
探偵は女手ひとつ　深町秋生
第四の暴力　深水黎一郎
灰色の犬　福澤徹三
群青の魚　福澤徹三
そのひと皿にめぐりあうとき　福澤徹三
侵略者　福田和代
繭の季節が始まる　福田和代
いつまでも白い羽根　藤岡陽子
トライアウト　藤岡陽子
ホイッスル　藤岡陽子